沉重的回报

党宪宗 著

陕西新华出版传媒集团
太白文艺出版社

图书在版编目（CIP）数据

沉重的回报 / 党宪宗著. —西安：太白文艺出版社，2016.9（2022.1 重印）
（沉重的责任系列）
ISBN 978-7-5513-1035-2

Ⅰ.①沉… Ⅱ.①党… Ⅲ.①纪实文学—作品集—中国—当代 Ⅳ.① I25

中国版本图书馆 CIP 数据核字（2016）第 225208 号

沉重的回报
CHENZHONG DE HUIBAO

作　　者	党宪宗
责任编辑	史　婷
整体设计	上官鹏　牛丹丹
出版发行	陕西新华出版传媒集团
	太 白 文 艺 出 版 社
经　　销	新华书店
印　　刷	三河市华东印刷有限公司
开　　本	889mm×1194mm　1/32
字　　数	220 千字
印　　张	9.5
版　　次	2016 年 9 月第 1 版
	2022 年 1 月第 2 次印刷
书　　号	ISBN 978-7-5513-1035-2
定　　价	29.80 元

版权所有　翻印必究
如有印装质量问题，可寄出版社印制部调换
联系电话：029-81206800
出版社地址：西安市曲江新区登高路 1388 号（邮编：710061）
营销中心电话：029-87277748　029-87217872

前 言

《回报》比《母爱》更难写，遇到的困难更大，付出的心血更多。

大学生回报父母、回报家乡的话题我已经关注了将近二十年，职业的特殊给我提供了较多的机会和素材，我经常听到一些大学生回报父母的故事，目睹过许许多多大学生回报父母、回报家乡的特写镜头。

镜头之一：

采访人：新华社记者、《北京青年报》记者、《华商报》记者、党宪宗（笔者）。

儿子出国十几年了，没回过一次家。父亲患病躺在炕上已经三年了，身上的皮肤几乎全部溃烂，尤其到了夏天，苍蝇乱舞，气味难闻。父亲的炕头放着儿子一家三口在美国的全家照，老人眼睛睁开时，死死地盯着照片；闭上眼睛时，两只手紧紧地抱着照片。为了见上儿子一面，老人不想死，挣扎地活着。老人几次将要咽气时，从喉咙眼里进出的都是同一句话：见不到儿子我死不瞑目。

镜头二：

采访人：《北京青年报》记者、《华商报》记者、渭南市电视台记者、党宪宗（笔者）。

儿子大学毕业十几年，女儿大学毕业五年，兄妹俩收入不菲，各自都成了家。为了买房子，他们毕业后几乎没给过家里钱。父母仍然住在祖上留下的已有上百年历史的旧窑洞里，生活异常凄苦。父亲患有肺气肿，母亲是高血压，两个人每天还在日出而作、日落亦不歇地干着活，遇到星期天，母亲还得拖着病身子到教堂给儿女祈福。我们采访时恰逢儿子回来在家，儿子对我们平静地说："我对不起父母，但有什么办法，城市里费钱，还要买房子……"父亲激动地说："不能怪儿子呀，儿子比我难，我在家的日子好搞，儿子买房时我没添多的钱，没有尽到做父亲的责任，已经觉得对不起儿子了。今年苹果能卖三千元，我想还是全部给儿子，添不上斤总能添上两……"

镜头三：

采访调查人：合阳县电视台记者、西北大学学生、党宪宗（笔者）。

儿子在外县任副县长，除过县上有大事外，每个星期五晚上都要赶回家；谢绝所有同学朋友的邀请，两个晚上都在家陪八十多岁的老母亲，给母亲揉腿、洗脚、剪趾甲、梳头……尽着一个儿子应尽的责任和义务。白天和爱人一起变着花样给母亲做饭、尝饭的凉热、给母亲喂饭……望着母亲的满头银发和脸上的道道皱纹，儿子不无动情地说："母亲的每根白发都在给我讲述着一个抚养儿女的心酸故事，都饱含着儿女的欢乐与眼泪。母亲脸上的每一道皱纹都镌刻着儿女成长的历程，都镌刻着母亲对儿女深深的爱。"

镜头四：

采访人：香港凤凰卫视中文台记者、党宪宗（笔者）。

北风那个吹，雪花那个飘，年关来到。在渭北一个小山村的除夕之夜，满头白发的母亲倚靠着大门，望着村头，嘴里不停地念叨着："儿呀，有事干没事干，挣下钱没挣下钱都不要紧，你回家呀！妈什么都不缺，就缺你呀！妈想你想得眼睛都哭瞎了。"儿子这时站在村头老槐树的后边，望着在寒风中瑟瑟发抖的老母亲，听着撕人心肺的呼儿声，眼泪像泉水般往外涌。大学毕业四年了，找不到工作，生活都没有着落，更不要说回报父母了。四年来儿子没回过一次家，没和家里通过一次电话，他无颜见江东父老。今年除夕回来了，却没有勇气踏进家门。母亲近在咫尺，儿子却不能上前相见。儿子心肝俱焚、泣声不断，跪在地上给母亲重重地磕了三个头，毅然转过身，消失在茫茫的雪夜中……

镜头五：

采访调查人：西北大学学生、党宪宗（笔者）。

儿子是西安一家房地产公司的总经理，周末开着宝马车带着妻子和自己的儿子到家乡风景名胜区度假旅游，五年没有回老家李村河了，想借此机会回家看看。儿媳嫌热，住在宾馆不愿意去，儿子只好带着十二岁的儿子回家。到了村头上坡时，儿子的儿子忽然说："爸，你看那个老婆婆拉着一车子玉米棒正上坡呢，多可怜，她的儿子呢？孙子呢？为什么不帮忙？"儿子开着车头也没回地说："关你什么事，小孩子多管闲事。"车子到了坡头上，儿子的儿子吵着说："不行，你看那老婆婆多可怜。老师说要学雷锋做好事。爸，你停下来，我帮老婆婆拉车去！"儿子无奈停了车，下了车仔细一看，拉车的老婆婆竟然是自己的老母亲。

镜头六：

采访人：《半月谈》杂志记者、《人民日报·环球人物》杂志记者、渭南电视台记者、著名电影导演吴天明、著名电影编剧芦苇、党宪宗（笔者）。

儿子病了，儿媳疯了，瞎了眼的奶奶和满身疾病的爷爷被两个孙子的学费压得叫天天不应,喊地地不灵。两个七十多岁的老人,住在过去生产队的破机房里,周围堆满了垃圾,老鼠跑来跑去,从不怕人,吃的窖水里爬满虫子。采访者没有一个不震惊,没有一个不落泪,吴天明、芦苇、记者和随同采访的人倾其私囊,把钱塞到老奶奶的手里……

一个个催人泪下的真实故事,一幕幕撕心裂肺的感人场景,让我痛心,让我迷茫,让我夜不能寐,让我食不甘味。五年来,我断断续续走访过三百多户供养儿女上大学的农民家庭,有的家庭跟踪采访过七八次。采访的初衷本来是想写大学生如何回报父母,但那种供养儿女上大学的一个个血泪故事,联结成一幅学费重如山的长卷,让世人震惊。长卷中母爱的伟大、母爱的无私、母爱的沉重,让我不得不舍弃了写"回报"的念头,重新调整思路,将视角定格在供养儿女上大学"难"的主题上。十几年的痴心关注,三个月的下乡采访,三个多月的潜心伏案,用笔蘸着泪水终于写成了《沉重的母爱》一书。《母爱》初稿完成后,还未正式出版,《西安晚报》首先做了整版报道,随即全国几十家媒体争先恐后来合阳采访报道,这是我没料到的。《母爱》一书由中国文联出版社正式出版后,全国上百家报刊和电视台连续报道,几家报纸累牍连载,全国各大网站铺天盖地点评。尤其是在我的家乡掀起了"《母爱》热",上自机关干部,下到普通老百姓争着买《母爱》,争着读《母爱》,新华书店排起了买《母爱》的长队,学校把《母爱》列为学生感恩必读教科书。一个小县城不到一个月时间销售了将近七千册《母爱》。2008年3月,香港凤凰卫视中文台记者到合阳采访了四天,在电视黄金时段专题报道了三十二分钟。全国各地打电话的、写信的、索要《母爱》一书的接连不断。我的心在跳动,我的血在沸腾,我的热泪在狂流。渭南市政协主席看望我时掉着眼泪,合阳县领导当面感谢鼓励我,县委书记亲自为《母爱》的主题歌词谱了曲。好多普通老百姓在电话中说，在信中写，在当面说，《母爱》写到老百姓的心里了。2007年12月我坐长途汽车到渭南参加市作协的会议，车主知道我是《母爱》的作者后，硬把二十多元的车票钱退还给我，说你替我们老百姓说了话，你的钱我坚决不能收。我感动得泪都流下来了。

　　心在激荡的同时，我又在深深地反思。写《母爱》一书的目的除了反映"学费重如山"这一社会现实外，更重要的是唤起学子对父母的回报、对家乡的回报之心。第一次采访中，我看到好多供养了几个大学生的农民家庭，儿女毕业七八年甚至十几年了，父母仍然生活在贫穷的最底线，仍然在贫穷中守望着儿女的幸福，只知付出，不求回报；只言养儿泪，不谈孝娘情。这种付出与回报的天壤之别，不能不使我迈出采访的第二步。我给朋友和有关人士透露这一想法后，立即遭到一些人的反对。他们说，不会采访出什么结果，你只能写好的，不能写差的。在《母爱》的作品研讨会上，有些人竟然站起来指责我：你要写大学生的回报，我们这些大学生坚决不答应，你知道吗，当今的大学生有多难呀！是的，大学生难，就业难，结婚难，买房子难，养孩子难，买车难……大学生所有的难，是为了不断改善自己的境况而难，是为了赢得白领阶层的生活而难。而父母的难是为了让苦难在自己身上终止，把幸福全部留给孩子而难。

　　这次调查走访用了两年多时间，时访时停，断断续续。共调查了二百多家，有些家庭是我上次调查过的，这次做了一次回访，甚至回访了三次。两年多来，我的心情一直陷在茫茫的苦海之中，上次调查，我的心随着父母的痛苦诉说而痛苦，随着父母的辛酸流泪而流泪。尽管痛苦，尽管心酸，但当我看到所有父母流泪的眼睛深处透射出儿女上了大学后的欣慰，透射出对未来的希望时，我也随之欣慰，随之振奋。这次采访时虽然说有一部分家庭生活状况不同程度地有所改善，父母的心情也没有供养儿女上大学那阵子沉重了，但有一部分家庭生活贫困程度仍如当初，仍在贫困线上挣扎。父母的眼神虽然不是苦苦地挣扎，却失去了当初的期望，当初的欣慰，显示出焦虑与迷茫，透露出哀愁和幽怨。一个瞎了眼睛的七十多岁的老婆婆给我说："孙子研究生马上就要毕业了，工作咋办，媳妇咋办？我老了，没有力气了，娃以后的路咋走呀？"一个在黄河岸边摆渡了大半辈子的老船工给我说："我六十多岁了，但我不能歇呀！儿子大学毕业十年了，工作不怎么如意，还没结婚。女儿大学毕业六年了，还没有一个固定职业，三十岁的人了，也没有个婆家，我的任务还没有完成呀！"听着一个个父母的讲述，看着一个个家庭的实况，我没有那么多的眼泪了，没有那么多的痛苦了。但我在反思，我在寻找着现实中的答案，我的心反而更沉重了。

采访中，我思索着什么是回报，寻找着回报的定义。中国从古至今把儿女对父母的回报喻为乌鸦反哺、羊羔跪乳。当今大学生的反哺不外乎两种：一种是金钱回报，一种是感情回报。应该承认，大部分学子都做到了金钱回报，每年给上父母一两千元，三四千元，也有的一年给父母几百元。还有不给的，就顺理成章地把父母生活中的一切全推给了在家的兄弟姐妹。甚至父母孤灯相伴，自己也会心安理得，在外面潇洒度日了。现实生活中，大部分父母要求的回报并不在于金钱，儿女工作多年了，父母还在给儿女钱的现象生活中随时所闻，随时可见。我一个老同学给我说："女儿大学毕业后，每年给家里寄三千元，家里一分钱也没有花，存在银行里，五年共存了一万五千元，女儿买房时，家里又添了一万五千元，给女儿寄去三万元。"一个北山脚下的老农民说："儿子大学毕业七年了，没给家里一分钱，家里这几年苹果共卖了五万元，全部给了儿子，因为儿子在外面要花钱。"父母要求儿女的回报更主要的是感情回报，在父母面前的一句贴心话，病床前一个细小的动作，往往感动得父母热泪盈眶。为什么一首《常回家看看》唱遍大江南北，记忆再不好的人都能哼上几句歌词，到了年关，好多等待儿女回家的父母更常常哼着？因为这首歌唱出了天下所有父母的心愿。

平时好多大学生在我面前陈述他们的回报时，有些人显得满足，有些人显得无奈，还有些人在抱怨。而父母对待儿女却是包容，包容之广大，包容之厚重，让人不可思议。有时我想，不要用过多的文字，用两组照片的对比最能说明儿女对父母的回报：儿女的衣着和父母的衣着；儿女的饭桌和父母的饭桌；儿女的卧室和父母的炕头；儿女放长假时带着爱人和孩子坐着飞机游山玩水，父母可能正顶着烈日，啃着冷馍，给苹果套袋，往地里拉粪，摘着花椒卖钱为儿女买房买车添钱……这一组组镜头，你能让我拍照吗？你能让我发表吗？

两年多的漫长采访，我看了多少白眼，吃了多少闭门羹！采访一天往往是一无所获，父母没有一个说儿女不好的，有时有些父母说漏了嘴，随即就改了口。一个七十多岁的农民父亲到西安看望做了官的儿子，儿媳妇不让进门，儿子无奈把父亲安排在车站的小旅社，第二天早晨父亲坐着车回家了。我见到这位父亲时，他却笑着说，儿子和媳妇对老人都好。我采访一个老民办教师时，他无意中给我说，儿子大学毕业十年了，只给了有病的母亲一百零二元。第二次我采访时，老教师给我说，上次的话是胡说，我再问时，便什么也问不出来了。一个母亲守寡供养儿子上大学，儿子大学毕业五年了，没给过母亲一分钱。母亲生活相当艰苦，但她还挤着笑脸给我说，儿子好，每年都往家里捎钱。说话时，眼泪情不自禁地流下来，是伤心的眼泪，还是激动的眼泪，母亲自己心里最清楚。为了采访到真实的故事，有时我只能到四邻采访，四邻说起回报的事也是吞吞吐吐，欲言又止。几次我想半途而废，另写别的，但当我看到这些父母迷离的眼神，哀愁幽怨的神态，在生活的底线挣扎的境况时，我的心又激动了。我重整行装，鼓足勇气，驱车到十六个乡镇的角角落落，只要听到一件有关的事，甚至听到一句话，发现一点痕迹，我都顺藤摸瓜，一问到底。终于采访到一百多个回报的故事，形成了《回报》的素材。

这本书的体裁到底属于哪一种我也说不清。书中的故事是真实的，有些情节和细节是虚构的，为了避免惹麻烦，甚至有张冠李戴的。

大多数学子是孝敬父母的，不管回报的多少，不管是金钱的回报，还是感情的回报都是回报。但我认为，我们要找到生命最内在的东西，就是不能有任何借口。父母为了儿女的成长，为了儿女的幸福，从不谈什么条件与理由，这种爱是博大的，厚重的，他们找到了生命内在的东西。一旦孝敬父母之举和自己的利益发生冲突时，我们做儿女的宁可放弃父母，亦不愿损害自己的利益，这种孝敬是虚伪的，这种爱是狭隘的、表层的。民间有句俗语，人都是往下亲。这句俗语可能成了一些人为自己行为辩解的依据。记得曹植在《白马篇》一诗里有这样两句："父母且不顾，何言子与妻。"我们今人可能是"子妻且不顾，何言父与母"。

作者

2009年5月20日于天下斋

序

陈忠实　李康美

在陕西文学界,党宪宗先生可算是"老来红"的典型代表人物之一。他终生致力于诗词创作,无论是古体诗还是现代诗,都一直被读者欣赏。六十岁之后,他又创办了"关雎诗社",并且出任社长,成员竟有上千人之多。这样的文学社团,也许并不鲜见,但由他主办的《关雎诗刊》,却引起了众多新老诗人词家的关爱。近年来,许多刊物都陷入了运行的艰难,尤其是深受经费问题、稿源问题等的困扰,而《关雎诗刊》这一纯粹的民间社团刊物,每年四期准时出刊,从不间断。该刊立足于陕西省合阳县,稿件却来自全国各地,这就形成了诗词创作的交流,不但使"关雎诗社"的胸怀更博大,而且使《关雎诗刊》声名远扬。由此可见党宪宗的号召力和创造。

我们说党宪宗是"老来红",更在于他的文学创作的新境界和令人羡慕的新成就。

就在党宪宗的年纪逾越六十岁这个被看成是老年人的门槛时,他不仅没有放缓脚步,反而给自己加压,写出了一部长篇纪实文学《沉重的母爱》。是什么原因让他放下了诗词创作,而且还放下了自己经营的宾馆生意,一鼓作气推出了二十多万字的纪实文学作品呢?用党宪宗自己的话说,"我实在是憋不住了!"《沉重的母爱》确实沉重得让人喘不过气,全书的题旨和内容,都是对农民供养大学生难的现象的真实记述和描绘。好些年,我们看到多少孩子考上了大学,而父母却为交不起高昂的学费夜不能眠,有人甚至因此自杀。如果说在城市这都是些偶然事件,那么在经济还普遍落后的农村,艰难的家庭就比比皆是了,其困窘的程度也更加让人触目惊心。

《沉重的母爱》出版后,在读者中引起了巨大的震动,据说有许多读者在阅读时失声痛哭。《三秦都市报》的一个女记者看了这部书后说,这些年我读了好多书,但从来没有像《沉重的母爱》这本书这样感动得我失声痛哭,而且是痛哭不止。此书单在合阳一个县城就卖出了七千多册。当时的合阳县,上至政府官员,下至普通老百姓,都形成了《母爱》热。仅此一点,就可见这部书产生的社会效应之广泛。一时间党宪宗本人也成了诸多新闻媒体关注采访的对象,《半月谈》《中国青年报》《人民日报·环球人物》等全国几十家报刊,凤凰卫视等十多家电视台以及数百个网站,都对党宪宗进行了专题报道或者是专题访谈。

党宪宗就真是"老来红"了。

用心酸的泪水换得自己的荣誉,这是党宪宗完全始料不及的事。新闻媒体对党宪宗的报道和访谈,实则也是对这一问题的热心关注和呼唤。更难能可贵的是,党宪宗没有于此止步,而是把目光放得更为长远,把既定的命题进一步探究。我们眼前看到的这部书稿叫《沉重的回报》,是《沉重的母爱》的姊妹篇。或者说,把对于社会问题的视觉转移到了儿女这一代人。

父母为儿女上大学付出了沉重的又是至诚的代价,儿女们又该进行怎样的回报?他们的回报不单是学习成绩的优劣,也不仅是毕业后获得了什么样的工作,还应该包括对于亲情的回报,对于父母的感恩,对于父母的终身赡养,还有对于家乡的热爱和支持。

　　阅读党宪宗的这一纪实文学新作，我们觉得某些儿女的回报比《母爱》的沉重还要沉重，还要让人刻骨铭心。不仅不是顺理成章的回报，简直可以说是人性的严重缺失和基本道德的完全沦丧！一个父亲为了给儿子挣学费，每天晚上都要去山沟里捉蝎子换钱。盼得儿子大学毕业在城里有了份工作，父亲捉蝎子摔到六十米深的深沟里，生命垂危时，儿子却说以后结婚买房子还要家里拿出三十万元钱。卧病在床的父亲哭着说："你把我背到西安街道上，让汽车轧死，用命给你换钱吧！"儿子和父亲发生了这样的争吵，竟然拿走家里东借西凑的万把元学费一去不返，再也没有回过穷山沟。又是一个儿子上了大学，最后在城里安家立业，已经年迈的父母连在春节和儿子团聚的机会都没有。一连三年除夕之夜，一个问候的电话都成了可怜父母的奢望，这一年也是，一直等到大年初一早晨，也没有等到儿子的电话，后来才知道儿子儿媳带着他们的孩子出外旅游了。这些儿女是否想到苍老孤独的父母的盼儿心呢？

　　党宪宗在《沉重的回报》这部新作中，记述的令人伤痛的事例还有许多，有些儿女们的作为，比前边的那两例有过之而无不及，甚至到了让人不可思议的地步。诚然，作为文学作品，党宪宗也许是把那些丧尽天良的事例进行了集中编辑，以典型代表的嘴脸向读者展示。但是正如目前在全世界流行的什么"甲型H1N1流感"一样，虽然在引发的数量值上非常少，却让众多的人忧心忡忡，恐慌不安。

　　作家都具有忧患意识，也很注重建树人文情怀。党宪宗在鞭挞丑恶的同时，更珍惜那些美好的儿女温情。一位母亲患了重病，儿子带着未婚妻义无反顾地回到母亲身边，他们也都是刚刚毕业的大学生。为了守护母亲，他们甚至不惜可能丢掉工作；为了把母亲的病治好，儿子四处借钱，他深情地对母亲说："欠下的债，我来还。你必须幸福地活下去！"在党宪宗的新作里，这样感人的事例尽管不多，无疑却是作为正常人的情感的主流，是文明社会的主导。这些年，我们在报端看到的感人事迹还少吗？整个社会的文明、和谐、进步，也必然渗透到家庭、社会的细胞里，更多人的灵魂都会得到净化和提升。

党宪宗活得很潇洒，对于人的生存状态有着与众不同的高论。他说："五十岁的男人最具风采，六十岁的男人最有魅力。"由此可以看出他笑对人生的精神和态度。然而，就是这么一个乐观的党宪宗，却接连写出了两本"沉重"的书，在采访的过程中，他多次失声痛哭；在写作的过程中，也经常是泪流满面。我们以为，这实在是难能可贵的责任感和使命感驱使的情感波澜，它必然会影响和触发广大读者的道德审视，这也正是此书的警示价值和发人深省的社会意义。

陈忠实：作家、原中国作家协会副主席
李康美：陕西省作家协会副主席

目录

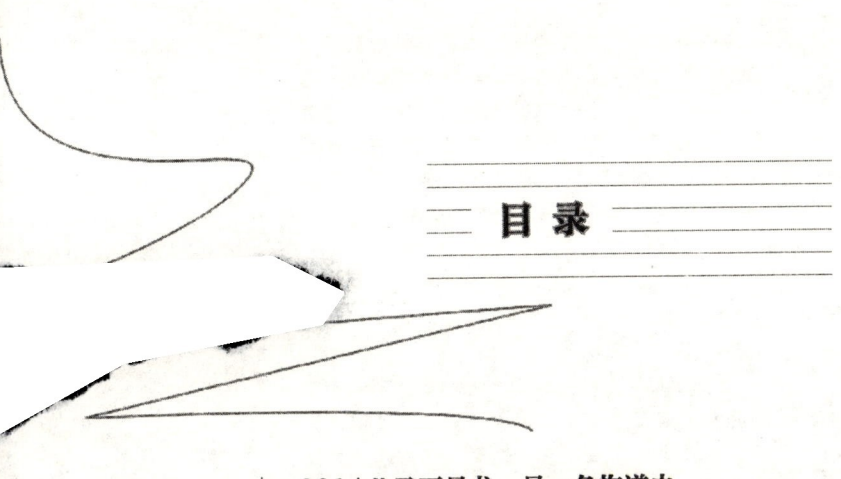

001/ 儿子不是龙,是一条忤逆虫

母亲守寡含辛茹苦耗尽一辈子心血供养儿子成了龙,又供养了孙女,供养了两个重孙子。儿子成龙后抛弃了农村的妻子,抛弃了女儿,另觅新欢。城市的儿媳五十多年只回过三四次家,城市的孙子也很少回农村的家。他束手无策,情之无奈……他守在母亲灵堂前追忆着往事。七十多年的恩恩怨怨、凄凄惨惨、悲悲切切……

025/ 父亲孤独地死了,责任在谁

父亲既当爹来又当娘,把"三只虎"养大。"三只虎"都上了大学,毕业后事业各有所成。父亲一个人在家住着新建的楼房,抽着高档烟,喝着高档酒,盖着丝棉被,坐着八仙椅。"三只虎"不可谓不孝。由于生活的习惯,"三只虎"没有"一只虎"接父亲到自己城市的家里住。父亲孤独地死了,死时没有一个人知道,这责任在谁?

046/ 儿子说:妈妈病了,我心疼,十指连心啊

妈妈患了脑瘤,儿子千里迢迢连夜赶回家。

为了妈妈的病,他四处筹钱。为了妈妈的病,他决定推迟婚期,甚至想到退婚。病床前他和未婚妻,一对大学生,悉心照料着妈妈,日夜伴陪着妈妈,为妈妈倒便盆、擦澡,为妈妈喂药喂饭。妈妈每顿吃完剩的饭,他都毫不犹豫地吃了,并且说:我和妹妹小时候吃剩的饭妈妈都吃了。

061/ 这个穷山沟,我再也不想回来了

父亲给儿子挣学费,晚上捉蝎子摔到六十多米深的天井窟窿,几乎丧了命。父亲躺在病床上还希望儿子考研究生。儿子却说:我买房子结婚要三十万元,你能给我三十万元我就考研究生。父亲哭着说:你把我背到西安让汽车轧死,车主赔上三十万元的命价就好了。最后儿子拿着母亲借来的一万多元学费走了。四年多了,儿子再没有回过这个穷山沟沟的家,生不见人,死不见尸……

087/ 儿子对父亲说:不给你的工资卡,我就再不回这个家了

继母供养儿子大学毕业了,给儿子完婚,管孩子。儿子工作七八年了,给了母亲两次钱,一次是一百元,一次是两元钱。儿子想买房子没钱,要父亲的工资卡没要下,从此两年没有回过仅仅只有五十公里路的家。同学同事嘲笑他,妻子埋怨他,他的精神彻底崩溃了。他写了遗书,含着眼泪送学生进了考场,自己走到学校后边的玉米地里,喝了老鼠药。

112/ 市长路宏光说:我对得起谁呀

父亲早逝，母亲身体不好。嫂嫂奶他、养他，全家供他上大学。他取得了博士学位，在岭南市政府工作，逐渐走上了领导岗位。为了工作，他顾不上陪母亲、嫂嫂、哥哥吃一顿饭；为了工作，他有负于所有对他有恩有情的亲人。嫂嫂死时，他在国外考察；母亲死时，他在南方招商引资。他只能跪在亲人的坟墓前空哭几声，空流一把泪，空磕几个头。他痛心疾首地说：我对得起谁呀！

149/ 事干得再大，不知道孝敬父母，不如回家卖红薯

公公患了胃癌，儿子考上了大学，她对公公说："你动手术，孙子就没钱上大学，二者你选择吧。"爷爷为了孙子的学业，选择了让孙子上大学。爷爷奇迹般地活了四年，孙子毕业后第一件事就是为爷爷治病，结果晚了。孙子背着生命垂危的爷爷来到西安，登城墙、上钟楼……以报跪乳之情，舐犊之恩。

168/ 父亲给儿子没有寄出去的七封信

儿子、儿媳、孙子一家三口春节去华南五市旅游，这已经是第三年春节旅游了。除夕之夜，七十多岁的父母老脸对老脸，泪眼对泪眼，盼望儿子的电话。等了再等，一直等到午夜的钟声响了，电话铃骤然响起，却不是儿子，母亲放声哭了……从除夕到初七，两颗凄凉苍老的心随着儿子一家三口在旅游、在流泪、在诉说……

190/ 嫂子内疚地对小叔子说：我和孩子欠你的太多了，下辈子还吧

3

哥哥早早地死了，丢下二十三岁的嫂子和两个孩子，弟弟才二十岁。为了养活嫂子和两个孩子，守住哥哥的"根"，弟弟一辈子没结过婚，如牛似马地苦了半个世纪。弟弟和嫂子相互深深地爱着，但横在爱中间的一道世俗纸墙，谁也没有勇气戳破它。叔嫂俩为了一个大学生的幸福，五十年过着同心、同院、同灶、不同房，貌似夫妻、实非夫妻的生活。

242/ 是我把女儿逼死的

东风呼号，雪花漫天飞舞，一座土坟孤零零地躺在龙穴凤巢的荒沟坡上，土坟里埋葬着一个毕业不到一年的女大学生。母亲在坟前一边烧着纸钱一边哭泣着。女儿在地下向母亲倾诉着："妈妈，你们为什么都要逼我上大学，假使不上大学，我是不会死的呀！"

266/ 母亲啊母亲，儿子几时才能回报你

大学校门口写着一条巨幅标语："这儿圆你一个大学梦"。梦醒了，一切都是空的……走出大学校门四年了，他做过传销，当过泥工，当过售货员……四年他没有回过一次家，无颜江东见父老。除夕之夜他回到村头，看着衰老的母亲在寒风中倚门盼儿归。他跪在村头朝着母亲重重地磕了三个响头，他两行泪长流，流到地上的不是泪，是血……他对着苍天大喊，这到底为什么！

儿子不是龙，是一条忤逆虫

> 母亲守寡含辛茹苦耗尽一辈子心血供养儿子成了龙，又供养了孙女，供养了两个重孙子。儿子成龙后抛弃了农村的妻子，抛弃了女儿，另觅新欢。城市的儿媳五十多年只回过三四次家，城市的孙子也很少回农村的家。他束手无策，情之无奈……他守在母亲灵堂前追忆着往事。七十多年的恩恩怨怨、凄凄惨惨、悲悲切切……

王望龙呆呆地站在老槐树下。天下着毛毛细雨，渭北的初春还是一派萧条景象，树木还未发芽。零星的雨点透过干枯的枝杈洒落在王望龙的头上，脸上，身上。王望龙脸上的雨水和泪水搅和在一起往下淌，几根稀发贴在头顶，敞开着褪了色的土黄色风衣，衣角被寒风掀了起来，显示出这个站在老槐树下被雨淋着的人不是一般人。

王望龙没有走的意思，我只得从车上下来，取了一把伞给他。他摇摇头没有接，用左手抚摸着裂开了膛的树身，看着看着泪水又涌了出来。王望龙看了看我，自言自语地说："这棵老槐树不知伴随了多少代人，已陪我走过了七十年历程。"

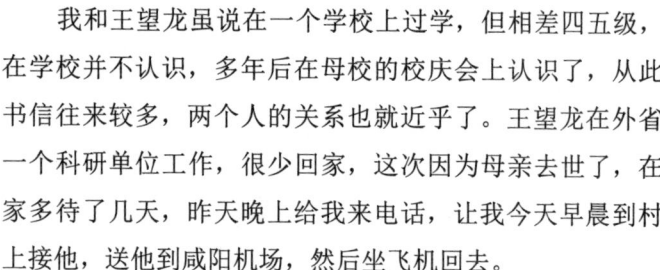

我和王望龙虽说在一个学校上过学，但相差四五级，在学校并不认识，多年后在母校的校庆会上认识了，从此书信往来较多，两个人的关系也就近乎了。王望龙在外省一个科研单位工作，很少回家，这次因为母亲去世了，在家多待了几天，昨天晚上给我来电话，让我今天早晨到村上接他，送他到咸阳机场，然后坐飞机回去。

王望龙的母亲活了八十九岁，今年农历二月初二去世。去世的第二天傍晚，王望龙才赶回来。回到这个既熟悉又陌生的家，这个大孝子无从下手，自己也感觉到无话可说。前妻的女儿王华见到父亲，跪在奶奶的灵前大哭，一边哭一边诉说着："奶奶，我爸回来了，我爸回来了……"王望龙木然地跪在母亲灵堂前，望着灵桌上供奉着的母亲遗像，遗像是母亲前年住院时拍的。按当地风俗，父亲去世已经六十六年了，灵桌上一定要供着父亲的遗像。那时穷乡僻壤哪有照相的，何况父亲是个穷得叮当响的"猴儿王"！母亲的命真苦啊，一辈子守寡，孤苦伶仃，死了还是孤单一人。王望龙想到这里，不由得跪在地上大声号啕起来，号啕到伤心处，把头磕得砰砰响。王华看到父亲难过的样子，哭得更大声了。

晚上的小山村本来就很静，父女俩凄凄惨惨的哭声传到院里，传到巷里，传到四邻。心软的姑姑婶婶们免不了又要掉泪：王婆婆真是太恓惶了！父女俩正哭得不可开交时，管事的村支书发话了："不要哭了，商量大事吧。"王华先止住哭声，拉起了父亲。支书说："望龙叔，昨天等你没有等着，我王华姐请来阴阳先生，把埋葬的日子定在二月初八，搁七天，够长的了。我王奶奶一辈子受的苦在咱方圆十里再没有。我王华姐的意思是把事过好，老人家在世就这一回了，现在就等你点头定事呢！"王望龙心

里的悲痛还没有转过来,又听支书说母亲受的苦方圆十里再没有,心里更是悲上添悲了。母亲受了这么大的苦,都怪养了自己这个不争气的儿子!支书说的"定事",就是要自己往出掏钱。望龙没说话,拿来旅行包,从包里边取出三万元交给女儿王华说:"这是三万元,一切由你和支书商量着办,家乡丧事风俗我不懂,钱不够有我。"

三万元可以说是一个不小的数字,王华接钱的动作显得缓慢而沉重。她望了望奶奶的遗像,心里说,这三万元算是儿子对母亲的报答了!

夜深了,梁山脚下的王家坡静静地躺在梁山的怀抱里。天地黑得像用墨汁涂抹了似的,北风刮得院子里的干桐树枝呼呼作响。王望龙穿着孝衣,头上缠着孝布,紧挨着母亲的头,坐在母亲生前最爱坐的柳条椅上。按当地风俗,儿女守丧必须跪在地上,谁能跪上几天几夜呢?时间长了,儿女们都坐在铺着谷草的地上。王望龙七十岁的人了,坐也坐不下来。王华特意给父亲搬来奶奶生前坐的椅子,让父亲坐着守丧。王华想,父亲能给奶奶守丧,这已经是奶奶的福分了。

王望龙靠着椅背,两只手交叉在胸前,望着母亲的遗像自言自语地说:"妈,你望子成龙,望子成龙,你儿子成了龙对你有什么好处呢?你这个不孝儿子自走出家门上了大学,几乎没有陪过你一个晚上。你死了,儿子却陪着你。你说话呀,妈妈!你有什么委屈对儿子说呀……"王望龙说着说着泪水又塞满了眼睛。

王望龙的老爷爷是个举人,爷爷是个秀才。父亲虽然没有赶上清朝科举,却也读了不少书,识了不少字,只是光景一代不如一代,到了父亲的手里,家里已穷得叮当响。父亲靠着识了几个字,当了教书先生。三四十户人家的村子孩子少，收入更少，日子过得吃了上顿没下顿。幸亏王望龙的母亲精打细算，加之家里人少，攒前挪后，日子也将就地过着。王望龙的外爷也是个穷秀才，家住李家坡，和望龙爷爷是同窗。两家文相对，穷相近，王望龙父母虽然不是青梅竹马两小无猜，却也是隔三岔五相见，两个人早已互相喜欢，结婚后更是恩恩爱爱，甜甜蜜蜜。

　　灵堂前的蜡烛扑闪扑闪地闪着。王望龙看着将要熄灭的蜡烛，烛泪流了一大堆，残余的烛身半边已经塌陷，烛芯完全裸躺在蜡液里挣扎着燃烧，最后灭了。蜡烛熄灭的整个过程是那么不甘心，蜡烛多么想继续燃烧，但还是灭了！就这根蜡烛来说，永远是灭了！人常说人死如灯灭，母亲的生命也就和这蜡烛一样，永远灭了！王望龙坐在漆黑的灵堂前，黑暗给他带来一点轻松，什么也看不见，他实在无颜面对母亲呀！谁知王华又拿来了一根点燃着的蜡烛，栽到桌子上说："灵堂前的蜡烛不能灭。爸，你睡吧，让我守着。"王望龙摇了摇头，王华也没强求，心里说，你守上三年也还不清我奶奶的债！王华顺便坐在灵堂前奶奶的脚下。王望龙看着坐在灵堂前的女儿，又看了看母亲的遗像，心里一酸，泪又流了满脸。

　　王望龙的小名叫龙龙，四岁时就能背诵四五十首唐诗。他母亲识字也不少，还能写简单的信。父母对这个宝贝儿子疼得要死，爱得要命。父亲给学生上课时就领着三四岁的儿子到课堂上听课。龙龙也听话，和那些大孩子一起上课，一起下课。背诵"三字经""千字文"居然比那些大孩子还快还熟，父亲相信儿子长大一定有出息。谁知"天有不测风云，人有旦夕祸福"，龙龙六岁时，父亲上山砍柴摔死了。父亲咽气时，一手拉着龙龙，一手拉着妻子，断断

续续地说:"再苦再难都要供龙龙读书,龙龙一定能成龙,儿子从现在起就叫作望龙吧!"

父亲死后,母亲难过得从死里走了一回,人瘦了几十斤。母亲那时才二十五岁,年轻轻的一个女人带着一个六岁的儿子咋过呀!第二年,本族的大伯劝母亲带着望龙改嫁,母亲一口回绝:"我生是王家人,死是王家鬼,我一定要把龙龙抓养成人!"从此,王家坡这个小山村,每天早晨都能看到一个年轻女人牵着一个七八岁的孩子进学堂,晚上又接孩子出学堂。

望龙从小天真活泼,自父亲死后,便变得沉默寡言了。过去的望龙经常在母亲怀里撒娇,现在懂事多了,放学回家不是帮母亲劈柴就是拉风箱。望龙母亲很刚强,再苦再累从不对儿子讲。母亲继承了穷秀才父亲的信条,穷要穷得有志气,做父母的不要在自己儿女面前喊穷。有次为了给儿子买一本新华字典,四角五分钱,母亲到山里挖了一天药,险些喂了狼。望龙学习很用功,考试总是班上的前几名。望龙上高小在离家十五里的镇子上。每到星期六下午,母亲就在村头大槐树下等望龙,见了面第一句话就是:

"让我看看,我的宝贝秀才瘦了没有?"

望龙扑在母亲的怀里,总是说:"妈,我要吃炒菜麻食。"

"我已经给你做好了!"母亲一边说着,一边接过望龙的书包往回走。到了星期天下午,母亲提着装满馍馍和腌拌油菜叶、小蒜一类野菜的布包送望龙到老槐树下,用手给儿子理理头发,拽拽衣襟,然后千叮咛万嘱咐,一直看着儿子下了十亩堰大坡才回家。周周如此,月月如此,年年如此,一直接送到望龙初中毕业。

1956年望龙考上了高中,这一年王家坡成立了农业合作社,入社的第一料收麦时遇上了连阴雨。社员们雨里收,雨里拉,雨里碾。往年夏收五六天就结束了,这年一个月还没完。好粮都交了爱国粮,社员们分的口粮全是芽芽麦。望龙看到母亲劳累的样子,心疼得不得了,高中入学通知书下来后,望龙回到家对母亲说:

"妈,我不上学了。"

母亲莫名其妙地看着儿子,好一会儿才说:"为什么?"

望龙说:"你太苦了,我不能把我的幸福建立在你的痛苦上。"

母亲说:"你不上学干啥去?"

望龙说:"西安招工人,我想当工人。"

母亲说:"苦与累是我做妈的事,上学是你做儿子的事,你还是好好上学,不要胡成精!"

望龙说:"干啥都一样,现在社会上当工人最光荣,何况我初中毕业,已经是知识分子了。"

母亲看着望龙,想不到平时说话像个大姑娘似的儿子,今天这样干脆。母亲大声责问望龙:"你爸死时再三叮咛,一定让你读完大学,你忘了?"

望龙看也没看母亲,说话像滚核桃似的:"我爸想得倒好,他睡在地下,咋知道你受的苦,死了的人不知道活人受的罪!"

母亲有点吃惊,看着望龙心想,这孩子今天怎么了,哪股子风吹的?孩子大了,管不住了。母子俩僵持了好一阵子,母亲忽然放缓口气说:"行,你当工人去,这个王家我不守了,过几天就找个人家嫁过去,谁愿意活受罪!"

母亲这一招真灵。望龙听说母亲要嫁人,吃惊不小:他不能没有母亲。母亲守寡抓养他十一年了,为的是什么?

他就是母亲的命根子,他就是母亲的希望。母亲养他、供他多不容易!想到这里,望龙妥协了。母亲听说儿子愿意上学,心里一酸,眼泪涌满了两眼,她抱着儿子哭了,望龙也哭了。

收假时,母亲提着铺盖卷和行李,送望龙到老槐树下,老槐树的老枝新枝郁郁葱葱,树荫遮住的地有半亩大。母亲说:"奇怪,今年的老槐树发出了这么多的新枝,叶子也特别茂盛,多年枯了的树枝今年也发芽了!"

听村上的老人说,老槐树已有七八百年的历史了。王家坡原先坐落在进黄龙山的大路旁,过去有二三百户人家。传说汉武帝登梁山仙龟峰时,曾在村里住过一宿。朝朝代代,过往的官兵也好,客商也好,来往行人都要在老槐树下歇歇脚。村上的大事小事,全村的人聚集在老槐树下商量。送家人出远门,接亲人回家,都把老槐树当成了一个自然驿站。世事莫测,不知道过了多少年代,进黄龙山的大路改道了,加上兵灾年荒,村上只剩下四五十户人家了。人不知道经历了多少茬,世事也不知道演变了多少朝朝暮暮,唯有老槐树风风雨雨,挺立村头。村上的人看到枯了的树枝发了芽,都议论纷纷,王家坡要出人才了!

据说明朝末年,树身子钻进一条一尺多长的蜈蚣。有一次下大雨,一声炸雷把树身劈开,击死了蜈蚣。此后老槐树长得就不像原先那样挺壮了,枝叶也不茂盛了,有些树枝也枯了。到了清朝咸丰年间,有一年老槐树发芽特别早,枝叶长得也特别茂盛,枯了的树枝又发了芽,结果那一年村上出了个举人,就是望龙的老爷爷。母亲看了看枝叶有半亩地大的老槐树,又看了看望龙,沉思了一会儿说:"龙龙,一定要念出眉目来,为王家争口气!"望龙点了点头没说话,心里说,妈,你放心,我王望龙不出人头地

誓不为人!

高中毕业的先一年,也就是大炼钢铁的那一年,望龙随同学们到韩城大炼钢铁,两个多月没有回家。母亲思儿心切,加之劳累,得了一场病。穷人命大,靠着几毛钱的药硬是扛过来了,人却瘦了一圈。那一年冬天母亲总爱干咳,母亲担心自己有个三长两短,谁管儿子呢?想来想去,还是给望龙找个媳妇,生个孩子,自己死了也能瞑目。母亲心里琢磨着,这事不能征求望龙的意见,儿子上高中了,眼也高了,将来在外边恋爱个媳妇,肯定娶了媳妇忘了娘。还是先下手为强,早早给儿子屁股后面插个尾巴,让他走到再远的地方,都要想家、想娘。母亲没有征求儿子的意见,就托人四处给儿子找对象。当时的社会,不在乎家庭贫富,只要人好。望龙是高中学生,人长得又俊,母亲很快就在邻村找了个比望龙小一岁的完小毕业的半知识分子,名字叫秀梅。望龙开始不同意,但经不住母亲寻死觅活的哭闹,终于同意了。还有一个更主要的原因,望龙上完小时,秀梅比望龙低一级,是盛开在学校里的一朵秀丽的梅花,同学都说秀梅是校花。后来由于母亲病故,秀梅考上初中也没上。当初,望龙心里也曾暗暗追求过秀梅。那年腊月二十三,望龙放了寒假,母亲给望龙完了婚。结婚后,二十天的寒假蜜月很快过完了,收假时,小两口还有点难分难舍,不是母亲催得紧,望龙还想在家里多待几天。

望龙上学后,每周星期六下午回家,星期天下午到学校,从不脱空。考大学再有一个月时间了,母亲和秀梅都叫望龙星期天不要回家,好好复习功课。但望龙不听,还是坚持每星期六回家。

高考通知书下来了,望龙考到华东一所名牌大学。靠北山的一个小山村出了一个大学生,这是祖祖辈辈没有过

的事，十里八村都传开了。大家都说望龙妈教子有方，总算熬出了头，将来洪福齐天。有些年岁大的人说，这是人家祖上积的德，人家几辈子都是读书的、当官的，啥种子种出啥苗，啥葫芦结啥瓢。望龙妈高兴得几乎发了疯，领着望龙和媳妇来到望龙父亲的墓前烧了纸钱，又是哭，又是笑。母亲心想，我对得起死了的丈夫，我对得起王家，我没白受十几年的苦，我没白守十几年的寡！母亲领着望龙到所有的亲戚家转了一圈，到村里每家每户给叔叔婶婶报个喜，告个别。从来不赶集的母亲领着望龙隔三岔五到距村十五里的镇子走一走，逢人就说自己的儿子考上了大学，见人就夸自己的儿子如何听话。母亲晚上12时睡不着，早晨5时就起床，嘴里不停地念叨着，心里不停地筹划着，手里不停地做着活儿，儿子走时要拿的被子呀、褥子呀、脸盆呀、毛巾呀……样样都得准备好。望龙的媳妇秀梅既高兴又担心，高兴的是自己丈夫成了方圆十里唯一的大学生，大学生就是旧社会的举人，当了官了，吃了官饭了；担心的是望龙进了大学，将来干了大事，会不会在外地看上了大地方的洋学生，不要她了，学了陈世美。村上的年轻媳妇、姑娘碰见望龙的媳妇，都流露出了一种复杂的眼神，既羡慕又嫉妒。嘴里说你现在成了娘娘了，心里却说，等着瞧，望龙非休了你不可，乌鸦不能占凤凰的窝。

　　院里忽然刮来一股冷风，掀开了两扇门，灵堂前的蜡烛被风吹灭了。望龙期待着王华点烛，可王华没有动静，望龙也懒得叫她。屋里院外漆黑一片，再一阵风吹来，有点阴森森的，望龙有点不寒而栗，眼前突然恍恍惚惚出现了前妻的影子。前妻扎着两根羊角辫，穿着花花粗布衫子，脸色桃红菊白，水灵灵的大眼睛天真无邪地看着望龙，嘴一笑，脸上现出深深的酒窝。啊！这不是当年小学的校花吗？多少男同学都在为她做相思梦，为她暗送秋波，为她献殷勤，为她流口水，最后还是我王望龙占了花魁。再一看，面前站着的人忽然成了一个披头散发的女人，瘦骨嶙峋，瞪着一双又深又大的眼睛，显出无限哀怨，似乎有点愁恨绵绵。这时院子里又吹来一股冷风，望龙打了个寒战。望龙从来不信鬼，但这会儿也有点害怕，忙叫醒王华："王华，把蜡烛点着。"王华迷迷糊糊睁开眼，见一片漆黑，忙摸着走出房门，取来火柴，点燃蜡烛，又坐在灵堂前睡着了。

　　望龙回忆往事不能不恨自己，自己实在对不起秀梅啊！上大学离家的前一天晚上，两个人都没有睡意，时节已到了处暑，北山脚下的夜晚人们还盖着棉被，一对即将离别的小夫妻那种情景，让煤油灯也感动得流泪。一会儿缠缠绵绵，一会儿泪眼相对，一会儿海誓山盟。

　　秀梅说："你不要当陈世美！"

　　望龙保证说："官再高也不忘糟糠妻！"

　　秀梅说："在外要当心身体，每月给我写一封信！"

　　望龙说："你要孝顺母亲，快给咱生个儿子吧！"

　　小夫妻说着，爱着，哭着，不知不觉鸡叫了。望龙妈站在窗外小声叫着："望龙，赶紧起来，你姨父买的车票是早晨10点钟，5点半从家里就要走呢！"望龙和秀梅赶紧从炕上爬起来。母亲已做好了喜馄饨，当地人有喜事和出远门都要吃喜馄饨，母亲还给望龙煮了九个鸡蛋。谁知刚出门，门前已站满了村里的叔叔婶婶。尽管全国人民都在渡难关，家家缺粮少食，可他们还是这家送一个鸡蛋，那家送两个玉米棒子，满满地装了一大筐。生产队长已套好了驴车在门口等着。望龙含着眼泪和村里的叔叔婶婶告了别，和秀梅上了车，母亲拿着鞭子，一声吆喝，驴车拉着母子三人出了村。到了村外的老槐树下，母亲又是一声吆喝，驴车停了。母子三人下了车，母亲对望龙说："龙龙，向大槐树告个别吧！"望龙慢慢地走到大槐树边，两手摸着大槐树，思绪万千，往事潮水般地涌现在眼前……

当年父亲在世时，经常和望龙在大槐树下捉迷藏。夏天的早晨，父亲在树下教望龙背诵唐诗。还有一次望龙贪玩，父亲教的唐诗望龙没有背过，父亲在老槐树下打了他的手板。母亲带着望龙铲野菜回家时，路过老槐树，总要在树下待一会儿。望龙和孩童们在老槐树下玩耍，有时天黑忘了回家，母亲总是拿着衣服到老槐树下接他回家。上高小、初中、高中，八年时间母亲不知在老槐树下接送过望龙多少次！"老槐树呀，老槐树！你哺育了我，你教育了我，你的树身，你的每一根树枝，你的每一片树叶，都铭刻着我成长的历程，都见证着我父亲，尤其是我母亲的恩情……"

"龙龙，走吧。"母亲催着望龙。望龙用拳头狠狠地砸了一下老槐树，无限深情地说："你是我的故乡，你是我的根，你是我的父母！我王望龙即使走到天涯海角也不会忘记你！"王望龙坐到车上哭了，哭得很伤心。母亲心里却笑了，儿子果然有志气，有孝心。母亲和秀梅把望龙一直送到城里，足足走了三个钟头。婆媳俩在车站门外等着，望龙坐上车，十几分钟车就开了。那时客运还是敞篷车，望龙使劲向后招着手，直至拐弯看不见母亲和秀梅。母亲和秀梅擦着眼泪，向望龙招着手，秀梅情不自禁地抽泣起来。

望龙到学校的第三天晚上给妻子秀梅写了两千多字的长信。内容大致可分四个部分：一是对甜蜜生活的回忆，二是对未来幸福生活的梦想，三是对爱情忠贞不渝的誓言，四是对秀梅的嘱咐和对母亲的问候。第一部分让人读了好像掉在回忆的蜜罐里不想出来。第二部分让人读了心里会荡起爱情的涟漪，扬起爱情的风帆，在爱情的长河里航行。尤其是第三部分，写得真个是天地做证，日月可鉴。秀梅不知把信读了多少遍，流了多少幸福的眼泪！

第一学年，望龙几乎是每月写一封家书，寒暑假都回来。回来和秀梅的亲热劲似乎胜过结婚时，古人都说久别胜新婚。可是到了第二学年，望龙一学期给家里写了两封信，假期回来，在家住的时间也短了，甚至还说，咱们现在都成老夫老妻了，热劲也该过去了。秀梅也感觉到望龙对她比以前冷淡多了，而且话有时也说不到一块，一种恐惧感悄悄地向秀梅心头袭来。到了第三学年的第一学期，望龙只给家里写了一封信。放寒假腊月二十八回家，初五刚过就走了，说是忙，赶写什么论文。秀梅有点不高兴，说望龙变了心。母亲却说男儿应该志在四方，不要儿女情长，我养的儿子我知道，望龙不会忘记母亲、忘记妻子、忘记这个家的。不过做妈妈的总希望快快抱个孙子，结婚都快三年半了，孙子还不见踪影。母亲给秀梅私下说，你生个儿子就把望龙牵住了。说也凑巧，在第二年的10月，秀梅终于给望龙生了个女儿。

王华给父亲取来大衣披在父亲的身上说："爸，夜已深了，你睡吧，我守着。"望龙摇了摇头，示意不去。望龙这时不愿意任何人打断自己的回忆，只想让往事像潮水般涌出来，让自己徜徉在回忆的海洋里。回忆也可能是一种最好的忏悔方式，用回忆释放出自己多年来积压在心头的重负和不安。

王华换了两根白蜡烛，坐在灵堂前的干草上，望着父亲。父亲尽管是七十岁的人了，但方盘形的脸上长着两道又黑又长的眉毛，仍然保持着年轻时的魁梧，染过的不稀不密

的头发有形地整齐分着，让人一看就知道是个有修养的知识分子。怪不得奶奶说，当年当医生的继母追着父亲不舍，采取各种手段逼着父亲就范，最终父亲成了继母的俘虏。王华刚满两岁，望龙就和秀梅离了婚，抛掉妻女，当了陈世美。母亲不让秀梅带走王华，自己养着。从此王华与奶奶相依为命，在小山村苦度时光。

　　秀梅离婚后回到娘家，当年追过秀梅的人掉回头来又追秀梅，可是秀梅死活谁都不见，总希望望龙回心转意，接自己回王家坡。到了寒假和暑假，秀梅天天在村头站着，等望龙接自己，从天明等到天黑，几乎是风雨不避。人们都说秀梅想望龙想疯了。一直等了两年，后来听村里人说，望龙这年春节领回来一个当医生的媳妇，秀梅的心才死了，随后病倒在床上再没起来。秀梅病了一个多月，不吃不喝，人瘦得皮包骨头，在二月二龙抬头这一天死了。据说秀梅死时还说："望龙，我不怪你，我不配你！村里人说乌鸦终究占不了凤凰的窝。假使有来世的话，我也要上大学，还要嫁你！"望龙后来听到这番话，还偷偷地哭过。

　　望龙现在的夫人叫文倩，两人是在一次舞会上偶然认识的。那时望龙还没离婚，交往过程中，望龙总是躲躲闪闪，处处小心。后来望龙告诉文倩，自己有妻子，有女儿。文倩不但不嫌弃，对望龙反而追得更紧了。文倩看上了望龙的才和貌，铁了心要嫁望龙。文倩生于医生世家，父母都是省城的名大夫，只有文倩这一个宝贝女儿。望龙终于在农村和城市、农民和医生、贫穷和富有的天平上选择了后者，和前妻离了婚，和文倩结了婚，当了陈世美，做了东床驸马。

　　他们的结婚典礼是在省城举办的。虽然那个时代崇尚节俭，实行革命化结婚，但简单中也显示出城市高级知识分子的高贵身份。望龙回想起过去，母亲第一次给自己办婚礼,多么庸俗,两者实在没法相比。自己这回选择对了,一切都心安理得了。结婚第二年,望龙决定借过春节领着文倩回老家住半个月。望龙给母亲写了一封信,信上说文倩过年要回家,一定要把家里的卫生搞好,房子里的被子、褥子、枕巾、床单全部都要换成新的。这下可难坏了母亲,当时买布要布票,没办法,只好向邻居们东借西借,除了床单和被里子是用买的布做的以外,其余都是用母亲多年织的粗布做的。母亲又叫来娘家的侄儿帮忙,把院子内外打扫得干干净净。腊月二十四就蒸好了过年馍,母亲担心儿子看到玉米面馍,便把玉米馍放到瓷瓮里。腊月二十九,望龙领着文倩回来了,母亲赶着生产队的牛拉架子车到火车站接儿子和媳妇,将王华放在邻居家。到渭北的火车去年才通车,望龙家离小火车站有十几里路远,母亲提前一个小时就到了火车站。火车下午4时才到站,望龙扶着文倩下了火车,看到母亲给文倩说:"这是咱妈!"文倩看了看母亲,微微笑了笑说:"妈,难为你了,这么老远来接我们。"母亲看到文倩这么有礼貌,人又漂亮,心里又乐了,妈还是疼儿子。母亲让二人坐到架子车上,一甩鞭子,牛拉着这一对新婚夫妇飞快地往回赶。到了村头老槐树下,母亲特意停住车对望龙说:"记得这棵老槐树吧?"望龙嗯了一声,催着母亲说:"天黑了,快回家吧!"母亲看了望龙一眼,心里的热乎劲凉了一大截。到了家天已经擦黑,小王华在门口站着。奶奶见了王华,忙拉着王华到望龙和文倩跟前说:"叫爸爸和妈妈。"文倩看看王华,顺口说了句:"像望龙。"王华怯生生地看着面前这两个生人,手指含在嘴里不敢说话。望龙看见,忙把王华的手从嘴里拉出来,用批评的口气说:"谁教你养成这种不良习惯,多不卫生!"王华吓得哭了,一下子扑在奶奶的怀里。

母亲瞪了望龙一眼没说话,把王华抱在架子车上,给生产队送牛和车子去了。

那年头过年简单,除夕晚上吃完饭后,母亲从炕洞取出半砂锅柿子,分了些给望龙和文倩送去。文倩接过柿子说:"谢谢妈!"母亲回到自己房里,给王华脱了衣服,让王华睡觉。平时王华睡在被窝里说这说那,和奶奶逗着玩着,今晚的王华眼睛瞪得圆圆的,瞅着顶棚一句话都不说。母亲取了一个柿子,揭了柿子皮,吃了一口再也吃不下去了。不知什么原因,母亲总感觉到文倩的笑是装出来的,叫的妈远远没有秀梅叫得近,叫得热火。尤其是对王华的冷淡,母亲更是受不了。望龙见了王华的第一句话就是冷冰冰的批评,这是用刀子往母亲的心上戳!母亲想着想着流泪了。

"妈!"望龙的叫声把母亲从沉思中唤过来。母亲忙擦掉了眼泪说:"你和文倩还没睡?"望龙看着母亲脸上的泪痕,问了一句:"妈应该高兴,为什么要哭?"母亲说:"我想起了你爸,他死得太早了。"望龙停了一会儿才说:"每逢佳节倍思亲,这是人之常情。不过父亲已经走了二十多年了,你也不必过于伤心,你的身体要紧。"母亲看了看望龙,深情地说:"龙龙,你几年都没回家了,咱们这儿又通火车了,回家很方便,难道你不想妈妈吗?"望龙说:"天天都想你,工作忙难以脱身。自古忠孝不能双全,这是你经常教育我的话。"母亲又说:"妈是老了,自古人人都往下亲,难道你不想你的华华吗?"望龙说:"华华有妈管着,我一百个放心。"母亲笑了笑说:"事干得不知咋样,嘴练出来了!"停了一会儿,望龙吞吞吐吐地说:"我结婚时本来想接你去,文倩的父亲也同意。不过我想你来时一定要领华华,参加婚礼的人知道我有个孩子,对文倩影响不好,加之来回要倒车,所以就没让你来。"

母亲半躺着身子给王华拉好被子说："我守寡抓了儿子，现在又守寡抓孙子。娃有我哩，不要你管，你好好过你们的幸福日子！"

正月初三一过，初四天刚亮，望龙叫来两个小时候的伙伴，骑着两辆自行车，带着望龙和文倩去火车站坐火车。母亲拉着王华跟在后边送到村头。母亲总以为望龙、文倩在老槐树下会等她和王华，谁知自行车停也没停就下了十亩堰坡。母亲一步一步地走到老槐树下，呆呆地站着。王华懂事地牵着奶奶的手，一句话不说。母亲放声哭了，眼泪流水般地落在老槐树下。

老槐树下的老土地上不知落过母亲多少次眼泪，这次落得最多。王华吓得抱着奶奶的腿也哭了。老槐树摆动着庞大的干树枝在寒风中吱吱作响，折了的枯树枝落满了地，一根树枝落下来划破了母亲的脸，母亲脸上的血和泪混在一起流下来，一滴滴滴在王华的头上、身上。这个用血和泪浇灌儿子长大成了龙的母亲，又用血和泪浇灌着孙子呀！苦路漫漫，这种岁月何时才是尽头啊！

鸡叫了，王华从干草上爬起来，给父亲倒了杯开水，并给父亲取来故乡二月二的"咬虫虫馍"。望龙这时肚子也有点饿，接过咬虫虫馍，鼻子一酸，泪又掉了下来。咬虫虫馍是正月十五用白面蒸的各种形似动物的馍，风干后放在竹筐里，挂在高处，到二月二中午在灶膛里烤黄吃，象征着"咬虫虫"。粮食缺的时候每人只能吃一个，现在粮食多了，馍也烤得多了，任意吃。望龙最爱吃母亲烤的咬虫虫馍，过去上大学收寒假时，母亲总是装上一包包烤好的咬虫虫馍，让望龙带着，望龙工作了，路途遥远，加之七八年回不了一次家，咬虫虫馍对他来说已经陌生了。

文倩和望龙结婚整整十七年了，只到过王家坡一次。文倩第一次到王家坡后回到西安，在望龙面前发过誓，再不回这个乡巴佬的家，也不认这个乡巴佬的妈。望龙说："你不能看不起我的母亲，你也有父母。"文倩冷笑着说："人谁没有父母，但父母与父母不一样，你的父母能和我的父母比吗？"望龙见文倩说出这样不讲道理的混账话，气得直发抖，但又找不出批驳的言辞。望龙知道，再要交火，文倩还会说出更难听的话。望龙屈服了，谁让自己喜新厌旧、贪图虚荣呢？文倩还规定，望龙以后少回王家坡，回到王家坡也不能多待，更不准望龙母亲带着王华到城里来。这些年，望龙也只回了三次王家坡。一次是春节在家住了三天，腊月二十九坐火车到西安，在西安待一个晚上，除夕从西安坐火车，下午到王家坡，初三早晨坐火车到西安。第二次是到西安出差，抽空到王家坡转了一圈，前后不到半天时间。第三次是母亲有病，王华打电话把望龙叫到王家坡。望龙看到母亲身体很虚弱，说话上气不接下气，人已瘦得不像样子了。王华趴在奶奶炕前直哭，望龙心里一惊也落了泪。望龙心想，这个家离不开母亲啊！母亲要是死了，谁管王华呢？第二天望龙联系了一辆车，把母亲送到西安，又从西安坐飞机回到了工作的省城，王华也陪着。望龙本来想让母亲住在文倩工作的医院，谁知文倩把望龙母亲安排在另一所医院，理由是王华在，担心同事议论。望龙和文倩吵了一架，骂文倩做事太不近人情了。文倩不紧不慢、不冷不热地回敬了望龙一句："我不愿意让别人说我当了继母！"母亲住医院期间，望龙每天白天都要陪着，尽着一个儿子的责任。文倩来过一次，只待了十分钟，就说有事走了。望龙星期天领着和文倩生的儿子和女儿一

起探望母亲,母亲望着两个城里的孙子,高兴地笑了,忙给孙子取水果。两个孙子齐声说:"谢谢奶奶,我们不吃。"望龙让两个孩子坐在母亲病床前,说:"让奶奶摸一摸。"两个孩子第一次见乡下的奶奶,显得很不自然,母亲消瘦的病容让两个孩子有点害怕。两个孩子平时见的爷爷奶奶,都是省城的名医,那多有气派,正如文倩说的,两边的老人就没法比。母亲显得很从容,拉着两个孙子的手说:"来认识一下,这是你姐姐王华。"两个孩子看看王华,又回头看了一下父亲,大孙子说:"嗯,听爸爸说过,还有点像爸爸。"王华走上前去拉着弟弟妹妹的手说:"姐姐想见你们,奶奶天天都在想你们,你们为啥不回家?"小弟弟用普通话说:"其实我们都想回家看奶奶,但妈妈不让回去,说老家在山脚下,那儿的卫生不好,睡的土炕,有臭虫,吃的饭也不卫生。"望龙瞪了两个孩子一眼,训斥说:"不准胡说!"小弟弟不服气地说:"去年春节你要带我们回老家,妈妈不让去,结果你和妈妈吵了一架,最后你也没有回去。咱们家妈妈是领袖,说了算。"望龙气得又要训斥两个孩子,母亲忙说:"不要怪孩子,孩子心里想回家看我,我就心满意足了。"这时,小弟弟又说:"爸爸,快11时了,12时我姥爷、姥姥在金山宾馆请我们吃饭,我姥姥说让你也去。"望龙极不愿意地摇着头。母亲看着望龙难为情的样子,忙说:"你去吧,这儿有王华陪着。"望龙垂头丧气地和两个孩子走了。王华呆呆地看着弟弟妹妹的背影,心里想,都是孩子,为什么是这样?

母亲在医院住了十天。出院的那一天早晨,望龙赶8时到了医院,给母亲买了些药品,并拿来一身衣服给王华说:"这是文倩给你买的一身衣服,让我给你。本来她要来,刚好一会儿要上手术台,不能来了。"母亲说:"来不来

心到就行了,还买什么衣服?"望龙给母亲办了出院手续,并带了些药,直接送母亲和王华坐上了去西安的车,母亲和王华第二天坐汽车回了王家坡。

母亲千辛万苦供王华高中毕了业,考大学没考上。王华不想补习,母亲坚持要补,村上的人都劝母亲算了。守寡供儿子十几年,几年见不上儿子的人影,何必守寡又供孙子!母亲说:"望龙虽然不常回家,那是官大事多,自古忠孝不能两全。我儿子毕竟成了龙了,我没有空守寒门。"结果王华第二年还没考上,为此,母亲背过王华哭了几天。母亲还想让王华补习,王华死活都不补。最后母亲写信征求望龙的意见,望龙给母亲回了一封短信:

母亲大人近安:

来信收悉,关于王华补习一事,我意见还是尊重王华自己的意思。学习在于自己努力,本人不愿意,强迫下来,结果还是考不上,那时会让你更伤心。母亲,你含辛茹苦供儿子上了将近二十年的学,父亲在阴间时时佑护,你在阳间天天祈祷,望子成龙。可是儿子成了龙对你们有什么好处呢?除过空扬其名以外,家庭得到的,你得到的,又是什么呢?儿是个典型的忘恩负义的不孝之子!但"不孝"二字,对儿子的事业,对儿子的前途,丝毫没有带来损害。而母亲你不知道忍受了多么大的痛苦!这种伤害,这种痛苦你强压在心底,在人前却是强装笑颜,夸儿赞儿,这到底是为了什么?老天为什么这么奖罚不明呢?

供养王华本来是我的责任,我却推给了你。想到此,儿心就像刀子在扎,难受极了。但又有什么办法?在处理家庭问题上,儿子太没出息了!

儿孙自有儿孙福,何为儿孙做马牛。母亲,放弃你的想法吧,让王华陪伴在你的身边替儿行孝吧!谢谢王华!祝母亲平安!

　　　　　　　　　　　不孝儿望龙
　　　　　　　　　　　×月×日

　　王华没有再补习,在村上当了代课教师。两年后王华订了婚,对象在邻村,有弟兄三个。王华为了照顾奶奶,说好结婚后王华仍在娘家生活。结婚时王华给父亲通了电话,请望龙和文倩带着孩子回家参加她的婚礼。望龙接到电话后和文倩商量,这次文倩开了恩,同意全家去王家坡,但有一个条件,坐飞机到西安,第二天早晨去王家坡,当天下午必须赶回西安,望龙也同意了。王华结婚这天是王家几十年来最热闹的一天,全家大团圆。母亲把家里嫁女的事先天晚上已经理顺了,第二天早上8时就在村头老槐树下等望龙一家。母亲已经是六十多岁的人了,大概是养了儿子养孙子,心劲大,尽管头发已经白完了,身体仍然很硬朗,穿着新衣服,脸上的气色很好。母亲看看枝叶茂盛的老槐树,心里说,老槐树焕发青春了,我王家坡又有喜事了!过往的人看见母亲在老槐树下站着,都说:"王奶奶,今天嫁孙女,你不回去招呼客人,站在这儿等谁呢?"母亲笑着说:"家里有人招呼,望龙一家子要回来了,城里的两个孙子是第一次回家,我在这儿等着呢。"

　　9时,一辆红色出租车上了十里堰坡,停在老槐树下。望龙从车上走了下来,叫了声"妈",文倩和两个孩子也都下了车。文倩仍然是很有礼貌地叫了一声"妈"。母亲高兴地拉着两个孙子说:"今年的老槐树又返老还童了,我的两个孙子回来了!"

　　王家坡这天沸腾了,人们都到王家给母亲贺喜。既是

王华出嫁，又是王家大团圆的大喜日子。

　　王华临出门时拜了祖先，拜了奶奶，拜了父亲，也拜了继母。王华今天哭得特别伤心，母亲陪着王华哭，村上的婶婶奶奶也陪着母亲哭，望龙也擦着眼泪。文倩的两个孩子悄悄地问文倩："我爸为什么也哭？"文倩冷冷地说："睹物伤情吧！"王华要走了，母亲总以为望龙和文倩要到新郎家送女，谁知文倩说："我们还要返回去，回家转转就行了。"望龙又是无可奈何地摇了摇头。母亲这次生气了，大声说："回家，回家，这哪是你们的家呀，是歇马粮店也不至于这样呀！"但望龙一家四口还是走了。母亲趴在炕墙上放声哭了，邻居再劝也劝不住。这天晚上是母亲几十年来最孤独的一个晚上，也是最伤心的一个晚上。

　　天已经麻麻亮，望龙丝毫没有困意。七十岁的人了，从背椅上站起来，腿觉得有点疼。望龙戴着孝布，穿着孝衣，披着大衣走出大门向村外走去。

　　渭北的早晨，春寒料峭冻得人手指发麻。望龙来到老槐树下，曙色中的老槐树枯枝横空，瑟瑟发抖。北山上的石径弯弯曲曲，依稀可见山头上的柏树林，黑黑的一片像一顶大黑帽子压在山头上。再望十亩堰坡头的古道上空空荡荡，黄尘起落，几声乌鸦的凄叫从老槐树顶端传出，直刺向茫茫苍穹。望龙穿上了风衣，看着北边的山，看着南边的路……

　　去年12月，王华给望龙打电话，哭着说："奶奶病了，医院诊断是肺癌晚期，奶奶想见你一面。"望龙接到电话，第二天一个人就赶回来了。晚上，望龙躺在母亲的床上陪伴着母亲，母亲摸了摸望龙的头说：

"龙龙,四十多年了,你第一次躺在妈妈的身边。"

望龙说:"妈!儿子实在对不起你呀,这辈子儿子白活了!"

母亲说:"不要那样说,妈妈虽然受了一点苦,可那算什么!苦也是为了儿子呀!儿子成龙了,妈死了到阴间给你父亲也有个交代。"

望龙苦笑了一下说:"我这条龙变得实在不值得,不如一条虫。"

妈笑了笑说:"我儿子是条真龙啊!"停了一会儿,母亲摸着望龙的头说:"不管怎么说,文倩对你好,也有本事,你们一家都很幸福。妈现在最放心不下的是王华。"母亲一提起王华又哭了。

望龙取出手帕给母亲一边擦泪一边说:"妈,别哭了,这都怪儿子没尽到一个做父亲的责任。"他说着说着也哭了。母亲从枕边取出毛巾给儿子擦眼泪。

王华的爱人是个木匠,大部分时间在外打工。王华在学校教书,家务活全部是奶奶承担,日子过得平平静静。后来王华生了两个孩子,为了工作,王华把两个孩子交给奶奶管着,奶奶又是起早贪黑,忙里忙外。母亲二十到四十为儿子忙,四十多岁到六十多岁为孙女忙,七十多岁又开始为重孙子忙!望龙母亲认为这是做女人的本分,女人就是为孩子活着,为孩子干着,为孩子忙着。一生为孩子是一个母亲的天职,也是做母亲一生最大的幸福。望龙、王华、王华的儿子都心安理得地享受着母亲、奶奶、祖奶奶对他们的付出和贡献,将一切都视为天经地义,视为理所当然。母亲对望龙说:"王华这孩子命苦。前年王华的女婿因车祸砸断了腿,至今躺在床上不能下地,当时给你打电话,你也没回来。"望龙不无内疚地说:"那时我不在,

出国去了。"母亲又说："华华一个孩子上高三，明年考大学了；一个孩子上初三，明年就要考高中。不管怎么样，一定要让娃上大学。只是我老了，不中用了，王华咋办呢？"说着说着又哭了。望龙抓住母亲的手说："妈，你放心，两个娃上大学的费用全部由我管。"母亲不相信地问望龙："那文倩同意吗？"望龙说："妈，我们都老了，人老了才懂得孝心了。"母亲欣慰地说："这下我可放心了。不过龙龙，在妈面前再不准说你们老了，年龄再大，在妈妈面前还是孩子。"望龙点点头，拿着母亲的手放在自己的脸上，让母亲抚摸着。

望龙在家侍候了母亲一个月。文倩也来过王家坡一次，给母亲带来了好多药物和食品，重要的一件事是文倩亲手把母亲的身体擦洗了一遍。不过还是中午到王家村，下午又回西安了。

"爸，烧纸了，赶快回家吧！"王华在村头喊。望龙望着老槐树，实在不愿意离开它。回家的路上，王华说："我奶奶生前总是站在老槐树下等你、等我、等全家，老槐树是奶奶一个最忠实的伴侣，因此我做了一个纸扎槐树给奶奶陪葬，让奶奶和老槐树在阴间一起为伴，相互倾诉吧！"

母亲下葬的当天，望龙头上戴着孝帽，身上穿着孝衣，腰间系着麻绳，手里拿着孝子棍，当着大孝子。按照当地的风俗，迎魂、出纸、祭轿、出丧、跪戏、送丧等都按程序进行着。文倩没有出现，出差去了，理由是她当不了大孝子，与其装样子还不如不来。文倩的大女儿出国去了，小儿子先一天下午赶回来，第二天下午就走了，不过先一天晚上还是在乡下奶奶灵堂前守了丧，只是没有哭。出丧时，一家乐人唱着《朱春登放饭》，一家乐人唱着《三娘教子》。

望龙趴在轿前大声号啕着,看的人说儿子上了大学还是好,一是光宗耀祖,二是有钱,今天过事就花了三四万,多热闹。有的说,娶城里干事的媳妇不如娶农民,干事的媳妇四十多年只回来过两三次家,死了灵堂前也不见儿媳妇的影子,生不养,死不葬!农民媳妇平时总在老人跟前,死了起码能哭几声。有些人说,儿子上大学,一年土,二年洋,三年不认爹和娘……

望龙只顾哭,别人说啥也听不见,任人说吧!灵车路过老槐树下,望龙特意叫灵车停下来,给管事的人说:"在这儿摆个'路祭',唱一段戏。"支书问:"点什么戏?"望龙说:"《清风亭》!"支书有点难为情地说:"望龙叔,你看合适吗?"望龙说:"有什么不合适的,让老槐树惩罚我这个忤逆虫吧!"

父亲孤独地死了,责任在谁

> 父亲既当爹来又当娘,把"三只虎"养大。"三只虎"都上了大学,毕业后事业各有所成。父亲一个人在家里住着新建的楼房,抽着高档烟,喝着高档酒,盖着丝棉被,坐着八仙椅,"三只虎"不可谓不孝。由于生活的习惯,"三只虎"没有"一只虎"接父亲到自己城市的家里住。父亲孤独地死了,死时没有一个人知道,这责任在谁?

今天是腊八。严锁才老汉吃了腊八面,锁上大门,提了个破竹笼到村外捡干柴去了。

严锁才住的村子叫陈后村,离县城五十里,离西塔镇十五里,离东塔镇十五里,北面靠山,东南西三面环沟,交通很不方便。开机动车不管从哪个方向到陈后村,都要绕到村北山脚下再往南进村。荒沟土疙瘩是陈后村的特色,就在这荒沟土疙瘩的陈后村却出了严锁才这个不平常的家庭。说不平常并不是严家当今出了伟大的人物,也不是严家的祖先是显贵的官宦之家,不过严家的"三只虎"却足以在陈后村方圆十里显赫。

严锁才今年七十六岁,多年在砖厂的劳累,让他们的腰过早地弯了，腿也落下了残疾，走起路来一跛一跛的。到了冬天，气管炎折腾得严锁才老汉晚上睡不着觉，只好坐在炕上，背靠着被子等天亮。

严锁才老家在河南，本姓刘，从小失去父母，20世纪50年代初从河南讨饭上来，落脚到黄龙山。60年代初在西塔镇砖厂跑斗子，经人说和，招赘到陈后村进了严家的门。那时锁才已经三十四五了，比妻子大十岁。妻子严冬莲头一个男人也是招赘的，也是河南人。结婚三年了，冬莲没生出一个孩子来，冬莲满肚子满脸不高兴，对这个男人左看不顺眼，右看不合心。冬莲父母对这个男人是否能种出一个儿子来也十分怀疑。冬莲也就随着父母意，经常和男人吵架，甚至不准男人碰她。男人气不过，打了冬莲一顿，转身走了，再没有回来。男人走后，冬莲有点后悔，在父母面前哭过。父亲说："哭啥哩！只要有地，还怕没有种地的？我托人再给你找一个。"冬莲父亲对人说："不管长相如何，也不管有文化没文化，一定要有力气能干活，农业社靠工分吃饭。另外身体要壮，我家三代没有男孩，一定要给我种出个小子来！"最后选中了在砖场跑斗子的河南人锁才。

锁才一米八的个子，虎背熊腰，天庭饱满，地阔方圆，口阔耳大，脚大手粗。冬莲父亲说："嘴大吃四方，手长有钱花，这小子的相貌长得有点像三国刘玄德。既然姓刘，说不定还是刘玄德的多少代孙呢！"

锁才三十多岁了还没结婚，走到人面前体内透出一股火，让人感到灼热，甚至感到一种说不出的威胁。冬莲一见，满意得语无伦次。第一天刚见面，第二天锁才就进了门，真是闪电式结婚。锁才真的内外剽悍，白天在西塔镇砖厂跑斗子，晚上还要走十五里路赶回陈后村，甚至做那些事

也夜夜不空，早上还要赶天明跑到砖厂上班，天天如此。有时晚上回来还加班给自留地拉粪，一大堆粪三下五除二就拉完了，从不叫累，冬莲一家人喜欢得不得了。冬莲为了让锁才回来方便，特意买了一辆半新自行车让他来回骑着。功夫不负有心人，锁才结婚六年，给严家种出了三个小子。冬莲爹给这三个小子起名大虎、二虎、三虎。三只虎名实相副，个个虎头虎脑，一看就是锁才的种。

  人常说，穷得烧的。严家是三代单传，而且都是女的。到了冬莲这一辈，不但生了三个娃，而且三个都是小子。大概是老天爷也有嫉妒心，两三年的工夫，冬莲的父母先后去世了。为了感激冬莲父母的浩天大恩，锁才夫妻俩商量，再给严家种出一个四虎。谁知物极必反，乐极生悲，冬莲离生四虎还有一个月时，因身体过于负重，早产了。由于交通不便，把人送到西塔镇时，大人和快要出生的四虎都死了。锁才呼天抢地，悲痛欲绝，不到一个月，人瘦了一圈，膘掉了三十斤。从此锁才领着三只虎，既当爹来又当娘，过起了度日如年的苦日子。

  冬莲死的时候，大虎十岁、二虎八岁、三虎六岁。锁才斗大的字识不下一升，但他有个老主意，一定要让三只虎上学。锁才想，人家识字的干部，吃得好，穿得好，到人前有身份，开会总坐在台上讲话，骑自行车不是新"飞鸽"，就是新"永久"，有的还坐着吉普车，抽的是"金丝猴"。自己累死累活，天天不是一身土就是一身泥，脚上从来没见过一双袜子，抽烟不是旱烟锅就是几分钱的"羊群"，还不能经常抽，一月只能抽三盒。人家的皮肤那么白，那么柔，人家干事的娶的媳妇又是那么漂亮，那么嫩的柔的，就像开了头茬的棉花桃。唉！自己就那个土包子冬莲还早早地一命呜呼了。凭自己的岁数，不要说洋媳妇，连土老婆也娶不进屋了，咱就死了那份心吧！下辈子是否要打光棍，自己还有一点担心。锁才看到，东邻家死了老婆，另外娶了一个带孩子的女人，天天打架，今天为你的娃，明天为他的娃，吵得鬼神都不安。锁才千思万想，决定再不娶人，一心一意管好三只虎。

陈后村去年也办起了砖厂，为了照顾三只虎，锁才回到队上的砖厂跑斗子，挣的是工分，一个月还有三块钱的补贴。三块钱不算多，但一个月的家庭零花就够了，比其他社员强得多。大虎二虎上学了，三虎还没上学，一年就有半年光着身子跟在锁才后边。锁才在砖厂撑了一个灶，大虎二虎放学后都回到砖厂吃饭。到了星期天，三只虎踩泥的踩泥，跑斗子的跑斗子，整砖的整砖，父子四人都光着上身赤着脚，脊背和脸晒得黑油油的。人们看到这四个铁塔敬德，既心疼又可怜，又觉得有趣可爱。大家都说锁才是虎队长，领着三只虎。

忙活时，锁才还觉不到啥，到了夜深人静之时，锁才往往翻来覆去睡不着觉。心想，抓孩子这么难！过去冬莲在，孩子的事自己一点也不管，只管在外边干活，现在什么都要自己操心。锁才最怕逢年过节，平时孩子吃饱就行了，过节过年时，要蒸时节馍，饭菜比平时要准备得多、准备得好，孩子还要换新衣服。孩子没娘了，做父亲的不能让孩子受委屈。过年时，锁才领着三只虎到镇上给每人缝了两身新衣服。正月初一吃完饺子，锁才领着三只虎在村里从前巷转到后巷，又从后巷转到前巷。有人打趣地说："虎队长领着三只虎游行呢！"锁才笑了笑说："给父老乡亲拜年哩！"吃罢中午饭，三只虎出门玩耍去了，锁才却悄悄地跑到冬莲墓前哭恓惶去了。

日子过得真快，但这苦日子对锁才来说却是长夜苦漫

漫。砖厂的活，地里的活，家务活，样样都得自己干，往往是把太阳从东山背到西山，把月亮从东天顶到西天。这硬汉子从不怨天尤人，心里只装着三只虎。有一天，砖厂厂长给锁才领来一个女人，还带着一个小女孩，说是老家在洛南，丈夫死了，到此地投亲，一分钱不要，想找个家过日子。锁才推辞不干，厂长说："锁才，你咋不识抬举！"锁才说："厂长，我的孩子多，事也多，不行。"厂长笑了笑说："你这么壮的男人，能熬得住吗？"锁才说："为了三只虎，熬不住也得熬！"厂长心里很敬佩锁才这个铁汉子的为人，但嘴里却骂着："怎能为了孩子都不要老婆了，不行，这个事我拿了！"锁才在厂长软硬兼施的情况下，只好答应试几天。就这样，没办任何手续，没设宴请客，锁才领着这个女人回到家。刚到家，锁才对女人用河南话说：

"话说明白，俺有三只虎，对俺的虎要好，中不中？"

那女人点点头。

锁才又说："要是不中，我马上赶你走！"

那女人又点了点头。女人带的小女孩看到锁才凶神恶煞的样子，吓得躲在妈妈身后。锁才提心吊胆地和这个女人过了五六天，每顿饭都要问三只虎吃饱没有，饭的味道怎么样？晚上还要背过女人问三只虎，这个女人骂了你没有，恼了你没有？总担心三只虎受委屈。到了第六天傍晚，二虎哭着到砖厂找锁才，说他学校作业没做完，老师罚他站了一个钟头，回到家没饭了。锁才听了，火冒三丈，把砖斗子一甩，拉着二虎往家里跑。一进家门，不问青红皂白，把那女人骂了一顿。然后转身到砖厂找厂长，坚决不要这个女人了，说："竟然不让我二虎吃饭，这还了得！"厂长知道锁才这个犟脾气，也就不再勉强，无奈地说："你严锁才为了三只虎什么都不要了，看三只虎长大对你能咋！"最后两人讨价还价，厂长决定第二天领着女人走。锁才回到家，那女人再解释也没用。当天晚上锁才和三只虎睡在一起。第二天一大早，厂长到锁才家，领着那女人走了。锁才对天发誓，为了三只虎，再不找女人了！

　　苦日子一天天过着，三只虎一天天长大了，锁才肩上的担子更重了，日子更难了。大虎上高中，二虎三虎上了初中。死了母亲的三只虎，平时没有任何人给辅导作业，还要帮父亲做各种活路。说句不好听的话，三只虎4月还穿着棉衣上学，6月经常赤着上身、光着脚在巷里走来走去。平时吃饭饥一顿饱一顿，生熟不分，有了病扛扛就过去了。三虎出天花时，大雨天还坐在巷道里玩水呢！说也奇怪，这三只虎不但身体一个比一个结实，而且学习一个比一个好。尽管锁才一天天老了，腰一天天弯了，但他看着三只虎一个个长高了，一个个懂事了，心里乐滋滋的。

　　一到星期天，锁才在砖厂跑斗子，三只虎就在砖厂出砖挣学费。砖厂做活的人看着壮实的三只虎羡慕得不得了。厂长说："你这是啥优良品种种出这三只虎，怪不得冬莲父亲选中了你！"锁才只是笑，不说话，眼睛却不由得看着自己的优良成果三只虎，挖泥的劲更足了，跑斗子的腿跑得更快了。

　　农村人说，孩子学习越好，父母孽果越重。几年工夫，大虎上了大学，二虎三虎都上了高中。当时的学费虽然不算重，但钱来得不易。农民早已不挣工分了，砖厂的工价仍然很低，累死累活一个月只能挣七八十元钱。碰到雨季还挣不到那么多钱，要是倒了坯子那更是倒了霉，一分钱挣不上还得往里贴赔。更重要的是，锁才已经是快六十岁的人了，砖厂没有一样轻松活，没有一样干净活，每月挣的钱相比三只虎花的学费还差一大截子。过去走

上十几里路,晚上还要干那么多的事儿,第二天赶天明又要赶到砖厂,从不知道累,觉着浑身有使不完的劲,流不完的热量。现在不行了,下午没干完活就觉得全身困疼。回家的路上,腿一跛一跛的,回到家饭也懒得做,一个冷馍、一碗凉水、一根生葱就打发了,躺在炕上再也不想动了,但又睡不着觉。这真是好汉不提当年勇,少年光棍老来鳖!但锁才为了三只虎的学费,还得硬撑着;为了三只虎的学费,还得想法多挣钱。锁才寻思了几天,最后硬着头皮找厂长说:"厂长,三只虎花钱多得厉害,我已欠别人几千元的债了,能不能让我晚上加班出窑?"厂长看着锁才苍老的样子,心里顿时觉得酸溜溜的。多么强壮的汉子,为了三只虎,十多年在这砖厂把血流干了,汗流尽了,骨头也挣碎了。厂长不无伤心地拍拍锁才的肩膀说:"老伙计,多年的感情了,能照顾的尽量照顾。现在周围邻村都办起了机砖厂,咱们村当下办不起机砖厂,这个青砖厂再没有两年的光景了。三只虎的花销会越来越大,以后你的日子咋过呢?"锁才茫然地摇着头说:"走着看吧。"厂长又说:"难过是你自找的,谁让你种出三只虎!唉,三只虎以后要对你不好,天诛地灭!"

锁才白天跑斗子,晚上拖着疲倦的身子加班出砖。他在心里盘算着,出一万块砖挣三十元钱,每天晚上出十架子车砖,每车装一百条,能挣三元钱,一个月算二十五天能挣七十五元钱,一年挣下来的钱,不够两只虎上高中也差不了多少。开始干了十几天还算顺利。这天早晨,厂长找锁才说:"大虎打来电话,说买什么资料需要五十元钱,你赶紧给汇去。"厂长顺手给了锁才五十元钱,接着说:"先给你预付五十元工资。"锁才到镇上汇了钱,回家的路上想:从今晚起,每架子车加三十条砖,多拉两次,每月又

能多挣九元钱。为了我的三只虎，累死也是值得的。这晚，锁才跑完斗子，到家拿了一个冷馍和一根葱，一边走一边吃。出窑时砖装得多了，车明显重了，锁才拉着觉得分外吃力，不由得叹了口气说："老了，不中用了！"拉到第二车时，忽然绳子断了，人栽了个狗吃屎，砖从车子前辕滚下来，砸在锁才的两条腿上，一阵剧痛，锁才昏过去了。醒来时，明亮的月亮已偏西了，砖厂里静静的一个人也没有。锁才不知道是怎么回事，往起爬时腿不能动弹，这才意识到自己拉断绳子栽跤了。手往头上一摸，血糊糊的，一股钻心的疼让他咬紧了牙根。他挣扎着翻过身，取掉腿上的砖，好一会儿才爬起来。扶着架子车活动了几下腿，觉得不大要紧，这才放心了。他忍着疼，推着架子车当拐杖，一瘸一瘸地走回家。

说也凑巧，厂长这晚没在砖厂，去了西安，三天以后才回来。听砖厂人说，锁才从厂长走后再没有来过砖厂。厂长觉得奇怪，急忙到家找锁才。锁才家的大门在里面关着，厂长扯着嗓子大喊也没人应。厂长急了，忙叫人来，沿着梯子从墙上翻过去，打开大门，一帮子人拥进去。只见锁才躺在炕上脸肿得像盆一样，脸上的血都干凝了，嘴巴微微地呻吟着，上气不接下气。厂长急了，叫来四轮车，几个人把锁才抬到车上，送往邻县医院。另外派人到县城高中通知二虎和三虎。

锁才在医院检查，透视，做B超，做心电图，该检查的都检查了，人的内脏器官良好，只是流血过多，伤口感染。加之疲劳过度，三天只喝了半碗凉水，吃了半个冷馍，身体极度虚弱。医生说，再迟一天，可能就扛不住了，就会有生命危险。现在急需输血和输液，先办入院手续。厂长垫钱给锁才办了入院手续，看着锁才住进病房，吩咐其

他人回去了,自己守着锁才。

半个时辰后,锁才的神情有点好转,二虎和三虎也赶来了。两只虎一见爸爸成了这个样子,趴在病床前呜呜大哭。锁才看着两只虎,不由得鼻子一酸,这个从来不在儿子面前掉眼泪的铁汉子失声痛哭起来。第二天,锁才感觉身体好多了,催两只虎到学校去。两只虎不去,锁才不行。最后经过商量,二虎马上要高考,先回学校,留下三虎侍候父亲。

锁才住了六天院,身体恢复了,一算账,住院医疗费花了一千五。锁才琢磨着,一年下的苦打了水漂,三只虎的学费又要背债了。

回家的路上,锁才感激地对厂长说:"这次多亏你帮忙,要不是你,我就没命了!我报不了你的恩,三只虎也要记住你对我家的大恩大德!"厂长笑了笑说:"这么多年了,砖厂多亏了你,大部分人都是今天干,明天走,走马灯似的,唯有你给我干了十几年,你的好处我永远记着。"锁才说:"俺没有别的本事,只能下苦,三只虎上学多亏你呀!"锁才转过身对三虎说:"三虎,要记住你严叔对咱们的好!"三虎点了点头。厂长看了看三虎,看了看锁才,感慨地说:"锁才,家里拴一只虎吧!三只虎都放出归山了,谁来管你呢?"锁才想了好一会儿,嘴里冒出一句话:"虎还是归山好,我这条老狗还是守在家里看门吧。"

锁才回到家的第三天又到砖厂跑斗子去了。只是腿比先前跑得慢了,身子也摇摇晃晃的,晚上再没有加班出砖。

熬呀、拖呀、挣呀、磨呀,谁也说不清锁才这十几年的苦日子是怎样过来的。村上人说,锁才为了三只虎流的汗,比东沟里的金水河流的水还多!金水河的水没有尽头,锁才的苦日子终于熬到头了。大虎大学毕业已两年了，工作单位在西安，据说还是外资企业。二虎大学刚毕业，分到岭北市已上班一个月了。三虎上了大三。锁才昨天晚上接到大虎的电话说："我女朋友星期天和我一块回家，一是看望父亲，二是认家门，请父亲把家庭环境卫生搞好。"锁才听说儿子要领媳妇回家，这下可乱了阵脚。家里只有两面旧砖窑，一面窑锁才住着，既是睡觉的地方又是做饭的地方，后边塞满了破旧的杂物。另外一面窑，原先是三只虎住着。大虎已有四年没回家了，二虎毕业回家只停了两天，还是在同学家住着。三虎上大学以后，理由是假期打工挣学费，也没回来。现在窑里塞满了农具柴火，室内的灰尘能有几寸厚，桌上全是老鼠屎，窑顶上全是蜘蛛网。锁才看到这景象，心里好像压了个秤砣。锁才只好又找厂长说：

"厂长，大虎星期天要回家。"

厂长说："那是好事，儿子几年没回来了，说明虎心还没变成狼心。"

锁才笑着说："这次回来领着媳妇，听说媳妇是北京人，我家里站人都没有一块地方，你说咋办呢？"

厂长说："这也是个问题。"

两个人琢磨来琢磨去，还是厂长想出了办法：

"我弟弟去年才盖的平板房，现在全家人在外边，房子空着，钥匙在我这儿。你给大虎打个电话，说家里的破窑拆了，准备盖新房子，现在借住在别人的家里。"锁才觉得实在不好意思，但又没有办法，只得同意厂长的意见。

锁才走时，厂长又叮咛锁才："你和大虎电话上再商量一下，孩子在家转一圈就行了，最好还是住在县城的宾馆里。"锁才点了点头，走了。

星期天早晨，锁才穿着大虎穿过的旧衬衫，领子已经破了，外边罩上大虎上学穿过的西服。锁才的腰佝偻着，西服又短又旧；昨天在镇上买了一双白运动鞋，光着脚板蹬着。锁才一大早就在村口等大虎。到了中午，只见大虎提着两个大旅行包，从村北大路上走过来了，气喘吁吁，满头大汗。锁才忙走上前去接住一个大包问："媳妇呢？"大虎说："你电话里说房子拆了，借住在别人的房子里，我和她商量，咱村交通不便，班车只能停到大路口，离家还有三里多，干脆让她住在县城宾馆，一会儿咱们一块到县城去，一起吃顿团圆饭。"锁才听说媳妇不回家了，悬在空中的一颗心才放下来，领着大虎进了自己的家。大虎一看家里一切照旧，两面窑好好的，忙问："你不是说窑全拆了？"锁才脱掉身上的西服，往炕上一扔，骂了大虎一句："龟孙子，你吓死我了！"这才一五一十地把事情的经过给大虎说了。大虎一边帮父亲收拾房子，一边取出给父亲买的东西，口里不停地埋怨父亲，不该为儿子弄虚作假。锁才从来没有见过这么多的东西，这么好的东西：西凤酒，硬猴王，高档茶叶，各种西安食品、糕点，还有两只北京烤鸭，两袋三原猪蹄。锁才忙拿了一只北京烤鸭、一袋三原猪蹄、一瓶西凤酒和一盒西安水晶饼给厂长送去了。锁才把东西往厂长家桌子上一放，拉着厂长的手，两个老汉四目相视，不说话，许久许久。两个布满皱纹的脸老泪纵横，谁也说不出话来。

　　下午，锁才死活都不去县城，大虎无奈，一个人走了。第二天大虎和对象回了西安。路上，大虎的对象说："你老家这么穷！"大虎握住对象的手说："你还没到我家，家里更穷了！"大虎望着车窗外的金水沟，无限感慨地说："终于走出了这个穷沟沟！说心里话，一辈子都不想回这个家了!"

来年5月,大虎要结婚了,婚礼在西安举行,三只虎一致要父亲到西安参加婚礼。锁才拗不过三只虎,4月30日坐着火车来到西安。大虎和三虎,还有大虎的媳妇把父亲接到一家宾馆,路过一家饭店吃了饭。虽然是星级以外的宾馆,但锁才快七十岁的人了,哪见过这么阔气的地方,站也不是,坐也不是。三虎学校有事,走了。二虎说第二天早晨从岭北市来西安。大虎和媳妇陪着锁才说话。大虎说:

"爸,咱们的亲戚不多,主要是我和她的同事、她娘家人,总共十几桌客人。"

锁才从床上站起来说:"中!"然后又坐到床上。

大虎说:"举行婚礼时你要在前面坐。"

锁才又站起来说:"中!"说完又坐下。

大虎继续说:"我们走了以后你洗个澡,把衣服换上。婚礼宴席上你注意点形象。"

锁才还是站起来说:"中!"

锁才说完话再一次坐下。

大虎还想说什么,媳妇看到大虎父亲这么拘谨的样子,赶紧截住大虎的话头,说:"咱们走吧,让父亲赶紧休息。"锁才听也没听,又站起来说:"中!中!"说完干脆站着不动了。大虎的脸红到了耳根,狠狠瞪了父亲一眼说:"爸!你是我爸呀!"说完眼泪夺眶而出。这眼泪是伤心,是心疼,是委屈?还是因为丢了面子?大虎头也没回拉着媳妇走了。

锁才出了一身汗,绷紧的二十四根弦这才松下来。只有大虎一个人还好说,偏偏有个高贵的儿媳妇坐在旁边,像坐在皇帝的金銮殿,能不叫人紧张吗?锁才脱掉上衣,露出佝偻的又干又瘦的黑身子,在房子里走来走去,好奇地摸摸这，摸摸那。宾馆里的被子这么软，这么绵！锁才干脆连裤子脱了，光着全身钻进被窝里。锁才睡在这绵软的被窝里，心完全平静下来，虽然有点热，但比刚才大虎两口子在时要凉快得多了！锁才心里想，三只虎以后能给我弄出这样个房子让我住着，也不枉我种出他们来！

第二天早晨5时多，锁才就醒来了，灯还亮着。锁才心想，这是谁来过？再一想是自己昨天晚上没关灯。当时自己摸来摸去，不知道怎样关灯，真后悔没有问大虎，浪费了一晚上的电，一晚上用的电能顶上家里一个月用的电。平常在家里，锁才早晨5时准时起床，到村口路上捡柴，今天实在舍不得这棉被窝，越睡越神乎，越睡感觉越绵！锁才迷迷糊糊又睡着了。

锁才被大虎、二虎的叫声惊醒了，忙穿好衣服开了门。两只虎一进门，一股臭气直冲鼻孔。大虎一看，卫生间的门开着，便盆里锁才拉的屎没有冲，卫生间地上扔满了卫生纸。大虎掉头走出房门叫服务员。二虎屏住呼吸扭过头放便盆的水，哗哗一阵水响，二虎松了一口气。大虎进了门，埋怨父亲说："多亏我媳妇没来，来了你看难堪不难堪？看来你将来没有福分和我们在城里住，下午你还是坐火车回家吧，你就是住寒窑的命！"二虎摇了摇头说："父亲当了一辈子农民，挖了一辈子泥，身上落后的不良习惯太重了，只有和那山沟沟家里的两面破窑相伴终生了。"锁才没有理会两只虎说的话，心里还想着棉被窝的美事。两只虎领着锁才离开了宾馆，锁才不停地回头望着，有点恋恋不舍，嘴里嘟囔着自己对自己说："今晚我不想回家，让我在这儿多住几天。"

婚礼宴席上，锁才在三只虎的摆布下，喉咙里悬着一颗心，两手捏着两把汗，处处小心，处处难堪，度时如年

地闯过来了。锁才心里盘算着，拖拖吧，过了下午4时，误了西安到韩城的火车，今晚再在宾馆住一夜，再尝尝那棉被窝的滋味。谁知二虎给锁才买了下午6时从宝鸡到临汾的火车。三虎说："火车到东塔镇车站已经晚上9点多了，离咱家还有十几里路，爸爸咋回去？"二虎说："爸爸晚上走路走了一辈子，还怕什么！"

锁才极不情愿地坐着火车回了陈后村。锁才坐在火车上，心里有点不高兴，心想，三只虎不应该今天送我回家！儿子对我说话好像不一样了。但又一想，儿子和我这样说话也不奇怪，村上儿子骂父亲甚至打父亲、不让父亲吃饭的事不是常发生吗？我的三只虎毕竟是上过大学的人，比农村那些没文化的后生应该要强些。锁才老汉站起身，手不由自主地摸了摸行李架上放着的三只虎给自己拿的食品。

火车驶出了繁华的西安向渭北黄土地驶去。锁才在摇晃中睡着了，梦见三只虎盖了一间宾馆似的房子，自己睡在绵软的被窝里，暖洋洋，美滋滋……

陈后庄方圆十里，谁不夸锁才老汉，谁不羡慕锁才老汉。同年当岁的老婆老汉，有人说锁才把头炉香烧了，有人说锁才老婆冬莲的墓穴选好了。当年给冬莲打墓的人竟然绘声绘色地描述着，冬莲的墓头顶的是北山的仙龟峰，脚蹬的是金水沟的凤凰尾。有的人说，这是锁才老汉拿苦换来的……厂长看着锁才打趣地说："人家是鱼跃龙门，你是狗跃虎门啊！"

当今的锁才真个不得了！大虎在西安的事干大了，和别人合伙开了一家公司，资产上千万，自己还有一栋别墅。二虎在岭北市一所高中当校长。当今的高中校长热得炙手，红得发紫，香得熏人，车后备厢的高档烟、高档酒，送人也送不完。三虎大学毕业后，在建筑单位干了两三年，现

在在邻县搞房地产，也算个小老板。三年前，弟兄三个合伙出钱，把旧院子铲平，前后盖了两座大平房。前边盖了一个大厅，为全家大团圆用的。后边平房设计的是单元，特为锁才老汉住的。十多年了，锁才老汉总在三只虎面前唠叨宾馆的棉被窝。三只虎又买了皮沙发，专为父亲享受。大虎买了上等羽绒棉被给父亲说："这被子比宾馆的被子更绵更暖和。"为了大团圆时有气派，三只虎把前厅用心装修了一番，东西两壁是两幅油画，靠南墙放了一个仿古方桌，上面摆着母亲冬莲的像。桌子两边摆着两个红漆椅子，中间摆了一个大圆桌，周围放了十个仿古木椅子。村上的人看了赞不绝口说：东塔镇，西塔镇，也没有锁才老汉这样气派的家！

房子盖成五年了，家具也摆好五年了，但团圆桌上从来没有一次大团圆。开始，锁才老汉的确喜欢了一阵子，平常最爱叫别人到自己家里看看这个，摸摸那个，取出三只虎买的好烟好茶招待大家。闲谝中最爱听别人夸三只虎，高兴了还拿着食品到巷里给孩子们散。

时间长了，锁才老汉老年人的麻烦事都出来了。锁才老汉的腰越来越弯了，腿越来越不听使唤了，地里的重活不能做了，眼睛看东西越来越模糊了，耳朵也越来越聋了。锁才老汉最难熬的是三件事：一是做饭，二是过冬，三是晚上。锁才老汉做了大半辈子饭，没有干干净净吃过一碗饭，半生不熟，稀里糊涂，不但吃出三只虎来，而且一家人几乎从不生病。可现在人老了，什么都不行了，今天面硬了，明天饭凉了，不是咳嗽就是胃疼，天天离不开药。巷里人说，锁才老汉是福享得烧哩。再说吧，眼不行，手更不听使唤，面不是煮煳了，稀饭就是熬干了。蒸馍更成了锁才老汉的一大难事，面揉不到一块，半天蒸不出二十几个馍来，十有八九馍蒸不熟。锁才最怕的是过冬天。冬天这四个月对锁才老汉来说，就像过四十年。陈后庄在渭北高原北山脚下，冬天风大尘大气候冷。三个虎给父亲卧室装了一个锅炉，煤买了四吨，但锁才不会烧也烧不动，还是老办法——烧炕。炕烧得烫手，房子里却是冷冰冰的。人老了，抵抗力差了，锁才三天两头感冒。有一次炕烧得过热，裤子、毯子、被子都烤得起火了，险些把锁才老汉烧死。冬天再难熬也只有三四个月，锁才老汉最难熬的是晚上。白天一伙老汉围在一起吃烟、喝茶、谝闲话，时间倒也过得快。到了晚上，人家都各自回家，锁才一个人坐到沙发上，打开三十六寸的电视机，看不到十分钟就迷糊了，电视机关了马上又清醒了，最后干脆不开电视了。人老了，怕死、爱钱、没瞌睡。锁才老汉孤单地一个人坐在炕上，盖上羽绒被，那种绵软的、暖暖的感觉渐渐也没有了。锁才干脆把冬莲的像从大厅取来，放到自己睡的地方，实在睡不着觉就和冬莲的遗像说说话。有一个晚上，锁才梦见冬莲坐在自己身边哭。

冬莲说："当家的，你现在享福了！"

锁才说："多亏你的地里长出了三只虎。"

冬莲说："我在阴间还在受苦呀！"

锁才说："你到西安找三只虎去。"

冬莲说："我去，他们没一个留我。"

锁才说："不信，虎再凶也认他的虎妈妈！"

冬莲擦了把眼泪又说："他们说我穿得烂，不讲卫生，和他们住不到一块。"

冬莲说着伤心地大哭起来，锁才也伤心得哭了，哭醒来才知是一场梦。锁才第二天把做的梦给厂长说了，厂长沉思了半会儿说："梦从心头起，等三只虎回来，我和他们商量。七十几的老人了，一个人扔到家里也不是个办法！"

三只虎不能说不是孝子，经过协商，每人每年还要回两次家看望父亲，轮流坐庄。一二三，三二一，二三一，这样轮下来，每两个月有一只虎回家。每只虎回家都开着车，车上装满了东西，米、面、油、烟、酒、茶，还有各种食品。每次回家，东西一放，在家待不到半晌工夫就走了，从不吃饭，从不过夜，几乎都是一个人回来。前年大虎领着媳妇和孩子到洽川旅游，顺便到家没待一个小时就走了，晚上睡在县城宾馆。锁才几次张口给三只虎说，想轮流到各人家住上几天。

大虎说："我过几天要到美国出差，半个月回来后接你。"

二虎说："放暑假后我和你一起旅游，然后在我那儿住上一个月。"

三虎说："我现在的单元只有一百多平方米，地方小，还住不下你。等明年我的别墅盖成了，我接你过去，永远住在我那儿，再不要跑了，人老了，不方便。"三只虎都这么说着，但都没有人接锁才。一年一年过去了，锁才一年比一年更老了。

一天中午，厂长儿媳妇端着一碗饺子和厂长一起给锁才送来了。锁才吃着吃着哭了，说："我好几年没有吃过这么香、这么热乎的饭了。"厂长儿媳妇说："叔，你多有福气，还哭啥呢？"锁才看了看房子里的东西，止住哭，问厂长说："厂长，你说实话，你有福嘛我有福？"厂长沉思了一会儿，故意说："你有福。"锁才说："不对，你比我有福！你看你的儿子、媳妇、女儿都在你跟前，不但能服侍你，还能陪着你说话。"厂长说："你可有钱嘛。"锁才取出大虎买的新衣服，二虎买的中华烟，三虎送来的一千元钱，摆在炕上对厂长说："没它的时候想它，有它的时候觉得它没用。这些东西能服侍我吗？能和我说话吗？"

今年是锁才老汉七十五大寿，三只虎准备给父亲大大地过一个生日。三虎离家近，工作时间随便，一切准备工作交给三虎筹办。三虎提前三天就回到家，请来村长做执事，一切由村长操办，花钱找三虎。三虎的宗旨是不管花多少钱，事要办好，越大越好。三虎说："我爸下了一辈子苦，养出我们三只虎，功劳不小啊！"村长说："本人只会管大事，不会管小事；只能管好事，不会管烂事。锁才叔平时孤孤单单，生日时一定要热热闹闹！"

锁才过生日那天早晨，大虎全家、二虎全家、三虎全家共九口人，全都坐专车回到陈后庄。陈后庄百年来都没有过这么大的事，方圆几个邻村都有人来给锁才老汉贺寿。不但有乐队助兴，还请来县上的木偶线戏。锁才家大门口贴了一副大红对联：福寿双全，国恩家庆；新旧对比，苦尽甘来。横批是：人歌上寿。巷道上摆满了亲朋好友送的平绒寿幛，有绣"福寿满堂"的，有绣"寿比南山"的。三只虎还为父亲做了一块木匾，请省上的大书法家书写了四个字：劳苦功高。巷道上车水马龙，人流不息。总共买了三千元的鞭炮不停地放着，宴席上鸡、鱼、带把肘子、虾、腰果、海参全都有。酒是六年西凤，烟本来想用好猫，村长说，好猫虽好，有点忌讳，不能让人说成画虎不像反成猫，干脆用娇子烟，虽然便宜，但寓意深长。

拜寿开始了，专门从县城请的主持人宣布：请老寿星入座！大虎、二虎、三虎扶着锁才老汉，踏着红色地毯缓缓入场亮相。三只虎都是西装革履，彬彬有礼，风度翩翩。穿着"寿"字唐装的锁才老汉满头杂发，佝偻着身子一瘸一跛地走在前面，坐在太师椅上。随着长达二十分钟的鞭炮声，拜寿开始了。献寿糕、唱"生日快乐"歌、致寿辞、拜寿、来宾讲话、大虎致答谢词、开宴，所有拜寿议程在将近一个小时中进行完了。锁才老汉在整个过程中，瞪着已经模糊的双眼，微微张着已经干瘪的嘴巴，怎么笑也笑不出来。锁才心里不知是什么滋味，甜甜的、酸酸的、辣辣的、苦苦的、麻麻的，好像十大调料包放在煮肉锅里，五味俱全。锁才老汉在不知不觉中竟流出了泪水。

主持人看到老寿星哭了，拿起话筒说："老寿星看到这种宏大的场面，看到他的三只事业有成的猛虎，激动地落泪了！"宴席前随即响起了阵阵掌声。锁才的眼泪在一片掌声中流到了皱纹纵横的脸上，落在了唐装的寿字上。

宴席上下，家院巷道，划拳猜令声，说东道西声，孩子们的放炮声、歌声、戏声，汇合成了富裕人家贺寿的交响乐。执事们端着酒陪着三只虎，轮流向客人敬酒，表示感谢。厂长拿着筷子，一边吃一边琢磨着，如何和三只虎好好说说锁才老汉今后的事儿。

到了下午5时，贺寿的宾朋慢慢走完了。厂长把三只虎叫到锁才炕前说："你们今天给你爸过好日子，在方圆十几里落下了孝名，人都称羡哩！只是事过了，你们一走，你父亲的日子咋过？人老了，饭都吃不到嘴里，还不要说病了谁伺候。说句不好听的话，晚上死到了炕上也没人知道。我看你们还是把老人接走吧。"

三只虎听了厂长的话，那过了盛事的自豪感和兴奋感顷刻间减了一大半。平时父亲说要来城里住，他们推一推就过去了。父亲虽然心里不满，却记着"家丑不可外扬"的话，也没在旁人面前说过儿子的不是。可是今天不同了，看来必须给厂长叔一个明确的答复了，不然的话，出了问题真没法向村里人交代。可三只虎各人都有自己不能明言的理由,所以一时都不说话,用沉默同厂长对抗。厂长等不着三只虎开口,又说话了:"你们认为你们尽孝了?两个月回来一次,东西拿着钱拿着就是孝子?可你们要明白,老人和孩子一样,没人在跟前照顾不行。要有人给老人做饭,还要有人和老人说话呀!你父亲把你们抓大,供你们上大学,受的苦说上十年也说不完。你们为啥不能把你父亲接过去伺候上几年呢?你父亲也活不了几年了啊!"厂长越说越动情,大虎赶紧倒了一杯茶水给他。锁才老汉这时坐在炕上,耷拉着脑袋一言不发。厂长抿了口茶接着说:"你们有时间每年全家旅游一次,难道不能领着你父亲逛逛大地方吗?你们说你父亲在你们那儿住不惯,或许这是实情。可日久成自然,住久了就能住惯了,谁有轿不坐爱走路啊!接不接你爸你们看着办吧,这是你家里的事,我只能把话说到这儿。"

　　厂长说完,屋子里一阵沉默。大虎心想,再这样沉默下去不行了,自己是老大,必须表态。大虎说:"我接受你的批评,可我们不是不想接我父亲去,我们工作实在忙,媳妇又是外地人,语言不通,还会惹我父亲生气。我看能不能这样,找个保姆伺候我父亲,不管多少钱我出。"二虎三虎都说:"只有这个办法好。"俩人也争着出钱。厂长心想,这或许是个好法子哩,便说:"试试看吧。"三只虎这才如释重负,把寻保姆的事托付给厂长,连夜坐车都赶回城里去了。

　　厂长寻来寻去,最后让本村李婶来照料锁才老汉的一日三餐。李婶五十多岁,儿子和媳妇出外打工,孩子们上了学,一个人在家没事干,乐得挣两个零花钱。说好一个月工资三百元,白天给锁才老汉做饭、洗衣服、搞家务,晚上回自己家住。从此锁才的饭有人做了,衣服有人洗了,

家庭的面貌也变了，三只虎回家看了都很满意。可是锁才老汉虽然吃得好了，穿得干净了，到晚上仍觉得孤孤单单，尤其是冬天夜长梦尤多，炕是热的，老人的心却是冷冰冰的，挨不到天亮。

这年腊月二十八，李婶早晨8时来到锁才老汉家做饭，锁才家的大门还没开。奇怪，锁才每天早晨5时多就起床了，今天是怎么了？李婶想，这老汉是不是吃得好了，人也能睡了？李婶再叫门也没人答应。李婶急了，忙叫厂长。厂长来了，扯着喉咙喊了半天，仍然没人答应。厂长感到不妙，忙取来梯子让人翻墙进屋，见锁才老汉倒在地上，一动不动。赶紧叫来医生，医生说："人已经死了，可能是晚上头疼，起来不小心栽下炕，造成脑血管破裂。如果当时屋里有人就好了！"

大虎二虎三虎全家都回来了。这次丧事还是村长管，事过得更大。亲朋坐了一百多桌，两家乐人唱对台，不但有本县的木偶线戏，还有外县一家秦腔剧团，戏唱了三天。三只虎跪在父亲灵前哭得死去活来。人们都说："还是要供儿女上大学，生前享儿女的福，死后扬儿女的名！"

锁才的丧事办完了，厂长抹了一把泪说："三只虎归山了，看门的忠实老狗死了，这个家从此再没人了！再好的房子，再好的家具，再暖和的棉被只能和灰尘为伴了！"

儿子说：妈妈病了，我心疼，十指连心啊

妈妈患了脑瘤，儿子千里迢迢连夜赶回家。为了妈妈的病，他四处筹钱。为了妈妈的病，他决定推迟婚期，甚至想到退婚。病床前他和未婚妻，一对大学生，悉心照料着妈妈，日夜伴陪着妈妈，为妈妈倒便盆、擦澡，为妈妈喂药喂饭。妈妈每顿吃完剩的饭，他都毫不犹豫地吃了，并且说：我和妹妹小时候吃剩的饭妈妈都吃了。

家林早晨接到家里的电话，请了假，简单收拾了行李就急急忙忙往火车站赶去。每次打电话都是妈妈，这次打电话却是爸爸，老实巴交的爸爸在电话中结结巴巴地说："林林，快回来，家里出了大事了……"家林还想问什么，爸爸已经把电话挂了。

家林在路上想："能出什么大事呢？妈妈为什么没打电话，该不是妈妈……"家林简直不敢往下想，"不可能吧，过年回家时妈妈还精神得很，家里到底发生了什么大事？"爸爸说话时声音有点颤抖，家林心里不停地揣摩着：对了，妈妈初三和自己一起给外婆拜年的路上说过她年前年后头有时疼……家林吓出了一身冷汗，慌忙给家里打电话，打

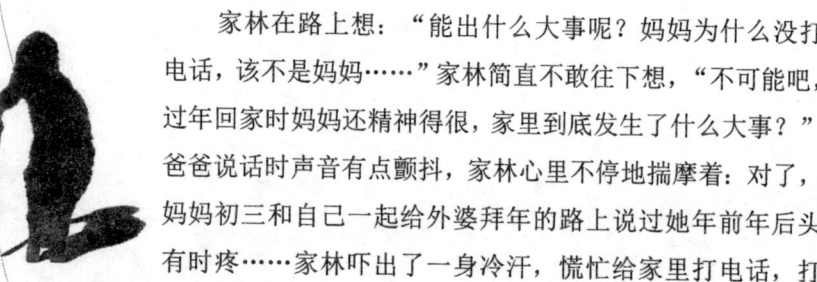

了半天也没人接，家林心里更急了。家林和未婚妻茹惠通了电话，说马上坐火车回家，家里有急事。茹惠听了赶忙到车站超市给家林买了路上吃的小食品，并特意给家林父母买了河南特产道口烧鸡。好不容易盼来了火车，茹惠送家林上了车，并叮咛家林到家来电话，免得她操心，说完有点不放心地下了车。回单位的路上，茹惠心里七上八下，茹惠知道家林太看重家了，太爱父母了，特别是妈妈。假使家里有个三长两短，家林怎么受得了，怎么挺得住？

　　家林坐在火车上，心乱如麻，坐卧不安。妈妈呀，你要是有个三长两短，叫儿子该怎么办呀！家林又想，妈妈当好人大半辈子，人们都说好人一生平安，或许是另外的事吧，但愿老天保佑，保佑我的妈妈平安！

　　家林想起妈妈感恩不尽。妈妈对儿子的付出太多了。家林每次想起这些事，便有一股热流在全身流淌，一种激情在心里激荡，学习特别用功，干工作特别卖劲。家林有时甚至想，他是在为妈妈活着，为妈妈奋斗着。家林曾经写过一首小诗《献给妈妈》，诗里有这样一段：

　　　　这天晚上我做了一个梦
　　　　梦见妈妈给我插了一双翅膀
　　　　妈妈说，林儿飞吧
　　　　飞过那黄河，飞过那长江
　　　　飞向那遥远的地方
　　　　昨天晚上我做了一个梦
　　　　梦见我回到妈妈身旁
　　　　妈妈说，林儿不要回头
　　　　要像那勇敢的海燕一样
　　　　迎着暴风雨，飞过重重大洋

那儿有你的海阔天空
那儿有你最崇高的理想

妈妈今年才四十八岁,尽管一年四季的风吹日晒,三百六十五天的繁重劳作,但妈妈总是那样的精神,那样的漂亮。高挑的个儿,鸭蛋形的脸,镶嵌着一双又黑又大的眼睛,虽然有几丝白头发,但头发仍很密实,往后扎了一个辫子,显示出年轻时的活力。说话快言快语,走起路来风风火火,做活麻利,办事干脆,不管地里活还是家务活,样样摆布得有条有理。妈妈刚嫁过来时,还是生产队统一干活挣工分,妈妈割麦、锄地总是队上第一名。人常说,一个哭的搭了一个笑的。月下老往往乱点鸳鸯谱,妈妈嫁给了老实的爸爸。爸爸在人前说话总是结结巴巴,瓮声瓮气,做活也好,走路也好,都是慢腾腾的。但爸爸有力气,干活实在,过去生产队里装车、拉粪、出圈、铡草等重活都是爸爸干的。村上邻家盖房,和泥拉砖也少不了爸爸。人们都说爸爸老实,心好,才积了妈妈这样一个好媳妇。妈妈1976年高中毕业,当时国家还没有恢复高考,只好回乡下参加劳动。妈妈学习用功,天资聪颖,尤其是数学学得好,口算特别快。假使妈妈上了大学,肯定是个有名的数学家。只可惜妈妈当了农民,背负青天,面朝黄土,日出而作,日落还是不能歇,真是人强不如命强。

爸爸弟兄三个,爸爸为大。妈妈进门时,两个叔叔还在上学,上边还有爷爷奶奶,奶奶卧病在床好几年了。家林曾经问过妈妈:"爸爸家里当时的情况比较穷,家庭负担重,你为什么还要嫁给爸爸呢?"妈妈说:"过去的年轻人脑子里没那么多的环环,而且是越穷的家庭越革命,加之你两头爷爷关系好,就糊里糊涂嫁过来了。"

妈妈结婚第三年生下了家林，一家七口人的负担全落在了爸爸妈妈的身上。尤其是妈妈，不但要下地还要做家务，要侍奉爷爷和躺在炕上的奶奶，还有天天跟在妈妈屁股后面吵吵闹闹的家林。到了20世纪80年代中期，二叔考了两年大学没考上，结了婚，分家另过日子了。不幸的是爷爷心脏病突然发作病逝了。据妈妈讲，当时家里经济拮据，为葬埋爷爷欠了几千元的债。爷爷去世后的第二年又生下了妹妹，当年三叔又考上了大学，爸爸妈妈肩上的担子更重了。

火车到了三门峡，家林看看表，晚上8时了，他心想家里这时候应该有人了，但一连打了十几个电话还是没人接。"这到底是怎么回事？"家林不住地自言自语，心里更慌了。

家林考上大学，妈妈坚持要亲自送他到学校。记得也是车过三门峡时，妈妈取了一个在灵宝车站买的苹果，削了皮给家林吃。妈妈说，我给你讲一个"十指连心"的故事。古时有个人叫曾参，正在山里打柴，家里来了客人找曾参，曾参母亲等不见曾参回来，情急之下狠狠地咬了一下自己的手指。正在砍柴的曾参忽然心痛难忍，想念起自己的母亲，挑起柴担慌忙回家，看到母亲正站在门口等他。曾跪在地上问母亲："有什么急事？"曾参母亲说："来客人找你，我急了咬自己的手指，想让你马上回来。"家林说："为什么母亲咬手指，曾参就知道母亲在等他呢？"妈妈说："这就叫十指连心。"母亲接着说了句："儿行千里母担忧呀！"家林听完这个故事，端详着妈妈。妈妈过去还给家林讲过"羊羔跪乳""乌鸦反哺"的故事，妈妈真伟大！家林更加敬佩妈妈了，更加爱妈妈了。妈妈呀妈妈，儿的十个手指十根脚趾、每一根头发都连着你的心啊！

家林的心随着火车不停地往西飞奔,他恨不得马上飞到妈妈身边。家林计算着时间,看是提前从渭南下车,还是坐到终点站西安。不管是渭南、西安,天都不会明,晚上到家既没汽车又没火车,咋办哩?干脆雇个出租车算了。家林心越急,觉得火车行驶得越慢,急得他有时在车厢道里转来转去,有时站在车厢连接处,从车门里往外望,辨认着站牌,看着路程。家林想了想,干脆睡觉吧,一觉醒来就到了。谁知越想睡越睡不着,家林不由得骂了一句:"这鬼火车,为什么这么慢!"

奶奶在炕上躺了十年,离世走了。说实在话,奶奶去世对妈妈来说是一个解放。妈妈侍候了奶奶整整十年,妈妈早晨起来干活前,先要到奶奶房里给奶奶换尿布,倒便盆,穿衣服,清理房子。饭熟了先给奶奶吃,有时还要亲自给奶奶喂饭,晚上帮着奶奶脱衣服,帮着奶奶躺好才离开。爷爷在世时还有爷爷帮忙,爷爷死了,一切全靠了妈妈。特别是奶奶去世前几个月,妈妈每晚陪着奶奶睡,常常是夜不脱衣,坐在奶奶身边,一边和奶奶说话,一边给奶奶揉身子。奶奶临终前把所有的亲戚全部叫到面前说:"我能活到今天,多亏我的大媳妇,我欠大媳妇的太多了,来世我希望我们两个打个颠倒,她当婆婆我当媳妇,我一定好好地伺候她,报答今世的恩情。"还说,"葬埋我那天,你们都要给大媳妇披红。"渭北有一个民间形成的民规乡俗,对父母孝顺的儿女,特别是孝顺的儿媳,父母去世后,村上或者主要亲属都要给孝顺的儿女和媳妇披红。埋葬奶奶那天,亲戚给妈妈披了十几条红被面子,表扬妈妈对奶奶的孝心。记得三叔大学刚毕业,跪在妈妈面前大声哭着给妈妈磕了三个头。

火车已过了潼关,到渭南再有三四个站了,家林还是

睡不着，离家越近，心里越急。家林知道家里没人接电话，但总不停地给家里打电话，一次次都失望了，一次次心更急了，甚至嘴里不停地说："妈妈，你给儿子托个梦吧，梦里报个平安吧！"谁知家林眼睁得圆圆的，根本无法入睡。家林心里又想，我心这么急，是不是妈妈想见我，在不停地咬手指，但愿她还能咬手指。

三叔毕业后分配到青海西宁，结婚时正逢家林放暑假，妈妈领着家林和妹妹参加了三叔的婚礼。记得妈妈给三叔带了许多东西，土布单子、门帘、被子，甚至小娃的尿布都带上了，还给三叔带了三千元钱。家林知道，家里葬埋爷爷和奶奶，给二叔结婚，供三叔上大学，还欠别人不少的债。但妈妈说，你爷爷奶奶去世了，我和你爸是家长，家长就要主持家里的一切事务。

到了西宁，妈妈给三叔钱时，三叔说什么也不要。妈妈说："咱爸咱妈不在了，我就是管家的。咱家虽然穷，也有你的份儿，你在外边也困难，家里再难也不能难为你。"说得三叔直哭。婚宴上，妈妈还大大方方讲了一席话，根本不像农村来的人。从此，妈妈在家林心目中的形象更完美了。

火车终于到了渭南，已经是后半夜了。家林急急忙忙下车，走到车站广场。出租车司机躺在座位上睡觉，家林叫醒司机，司机听说要到一百多公里外的渭北一个小县城，钱多钱少都不去。没办法，家林只能坐在火车站候车室等天亮。坐又坐不住，睡又睡不着，给家里打电话还是没人接，急得家林在候车室走来走去。初春的候车室，夜里还有点冷，但家林急得燥热，他想自己要像封神演义里的雷震子多好，雷震子为了救父亲，千里之遥一会儿就飞到了，自己假使也能长出翅膀……家林想着想着嘴里不由得哼着那首小诗："昨天晚上我做了一个梦……"哼着哼着,思绪又回到了过去。

参加完三叔的婚礼,妈妈和家林、妹妹返回渭南下了火车,在火车站遇见了母亲高中时的一个女同学。那位女同学见了妈妈又惊讶又高兴,拉着妈妈的手说:"申玉英,多年不见了,你还是老样子呀!还这么漂亮!"从她们的谈话中,家林知道妈妈的这位女同学叫高英,国家恢复高考制度后,考进了西安一所大学,毕业后分配到广州,前一个月回家探亲,现在要回广州去。两个人分手时,妈妈若有所思地望着老同学的背影。家林看见妈妈的脸色黯然,一副若有所失的样子,在原地足足站了十分钟没有动。妈妈的这种失态,家林从来没有见过,还是妹妹叫了声"妈妈",妈妈才恢复了平时的样子。回家的路上,妈妈无限深情地给家林和妹妹说:"妈妈命里注定一生只能为这个家庭做奉献了,你们一定要好好读书,要像你高姨一样,长大做个对社会有用之人。"

家林从沉思中醒来时,东方终于露出了曙光。家林很快坐上了一辆出租车,不到两个小时赶到家。家里的大门锁着,邻家婶婶跑来告诉家林:"你妈住院了,你爸在医院里陪着你妈。"家林脑子里轰的一下,险些跌倒。来不及多问,又坐出租车往县城医院赶去。到了医院,妈妈在病床上躺着,脸色煞白,往日的红晕不见了。两个月没见,妈妈头发蓬乱,人消瘦了许多。家林叫了一声"妈",扑到妈妈的床前,眼泪夺眶而出。妈妈强打起精神笑着说:"林林,你这么快就回来了!我不让你爸叫你,你工作忙,你爸硬把你叫回来了。"家林望着站在床头的爸爸,爸爸的脸色灰暗,也明显消瘦了。爸爸见到儿子,好像见到了救星似的说:"好,回来就好,回来就好!"

家林来到医生办公室,医生告诉家林,母亲头颅里长

了肿瘤，良性恶性还没有诊断出来，但肯定要动手术。县上的医疗设备落后，医疗技术赶不上，必须转往省城医院，费用差不多得五六万元。家林惊出了一身冷汗，嘱咐医生千万别让母亲知道自己的病情。医生无可奈何地说："你父亲不会说话，你母亲早知道了。"家林没有说话，步履沉重地走出了医办室，在医院的院子里转来转去。

妈妈在外婆跟前是个好女儿，在丈夫跟前是个好妻子，在儿女跟前是个好妈妈。这么好的人为什么却招来如此之厄运，老天爷太不公平啊！命运太捉弄人了！家林想，自己参加工作还不到三年，妹妹今年又要考大学，妈妈辛苦几十年，至今还没轻松过一天！这次不管妈妈的肿瘤是恶性还是良性，都要动手术，哪怕只能多活一天！家林又心存侥幸，或许老天爷是吓唬人，妈妈的肿瘤是良性，手术一动就没事了。家林离不开妈妈，家林太需要妈妈呀！家林毅然转身去了妈妈的病房。

妈妈和爸爸在病房里等着家林，爸爸买来了家林从小就爱吃的甑糕。家林给母亲说，要转院到西安动手术。妈妈忧虑地说："孩子，你上大学借人的钱还没还完，你妹妹又要上大学，动手术要花五六万，钱从哪儿来呀！"爸爸说："是呀，这五六万元从哪儿起土呀！"家林劝父亲不要操心钱的事。可是妈妈说："林林，你刚出大学门，往哪里找钱去？再说要是恶性，开了刀也没用，那不是把钱白花了！"家林含着眼泪说："妈，老天爷不会要你的命，一定是良性，你放心，我就是负债一百万，也要把你的病治好！"家林说话时已不能自持，眼泪不由得流了下来，他担心妈妈看见，忙走出了病房。他站在楼道上，心里盘算着，自己挣了将近三年工资了，妈妈让家林除了供妹妹上学以外，其余的钱省着花，攒下来准备过年结婚用；家里欠人的钱，妈妈和爸爸慢慢还。家林听妈妈的话,已经存了一万多元,现在全拿出来。家林又给三叔打了电话,三叔也答应来西安。家林决定第二天送妈妈到西安,临行前,父亲还给了家林三千元。

到了西安,妈妈很快住进了省肿瘤医院。三叔按时赶来,拿来了两万元钱。第二天经过检查,医生决定下星期动手术。家林在妈妈病床前陪着,夜深人静的时候家林想起了茹惠。茹惠和家林是大学同学,茹惠家在河北农村,毕业后,两人同时应聘到河南两家公司。因为都是农民的孩子,他们对农村、农民有着深厚的感情,也有共同的语言,因而渐渐从同学发展到恋人关系。今年春节,家林领着茹惠回家,路上,家林说了一句:"让你看看我们老家是啥样子。"茹惠纠正家林说:"父母在,永远不能叫'老家',只准叫'家'!我们在外的家只能是寄居的家。等父母不在了,才能把家称为'老家'。"家林称赞茹惠:"你对家有这么精辟的见解和认识,让我对父母对家乡更增加了一分感情。"

也可能是缘分吧,妈妈见到茹惠,爱得不得了。妈妈和家里人商议,决定明年春节在家里为家林和茹惠完婚。现在妈妈病了,生死未卜,而且还要负债,婚期肯定要推迟,可是茹惠会答应吗?家林想来想去,有心给茹惠打电话,又担心电话里说不清,最后给茹惠写了一封短信:

茹惠,你好!

我妈妈患了脑瘤,是恶性是良性还未确诊。今天是星期三,下星期一动手术,这四天黑色的日子怎样度过呢?我想老天爷不会亏待妈妈的,我坚信妈妈的肿瘤一定是良性的,因为我妈妈是世界上最好的妈妈,我不能没有她!

我要尽我的所有救活我的妈妈,坚决不能让她从我身边失去。我考虑了许多,我们的婚期要推迟,面前不知还

有多大的困难，说不定一推就是几年。为了你，我们还是分手吧。让我们的爱永远留存在记忆里！

顺祝平安

家林

×月×日于西安

　　写完信家林痛苦地闭着眼睛，几次拿出手机想和茹惠通电话，号码拨到一半又忍住了。家林没有勇气在电话里直接给茹惠说，家林知道这样做会伤茹惠的心。但有什么办法，为了妈妈，家林只能这样做，何况这样也对茹惠好。犹豫再三，第二天家林还是把信寄出去了。

　　星期一终于来了。早晨7时家林取出新内衣让妈妈换了，给妈妈洗了脸，梳了头。家林想，妈妈平时最讲究卫生，再忙都要把自己收拾得干净利落，出门时更不要说。家林记得每天到学校去，妈妈总要看看家林的头发梳顺没有，纽扣扣好没有，脸洗净没有。妈妈的房子平时收拾得干干净净，东西摆得有条有理。现在妈妈病了，手术后行动不便，该轮到家林这个做儿子的管好妈妈的卫生了。

　　家林一边给妈梳头，一边问妈妈："妈，疼不？"妈妈说："我儿子梳得好，难为你了。"家林说："妈，你怎么说这样的话，我是你的儿子呀！你给儿子梳过将近二十年的头，儿子这是第一次给你梳头呀！"妈妈再也说不出话来，两股热泪顺着清瘦的脸颊流下来。家林取出手帕一边给妈妈擦泪一边鼓励妈妈说："妈，要坚强，记得我小时候脖子上长了一个毒痈，医生给我切毒痈时，你搂着我说，林林，要坚强，有妈在，疼时多叫几声妈就不疼了。"妈妈破涕为笑说："儿子小的时候妈妈就是儿子的天。"家林给妈妈梳完头，在妈妈额头上吻了一下说："儿子长大了就是妈妈的保护神。"

时间到了,家林和妹妹护送着妈妈进了手术室。妹妹也没有回学校,和哥哥一起在手术室门口等着。爸爸坐在楼道的连椅上,耷拉着脑袋。几天工夫,人更苍老了,头上增加了许多白头发,五十刚过的人看上去有六十多岁。用村上人的话,爸爸几辈辈积的德,娶了妈妈做老婆。家里的事,爸爸从来不管,只知道埋头在外面干话,不是出外打工就是在地里找活干,平时总不愿在家里闲待着。爸爸常对妈妈说,他爱干出力的活,家里的活干着不过瘾,还是留着给女人干吧。爸爸如此,妈妈对爸爸更关心,吃喝都偏着爸爸。妈妈说爸爸苦,家里、外边的事全靠爸爸。爸爸白天在外边干活,晚上回到家看电视,从不在外边打牌喝酒。爸爸和妈妈一样,非常疼爱家林和妹妹,出门打工回来,总要给孩子们买好吃的。现在妈妈病了,而且吉凶未卜,爸爸感到天塌了,几天来少吃少喝。幸亏有家林撑起了这个家,爸爸心里还能宽慰些。

一个小时过去了,两个小时过去了,三个小时过去了,半天过去了,手术室护士出出进进,就是不让家林兄妹进。家林问情况,她们也爱理不理,家林急得像热锅上的蚂蚁。到了下午5时,手术终于做完了。医生告诉家林,肿瘤比较大,手术很难做,不过还算顺利。家林问医生,恶性还是良性?医生说要经过活检才能定下来,三天以后才能得出结论。家林还想问什么,护士却推着妈妈进了监护室。手术后没有多大危险的病人一般会回到病房护理,唯有病情严重的人才进监护室。家林为了妈妈万无一失,要求院方将妈妈送进监护室再进行监护治疗。家林想,多花些钱事小,只要妈妈安全。

妈妈睡在病床上,双眼紧闭,脸上没有一点血色。家

林的心突然紧缩到一块,阵阵发痛,眼泪涌满了眼眶。家林强忍住泪水,咬住嘴唇,让眼泪往心里流,泪淹疼了心,十指连心哪!

家林想早知道妈妈的真实病情,实在熬不过这三天时间呀,三天对于家林来说是三年,三十年,做儿子的等不及呀!有时家林又担心第三天时间的到来,万⋯⋯家林实在是前怕老虎后怕狼。家林找到医生拉住医生不放,问医生怎样才能早知道。医生说:"几个小时结果也能出来,但准确率就不高了,还得多花钱。"家林说:"花钱就花钱,我想早知道结果。"医生同意了。

几个小时后,结果出来了,是良性。家林拿着活检报告跑出跑进,跑来跑去,告诉爸爸,告诉妹妹,告诉医生,告诉护士,妈妈是良性!妈妈是良性!家林忙打电话告诉三叔家里,眼里充满了泪花。妈妈手术后的第二天下午,茹惠从郑州赶来了。茹惠来时没有给家林通电话,十多天没见家林,见到家林就伤心地哭了。家林忙拉着茹惠走出病房,担心茹惠的哭声惊醒妈妈。家林问茹惠:"你为什么要来?来时为什么不打招呼?"茹惠埋怨家林不懂别人的心,有点小看人,并且说:"我为什么不来?我回家看妈妈,给你打什么招呼?"家林笑了,连忙向茹惠赔不是,并且高兴地告诉茹惠说:"妈妈活检的结果是良性的。"茹惠听了很高兴,拿出自己的一万元积蓄,交给家林说:"先给妈妈治病,等妈病好了,再谈结婚的事吧。"

妈妈第三天早晨醒了。睁开眼第一眼就看见家林和茹惠两个人守在自己身边,妈妈嘴角微微张了张,没说话。家林看见妈妈醒了,轻轻叫了声:"妈!"妈妈的眼珠吃力地转了转,最后落在茹惠身上不动了。茹惠握着妈妈的手哭了,家林也哭了,一直站在家林身后的爸爸也哭了。

下午，最后的确诊报告出来了，妈妈的肿瘤是良性的。家林高兴地拉着茹惠，一边走一边说："我说妈妈是世界上最好的妈妈，老天爷会保佑她的！"这时家林才感到肚子饿了，不由分说拉着茹惠到街上吃家乡的页面。家林回家已经快十天了，十天来没吃过一顿好饭，没吃过一顿安心饭，这次一连吃了三大碗。

晚上家林和茹惠一人一边陪护着妈妈。夜已经深了，另外两张病床的病人和陪护的人都睡觉了，整个楼道里静悄悄。家林和茹惠小声说着话，家林想把婚期推迟两年，一是妈妈的身体估计一年才能恢复好，不然妈妈为他们的婚事会伤身体。二是结婚的钱两个人要重新积攒，不能给家庭增加负担。茹惠说："将来咱们买了房子，一定接妈妈过去住。还有爸爸，下了大半辈子苦，没享过一天福，人老了就要靠孩子，就要享儿女的福。"家林深情地望了茹惠一眼说："我爸不知哪来的福气，娶下我妈；我不知哪来的福气，碰见了你。我们父子都是好妻命啊！"茹惠望着家林心疼地说："你瘦了，瘦得多了。"家林说："这有什么，记得我上初中三年级，离考高中再有两个月，腿突然疼得站不起来，根本无法走路。学校让我回家治病，妈妈也说今年不考明年考，身体要紧，可是我不行。妈妈为了我的学习，放下了家务活，在城里亲戚家借宿了一个月。早晨用自行车送我到学校，中午接我到医院针灸，针灸后又送我到学校，晚上接我又去针灸，然后推我回亲戚家。吃饭时妈妈做好饭把饭送到教室，看我吃完才走。有一次天下大雨，妈妈推着我，让我撑着伞，她自己淋着。我身上干干的，妈妈却淋得像落汤鸡。"茹惠忽然轻轻地朗诵起一首诗：

一个母亲

一个孩子
一把伞
雨拐来拐去
避开了孩子
落在母亲的背上

这首诗叫《转弯的雨》。茹惠上大学时，学校举办诗歌朗诵会，茹惠曾朗诵过这首诗，听的同学眼睛都潮湿了。

过了两天，茹惠要回郑州了。先一天晚上茹惠和家林又给妈妈擦了澡，把换洗的衣服全部收拾好。临行前，茹惠贴着妈妈的脸和妈妈告别，妈妈吃力地说了两个字："谢谢！"茹惠不让家林送她，因为妈妈身边需要人。茹惠走后，妈妈对着家林嘴里不知说着什么，好像叮咛家林以后要对茹惠好。

妈妈能吃饭了，主治医生说只准吃流食。家林给妈妈买了一碗沫糊，把妈妈扶起来靠在被子上，端起碗一勺一勺给妈妈往嘴里喂。妈妈的嘴不听使唤，沫糊洒在脸上、衣服上，家林放下碗一点点擦完，又端起碗慢慢给妈妈喂。妈妈不喝了，还剩大半碗，家林放下碗给妈妈擦了嘴，擦了手，让妈妈靠着被子坐好，再给妈妈盖好被子，然后端起碗把妈妈剩的饭喝完。家林心想，小时候妈妈每顿饭都端着碗给妹妹一口一口地喂，喂完了，妈妈端起碗才吃，妹妹剩的饭，妈妈全部吃了。家林放学回家吃饭时，妈妈把饭调好端到家林跟前，家林有时还嫌缺醋少辣子的，家林剩的饭，妈妈照样也全都吃了。妈妈现在病了，正是儿女们报答尽孝的时候了。

家林给妈妈喂饭，同病房的人都用赞许的眼光看着家林。一个青年看见家林吃母亲的剩饭时，惊讶地说："那是病人剩的饭呀！"家林笑了笑说："那是我妈妈呀，小时候我剩的饭我妈不是也全吃了，况且我妈妈患的又不是传染病。"那青年轻蔑地哼了一下："真是个傻蛋！"

妈妈住了一个多月院，家林细心伺候了一个多月。医院的医生、护士，同病房的病人家属都说像家林这样的大学生孝子，当今社会上实在太少了。

今年春节，我作为一个特殊嘉宾应邀参加了家林的婚礼，家林母亲的身体已经康复，脸上又现出了原来的红晕，穿着茹惠买的墨红羊绒外套，锃亮的红皮鞋特别耀眼。家林的爸爸今天也装扮一新，显得比往常精神多了。家林妹妹现在上大三，也放寒假回来了。家林妹妹告诉我说："嫂子真好，给我妈妈买的羊绒外套，价钱是他们两个婚礼衣服的总和。哥哥还说，老年人应该穿好的，年轻人应该吃点苦。"

家林和茹惠热情地招呼着我。谈话中我问到了他俩今后的生活安排。家林说："妈妈的身体不好，我们租了两间房，准备把妈妈接到身边，以便照顾妈妈。"我问家林想没想买房子买车的事。家林说："这是比较遥远的事，做儿女的首先应该考虑父母的生活，不应该把自己追求白领生活方式放在首位，更不应该让父母的血汗所得为自己的享受添砖添瓦，这是极端自私的表现！"

全村人都参加了家林和茹惠的婚礼，茹惠父母也千里迢迢从河北前来参加婚礼。村长代表全村人感谢茹惠父母为村上送来了一个大学生好媳妇。婚礼在《世上只有妈妈好》的乐曲中开始了。

这个穷山沟,我再也不想回来了

> 父亲给儿子挣学费,晚上捉蝎子摔到六十多米深的天井窟窿,几乎丧了命。父亲躺在病床上还希望儿子考研究生。儿子却说:我买房子结婚要三十万元,你能给我三十万元我就考研究生。父亲哭着说:你把我背到西安让汽车轧死,车主赔上三十万元的命价就好了。最后儿子拿着母亲借来的一万多元学费走了。四年多了,儿子再没有回过这个穷山沟沟的家,生不见人,死不见尸……

五年前的8月,我到永定河访问了整整一天,上坡时腿像挂了两个铅球,吃力地向前迈着。流干了眼泪的眼睛迷迷茫茫,心事重重,思绪万千。父母为了儿女的学业、为了儿女的幸福,忍受着如此大的痛苦,甚至是灾难,我们做子女的将来能给父母什么呢?晚上我伏案沉思,夜不能寐,填了一首《鹧鸪天》:

金水东流西逝云
农家苦难不堪闻

沉重的回报

人间多少牵心事
莫过椿萱情爱深
盼子女
跃龙门
年年月月伴黄尘
待到春蕾绽放日
车碾枯枝白发人

五年后的9月，青年诗人田永红陪着我又去永定河采访蒋世荣。田永红告诉我："虽然我和蒋世荣住在一个沟槽里，却相距四五里，加上我这几年很少回家，情况不是十分了解。听说蒋世荣和哥哥蒋世杰还没有往塬上搬。两家都供出了大学生，但状况都不好。蒋世荣那年为给儿子挣学费，晚上逮蝎子摔到六十米深的天井窟窿，险些要了命。"

田永红是我们关雎诗社的社员，家在永定河，因为穷，大哥二哥都到塬上倒插门去了。田永红和老母亲在家，三十七八了还是光棍一条。本人却有写诗的天赋，曾在报纸上发表了好多新诗。《华商报》记者还专门采访过他。他写的《三轮车夫》一诗还获过奖。但在如今的经济时代，靠写诗是会饿死的。田永红在外打工时，曾遇到过一个红颜知己，领到家不到两个月，红颜知己嫌山沟沟里穷，飞了，至今还没有碰到第二个红颜知己。为了生计，田永红在县城里踏三轮车。

我们顺着沟坡往下走。路边土崖上长着千姿百态的酸枣树，有的已长成了小树，树枝上挂满了小小的青酸枣。有人说，酸枣树越多的地方人越穷，这恐怕是真的。过去当地人打酸枣卖钱，用以贴补家里的油、盐、醋钱，现在酸枣熟了烂在树上、落在野草丛里也没人要，因为如今打

一天酸枣卖的钱还不够给小学生买个小本子。

到了沟底，我们走进了一片绿油油、高过人头的玉米地。窄窄的小路上，乱飞的小虫子不是扑人眼睛，就是钻人鼻子。走过这蜿蜒曲折、二三里长的玉米田小路，没碰到过一个人影。堰头那高大的白杨树上的秋蝉，歇斯底里地悲鸣着，好像荒凉的旷野里一个瞎眼老人在拉二胡，哀怨悠扬，让人倍感凄凉。

沟道里本是长庄稼的好地方，沟地肥沃，又有永定河的水浇灌。过去这里一度是富庶之地，如今不同了，穷乡僻壤，交通不便，年轻人一个个出去了，甚至一辈子都不想再回来看一眼。父母们为了儿女的幸福，顶着烈日和寒风，忍受着蚊子和臭虫的叮咬，伴随着终日呜咽的永定河和闭塞的荒沟，一年又一年，没黑没明地劳作着，一点一点地积攒着钱，或送儿女们到大城市里求学深造，或送他们到塬上当上门女婿。将儿女们都送走了，他们却只能蛰伏在深沟的破瓦房里或土窑内，老脸对老脸，泪眼对泪眼，孤独地等待着生命的终结……

世荣家门口有一块场地，世荣和媳妇秀兰正在场地里翻晒玉米棒子。永红说："世荣哥，有人找你。"我看着眼前这一对夫妇，隔了短短五年时间，差点认不出来了。世荣满头短杂毛，像一丛丛杂草乱竖着，脸变成了陕北山头上的老枣树皮。动作迟缓，眼睛直瞪瞪地瞅着我这个不速之客。我走上前去说："认识我吗？"世荣还是直瞪瞪地望着我摇摇头。世荣妻子秀兰瞅了我一会儿说："认识，认识的，前几年你来过。去年听一个亲戚说，你写了一本书叫《沉重的母爱》，写父母供大学生的事，他们都说写得好，我还没看过。"我说："我下次来给你带一本。"

世荣两口子领我和田永红回到他们家里，我五年前来过世荣的家，全部的家当一只公鸡就能驮起。那年雨水多，两面土窑已被雨淋塌了一面，现在另一面窑也塌了，土堆上长满了野草，如同两个大墓冢堆在空院子里被人供奉着。原先三间破旧的杨木厦房檐口好多处苇箔已经露出来了瓦，房土洒落在台阶上。唯有院子西头鲜艳的芍药和月季还和往年一样争芳斗艳开放着。

进了屋，屋子里更空荡了。那台老黑白电视机仍然在一张旧柴桌子上摆放着，和主人昼夜相望，不知能用不能用。记得五年前世荣指着这台电视机说："我们不看电视已经两年了，总担心儿子晚上回来敲门听不见。"那时世荣快人快语火暴性子，当兵三年复员回来，曾当过永定河村村长。当时的永定河有几百口子人住着，是农业学大寨的典型。上有白家河，下有金水沟，可谓是天时地利人和占全了。随着改革开放，永定河昔日的辉煌被经济大浪卷去了。不到二十年工夫，永定河只剩下四五十口人，而且都是些老弱病残。世荣有三个孩子，两个男孩，一个女孩，女孩最小，是世荣在路边捡的。当时世荣认准了一个理：儿女要幸福，要走出这山沟，最根本的办法是上大学。世荣夫妻俩年龄都不到五十，他们不但种着自己的地，还包了十亩地。夫妻俩起早贪黑地干着，收入还算可以。大儿子上大学，二儿子上初中，夫妻俩看着两个儿子将会出人头地，身上有使不完的劲。世荣恨铁不成钢，常常打骂孩子，二儿子因此离家出走，两年多没回家。夫妻俩思儿心切，天天盼，夜夜等，特别是逢年过节，从天黑等到天亮，从月亮落等到太阳落……

我环视了屋子一周，猛然想起五年前桌子上摆着的三个红葡萄酒瓶，问世荣："咋不见红葡萄酒瓶了？"世荣和秀兰都没说话，从两个人的神态中看出他们有难言之隐。

但我是采访来的，尤其是对他们儿女方面的事特有兴趣，便直截了当地问世荣："两个孩子现在在哪里？"世荣呆痴的眼睛忽然瞪起来，混浊的语调似乎在吼。我吓了一跳，看着这位看似七十多岁实际才五十岁出头的庄稼汉不知如何是好。

当年采访世荣时，说到大学学费重如山的时候，人们不是无奈地叹息，就是愤懑地怒吼，但没有一个人像世荣今天这样，提起儿女的事却显示出这样怒不可遏的神态，我还是第一次碰到。世荣今天是怎么了？只听世荣大声骂了一句："要儿子顶个尿！当初不供儿子上学，我还不至于落到现在这个地步！"我吃惊地望着世荣。世荣眼里充满了泪花，嘴唇在剧烈地颤动着，一口痰没有咳出来，脸憋得通红。秀兰忙走过去用手捶着世荣的背，让世荣坐在炕板上，自己抹了一把泪，给丈夫倒了一杯开水，顺便给我杯子里也加了水。我没有说话，为了缓和一下气氛，我和永红走到院子里。永红小声告诉我说："我世荣哥的心让两个孩子伤透了！"

我围绕着农民父母供养大学生这一主题断断续续走访了六个年头，采访了三四百户，没有见过一个父母当着我的面骂儿女。为了儿女的学业，父母们默默肩负着一切重担，默默忍受着一切苦难，有眼泪总是默默地流到肚里。当年的世荣和天下所有父母都一样，扛着苦难的闸门，为了送孩子们到幸福的殿堂，信心百倍，无怨无悔。今天的世荣提起儿子为什么这样生气，以至到了愤怒的程度？难道真是人常说的，不落泪是没到伤心处，不生气是没有气昏了头？

我和永红回到屋里时，世荣的情绪已恢复了平静，主动给我慢慢地诉说起来。

八年前世荣的二儿子平平离家出走后，世荣和秀兰想儿子哭哑了嗓子、流尽了眼泪、费尽了心思、想尽了办法。二儿子爱喝红葡萄酒，过年时世荣总要买一瓶红葡萄酒给儿子准备着，从初一到十五，每天吃饭时在桌子上摆一双筷子、一只酒杯，斟满红葡萄酒。望着血红的葡萄酒，夫妻俩一边吃一边掉眼泪。吃完饭，世荣端着葡萄酒走到大门外把酒洒到通往塬上的路上，一边洒酒，一边说："儿呀，爸爸妈妈想你了，挣钱不挣钱都不要紧，你回家看爸爸妈妈呀，看一眼都行！"酒洒完了，空瓶子常年摆在桌子上，看见酒瓶如同看见了儿子。五年前我采访世荣家时看见桌上摆着三个空酒瓶，说明世荣的二儿子已经离家出走三年了。两年后平平给家里打来电话，说在北京打工，夫妻俩这才放下心来。那年世荣带着钱，拿着衣服和红葡萄酒到北京看了一趟儿子。

世荣的大儿子强强在四川上大学。世荣干活毒得很，每天鸡鸣着下地，狗叫着回家，中午从来不休息。强强再一年就要大学毕业了。世荣和妻子在灯下盘算着，虽然这几年收入不错，但还是欠了别人一万多元，儿子毕业这一年肯定花费大。两个儿子都大了，到了结婚的年龄，父忧子妻，子忧父葬，这是老祖先传到如今的规矩。何况大儿子在城里要买房，自己没多的总有少的，掏了钱，将来到儿子那里住一阵子也是有理的，不掏钱儿子不嫌媳妇也嫌呀！两个人商量了半夜，家里的事，地里的活，世荣一个人全包揽下来，秀兰到县城供匠人。因为家在沟里，每天就得早起晚归。为了儿子上学，多吃些苦是应该的。世荣白天做地里的活，晚上到沟岔里逮蝎子，不管赚钱多少，拾到篮篮里都是菜。

天明6时，秀兰开水泡着馍吃了早饭，包包里装着

几个冷馍,推着自行车到城里去打工。算起来秀兰那一年也四十过半了,长年累月的劳累,加之河湾地方潮湿,经常身上不是这儿疼,就是那儿疼。农业学大寨年代,永定河到塬上的坡路,虽然陡,但修得宽,路面也平。如今走的人少了,路边的杂草枣刺,横一枝竖一枝,行人一不小心,就会被枣刺挂住了衣服,路面被雨水冲得坑坑洼洼。秀兰平时沟路走惯了,上一趟沟坡像走平路一样,气也不喘,但那是前多年的事了。现在推着自行车,从坡底上到坡顶都觉得有点吃力。上到坡头骑自行车到县城里还有十五里,不过路是公路,十五里路四十分钟就到了,这样从家到工地需要一小时二十分钟。晚上回来不需要那么紧张,迟早到家就行了。回家时自行车寄放到坡头永定村熟人家里,第二天上坡不推自行车还能省点力。秀兰下坡走着坑坑洼洼的路埋怨说:"过去路好,那时也年轻,经常骑着自行车下坡。现在世道变了,永定河的人都迁走了,来永定河的人也少了,不是供儿子上学,我也早迁到塬上去了。"

秀兰回到家时世荣逮蝎子去了,秀兰做好饭给世荣在锅里留着,自己吃完饭,在家里做着家务等世荣。当初世荣要逮蝎子,秀兰有点不愿意,逮蝎子是个危险活,蝎子都生长在沟里的土埝上、草丛中。逮蝎子的人,头顶蝎子灯,黑天黑地,翻沟越岭,稍不留神就会摔到崖下或掉进天井窟窿里。悬崖上蝎子最多,人们为了多逮蝎子多卖钱,往往铤而走险。渭北地方,二十四坎十八岔,没沟也是洼。靠沟的农民到了夏秋两季,几乎家家晚上都逮蝎子。每晚逮的蝎子有的卖三元,有的卖五元,卖钱多少不一,因人而异。今天这个村传来谁逮蝎子摔折了腿,明天那个村传来谁逮蝎子摔死了!尽管人们说着、传着、听着,但逮蝎子的人不但没有减少，反而越来越多。农民们想，三元也好，五元也好，儿女的学费就是靠一元两元攒起来的，谁能一个晚上挣几百元呢？收费项目在增加，五花八门，收费款数像芝麻开花一节比一节高，做家长的也就想着各种办法去挣钱。尤其是没固定收入的农民们，哪怕一元两元都不放弃。到了晚上，靠沟的地方到处都闪烁着蝎子灯照射的红光。每天晚上到底能有多少人逮蝎子，没有人统计过。到底有多少大学生的农民父母为儿女挣学费逮蝎子，也没人统计过。我采访过的几百户供养大学生的农民父母们，几乎都逮过蝎子。

世荣逮蝎子一般晚上11点左右回来，秀兰也就等到11点世荣进了门，悬着的心才能放下。世荣是沟里长大的，身体好，性子急，手脚也麻利，翻沟越岭像走平地一样。秀兰再三叮咛："少逮蝎子不要紧，只要人安全，挣多少钱是个够数！"世荣自信地说："有儿子不断地给我打气，我心劲大得很，翻沟过岭不在话下！"

初开始，世荣逮蝎子每晚能卖六七元，后来路熟了手也熟了，一晚逮的蝎子能卖到十几元钱。世荣高兴地计算着：这样逮下去，几个月工夫就能给儿子挣几千元。再后来，世荣出门更早了，晚上回来得更迟了，有时到家已经是晚上12时以后。一连一个多月，世荣每天逮的蝎子越来越多，逮蝎子的兴头也越来越大了。秀兰的心，天天晚上随着世荣出门，随着世荣进门。

好长时间没下雨了。这天晚上后半夜忽然电闪雷鸣，下起了暴雨。大雨下了将近一个小时，沟坡上的洪水裹挟着泥沙涌进永定河。永定河涨水了！平常走到河边也听不到流水声，此时河里的水声睡在炕上也能听见。雨停后秀兰再也睡不着了，心乱如麻，好不容易挨到早晨4点30分

就爬了起来。世荣也起了床,说是想到后坡看玉米,担心玉米昨晚被暴雨冲走。秀兰走出大门又踅回来,不知什么原因,她下意识地给世荣说:"今晚不逮蝎子去了!"世荣似懂非懂地问妻子:"你说啥?"秀兰重复了一遍:"反正今晚不逮蝎子去了!"一路上,秀兰总觉得心里毛毛的,上坡时,腿一点也不听使唤,不是踩在雨水冲的泥坑里,就是走到路边的草丛里,几次都想返回,最后还是硬着头皮走到塬上。平常走二十分钟的坡,今天足足走了四十分钟。到了工地,秀兰干活心不在焉,工头让推砖秀兰推沙,工头让加水秀兰加水泥,只盼天黑。工头问秀兰今天抽了什么风,秀兰也不说话。一块干活的中年妇女对秀兰说:"今天你的脸色不好,有什么事吧?"秀兰说:"昨晚做了一个梦,梦见天下雪了。"中年妇女说:"梦见下雪是要死人了!"秀兰吓出了一身冷汗,下工的时间一到,没等工头发话,她扔下家具,骑着自行车风风火火往回赶,到了家里世荣还是逮蝎子去了。揭开锅,世荣给秀兰做的南瓜炒菜面片用大碗在锅里热着。世荣过去在青海当兵时在炊事班做了两年饭,西北的面食饭做得特别好,特别香。逢年过节或是下雨天,一是舍不得钱买肉,二是离城远不方便,世荣就给全家做青海的拉条子或揪面片,全家围在一起吃个饱。两个儿子星期天回到家总缠着世荣让做他们爱吃的揪面片,世荣再忙都要腾出手来为儿子做饭。望着两个儿子狼吞虎咽的样子,站在一旁的世荣心里乐滋滋的。秀兰故意逗着两个孩子说:"等你们长大了,我们都老了,不能动弹了,你们做什么饭给我们吃呢?"大儿子那时才十三岁,跳到父母跟前噘着小嘴巴说:"我上了大学挣了钱,把世界上最好吃的东西都买来送给爸爸妈妈吃。"平平那时才八岁,想了一会儿,学着爸爸做拉条子时的动作说:"我长大了去当兵,学拉条子,学揪面片,爸爸妈妈坐到炕上,我给你们做着吃。"世荣和秀兰笑得前仰后合,夸赞两个儿子孝顺。秀兰爱吃炒菜面片,平时吃上两大碗,还觉得肚子有点欠。今天吃了两口,再也吃不下去了,不知道做什么才好。一会儿拿起鞋底纳几针,针尖刺破了手指;一会儿坐在缝纫机旁,线穿不到针眼里,不停地看着桌子上放的表。分针到了12时,秀兰以为时针到了12时,拿起表一看,才整整10时,气得秀兰把表往桌子上一放,什么活都不做了。坐在炕板上等吧,谁知越等心越慌,心越慌时间过得越慢。表上的时针已经指向了11时,秀兰心想,快回家了,说不定今晚回家早。忙走出大门朝后沟望去。

这天是农历五月十六,天空的月亮圆圆的,沟两边的山崖挡住了两边的天,沟底的天空显得特别窄长,岭高风自冷,天窄月当明。后沟坡是背阴,月亮再亮也照不到,黑漆漆的一片,什么也看不见。秀兰侧着耳朵仔细听着沟坡上的动静,沟坡上静悄悄的什么声音也没有。秀兰忽然发现路上月亮照着一个人影,心里一喜:"他爸回来了!"忙迎上去。自己走了十几米,那人影却动也不动,这是什么原因?秀兰加快脚步走过去一看,原来是路旁的树影。秀兰心又凉了,心一凉就发慌,是不是世荣已拐回家了?秀兰三步并作两步地跑到家,仍不见世荣的踪影。再一看表,时针已经过了晚上12时,秀兰又跑出门往后沟坡看,既没人影,又没动静。人越急,心里越发毛躁,秀兰忽然有一种不祥之感,秀兰想到大哥为了供两个孩子上学,买了一群羊,大儿子放羊摔坏了腿,二儿子放羊摔死了,事情都发生在这后沟坡。大哥后来打工装车也摔断了腿,难道灾难今晚要降临到自己家吗?秀兰越想越害怕,出了一身冷

汗，怕得哭了。

一直等到凌晨3时，不见世荣的影子。秀兰叫开大哥家的门，大哥一听，连连跺脚，说："我们家把哪路神撞了？"跛着腿叫来四五个村民，拿着蝎子灯，分两路去北沟坡找世荣。大家一边找一边喊着世荣，喊破了嗓子也无人应答，沟崖上只传来阵阵回声。一个时辰过去了，两个时辰过去了，找遍了后沟的岭岭堰堰、洼洼岔岔也没见世荣。秀兰急得要疯了，一边哭一边喊，眼睛就像流出了血，嗓子就像喊出了心，还是找不到世荣。最后在西沟坡六十多米深的天井窟窿里发现了世荣。大家见到此情景都吓愣了，谁也没说出口，但心里想世荣完了，肯定完了！秀兰趴在天井窟窿口，使劲地哭叫着世荣，世荣躺在黑洞洞的井下应也不应。大家你看我我看你，都束手无策：这么深的天井，怎么把人往上吊呢？还是世荣大哥有主意，说："这么深的天井，肯定有出水的地方。"说完领着大家到沟底转了几圈，终于找到了天井的出口。世荣大哥和另外一个村民从出口钻进去把世荣拉了出来，大哥一摸世荣的鼻孔还有点热气，忙把世荣背回家。秀兰乱了手脚，不知该怎么办，只是哭。大哥把秀兰拉到一边说："你不要哭了，主意要你定。看来人不行了，只有出的气，没有进的气。现在送到医院，即使救过来也成了植物人，况且没有四五万元也不行。"秀兰哭着说："不管怎样，只要有一口气，就要救人呀！"当天晚上，村上的人把世荣抬到塬上，雇了一辆四轮车送到县城医院。

大儿子强强放暑假的第二天，给塬上春祥叔打电话，让春祥叔转告父母，说他假期不回家了，让父亲把下学期的费用打到他的银行卡上。春祥叔说："你赶快回来，你爸爸逮蝎子摔到沟里，住院几天了，人还没醒来！"第三天，

大儿子赶到了县医院。世荣躺在病床七天了,还没有醒来。秀兰坐在病床前的凳子上打盹,看见大儿子站在床前,眼睛一亮,忙站起来说:"你怎么回来了?"大儿子说:"我原先不准备回来,给春祥叔打电话,春祥叔告诉了我,我马上坐车赶回来了。"秀兰说:"你爸七天都没睁眼,咋办呀?我第二天就想给你打电话,又怕耽误你的学习。给你弟弟打了电话,至今还没见人回来,不知啥原因。"

大儿子站在世荣病床前叫了一声:"爸!"世荣闭着眼睛没回应,但胳膊似乎微微动了一下。世荣这个细微的动作让秀兰发现了!秀兰惊喜地说:"醒来了!醒来了!"秀兰一会儿看看大儿子,一会儿看看丈夫,高兴地说:"还是离儿子的心近,生病也都心连着心。"晚上大儿子在同学家借了一个躺椅,让母亲躺在上边睡觉,自己看护父亲。秀兰说:"我娃路上辛苦了,我娃睡吧。"大儿子也觉得累了,没有推让,在躺椅上很快入睡了。

秀兰坐在床头看着昏迷沉睡的丈夫。七八天来,秀兰的人和心都累得不成样子,守护着丈夫,一步也不离开。大儿子强强回来时,丈夫的胳膊曾经动过,但眼睛仍然紧闭着。秀兰不停地说:"怎么还不醒来,怎么还不说话?世荣呀世荣,咱们家离不开你呀,你的儿子离不开你呀!"

世荣和秀兰结婚二十六年了,丈夫的脾气不好,秀兰却是外柔内刚。穷家结出的一对苦瓜,历尽艰难,几十年起早贪黑拼死拼活,一门心思要把儿女供养成人,送到正经道上,再不要待在深沟里像他们那样没出息。可往往是事与愿违。女儿不爱学习,初中毕业就不上了,出外打工和贵州的一个小伙子结了婚,落脚到贵州。世荣摔伤的事也打电话告诉了女儿,女儿因为坐月子不能回来,汇了两千元钱。二儿子平平脾气又是那么倔强,在家老和世荣

顶嘴。强强最听话，学习也好，全家的希望都寄托在强强身上，世荣却遇了事。秀兰想把强强叫起来说话，抬头一看强强睡得正香，秀兰又不忍心惊动儿子。

世荣从小爱强强。强强上学每学期都能给世荣拿回三好学生奖状。秀兰想起来世荣用白馍、黑馍、秋面馍奖罚三个孩子的事，不由得笑了。他的做法虽然有点儿过分，但也是奖罚分明啊！大儿子学习好，总是吃白馍；女子次之，吃黑馍；二儿子最差，总是吃秋馍。现在看来，还是大儿子有出息。秀兰站了起来，走到大儿子跟前，用毛巾擦擦儿子头上的汗珠。大儿子翻了个身，嘴里不知道说了句什么梦话又睡着了。秀兰心里说，孩子毕竟是孩子，心里一点事也没有。

第九天了，世荣还没有醒来，大儿子心里发慌了。原先暑假不想回家，打算和同学一起去上海看看，现在看来也泡汤了。父亲摔成了这个样子，生死未卜，决不能离开父亲去旅游。再说自己还没毕业，还指望着父亲啊！父亲这一病，强强考研究生的计划也行不通了。唉！谁让自己生长在这个穷家、穷地方呀！

在一次谈话中，强强问秀兰：

"我下学期的学费准备好了没有？剩一年了，费用肯定多。"

母亲告诉强强："给你准备的五千元全部给你爸交了住院费。"

强强说："我走时拿什么？"

秀兰说："你放心，不管你爸怎么样，赶你走时妈妈想办法也要给你凑齐。"

尽管这么说，大儿子强强心里还是沉甸甸的。

第十天，二儿子平平终于赶回来了。四年不见，二儿子已经从一个十六岁不懂事的毛孩子长成大小伙子了,穿着西服,结着领带,皮鞋的响声回荡在住院部楼道,风度翩翩地走进父亲的病房。秀兰看着这个陌生的儿子,有些不敢相信自己的眼睛:这是几年前不听话离家出走的儿子平平吗?这就是四年来不知让秀兰流了多少眼泪的儿子平平吗?秀兰捉住儿子的两个肩膀看来看去,突然放声哭了,一边哭一边说:"把妈能愁死,我还以为你忘了我和你爸,忘了这个家!"平平没说话,拉着母亲的手,眼里含满了泪水。过了一会儿,大儿子强强也从街上回来了,看到弟弟的样子,高兴得不得了。弟兄俩分别四年了,有说不完的话。

　　强强说:"看样子在外边发财了!"

　　平平说:"发什么财呀!"

　　强强说:"现在当厨师也吃香,每月开薪多少?"

　　平平显得不值一提地说:"不过还可以,每月工资两千元出头。"

　　母子兄弟,久别重逢,自是欢天喜地,不必多说。

　　下午6时,平平要请母亲和哥哥到街上吃饭。秀兰看着病床上的丈夫,摇了摇头说:"我不去,还要照看你爸,你弟兄俩去吧。"强强和平平出去吃饭了,秀兰望着丈夫,用毛巾擦着丈夫的一双眼睛,擦着丈夫的嘴,对着丈夫轻轻地说:"世荣,你快醒来吧,快看看你的两个儿子,他们都长大了。"秀兰还特意把平平从北京买回来的北京果脯放在丈夫的嘴唇上说:"世荣,这是平平第一次买的东西呀,你快吃呀!"世荣的嘴唇动也不动,秀兰趴在病床上又呜呜地哭了。

　　强强和平平两个小时后回到病房,秀兰闻到一股酒味,以为平平又喝葡萄酒了。谁知平平说:"早不喝那玩意儿了！"秀兰望着病床上的世荣，生怕世荣听见，好在世荣还昏迷着。平平又说："我们刚才在东街大酒店吃了几个小菜，不行，家乡的菜味道不好，我还到操作间看了一下，设备简陋得要命，比我们宾馆差远了，这还能炒出好菜来！妈，我特意给你买了一碗炒页面，你尝尝，不好吃扔了！"秀兰接过盛饭的塑料饭盒，放在床头柜上没说话，也没吃，只是呆呆地想着。平平也没有理会妈妈的神态变化，趴在爸爸的床前看了一眼，对强强说："看样子老头子一时三刻还醒不了。你们先待着，我到街上有点事，一会儿就回来了。"强强说："不要回来迟了，今晚上轮你陪护爸爸。"平平嗯了一声转身走了。强强催妈妈吃饭，秀兰吃了两口怎么也吃不下去。

　　不到一个小时，平平回来了，说在对面国贸宾馆登记了一个标准间，条件比北京的宾馆差远了，不过二十四小时有热水，路上跑了两天太累了，必须泡个澡。平平还说，在北京天天晚上要冲澡，尤其是夏天。哥哥听弟弟说想休息，忙说："咱俩今晚陪护爸爸，让妈妈休息。"秀兰忙接住话茬说："你们休息吧，我在这儿陪着。"平平笑着说："还是妈妈疼儿子。"说完拉着哥哥到宾馆去了。

　　是的，天下最疼儿子的是父母，最了解儿子的也是父母，可秀兰却觉得二儿子今天变得有点陌生了。四年不见了，变了，平平完全变了！秀兰望着世荣埋怨说："你每年还给儿子买一瓶红葡萄酒放在桌子上，至今四个酒瓶还整整齐齐放在桌子上，早晨起来看，晚上睡觉前望，下地时你也要用手摸摸。"秀兰自己每天早晨也要用抹布将酒瓶上的灰尘擦擦，秀兰认为酒瓶就是儿子，不能让灰尘落在儿子身上，落在儿子心上，谁知儿子再也不喝"那破玩意儿了"！

秀兰心乱如麻,加之病房里闷热,她轻轻地走出病房来到楼道里,长长的楼道里仅仅只有一束灰暗的灯光照着。有一个女人抱着孩子在楼道里转来转去,哄着孩子,一直走到秀兰面前。秀兰看见是一个和自己年龄差不多的妇女,那妇女一边哄着孩子一边和秀兰打招呼:

"还没睡觉?"

秀兰说:"还没有,你还有个这么小的孩子?"

中年妇女埋怨地说:"是孙子,他爸爸妈妈到广州打工去了,两年没有回家,把孩子给我扔下。"

秀兰说:"现在都是这样,年轻人出外打工,把孩子放在家里。"

中年妇女又说:"前几天孩子患了肺炎,住进医院,现在好了,就是哭着不睡觉。我害怕影响别人,抱着在外面转转。"

秀兰说:"唉,人人都是为了孩子。"

中年妇女接着说:"隔辈的人了,管孙子操不尽的心,管不好给他爸他妈咋交代呢?"一边唠叨着一边抱着孩子向楼那头走去。

秀兰走回病房,坐在小凳子上,想东想西,想来想去,从过去想到现在,从现在想到将来,从儿子想到世荣,从世荣想到自己,一个晚上没有合眼。

第十一天早晨,世荣慢慢地睁开了眼睛。医生说,掉到六十米深的天井里,身体内脏没有受到损伤,这真算个奇迹,不过人摔成了严重的脑震荡,要痊愈最少还要住一个月院。秀兰听医生这么一说,心里一块石头落了地。两个儿子从宾馆回来了,秀兰把医生说的话给两个儿子原原本本说了一遍。平平二话没说,从衣兜里掏出一沓钱递给母亲说:"住两个月院算什么,住就住吧,不就是花一点

钱嘛！这是八百元，先给你，不够了我明天回北京后再给你寄，妈妈不要担心。"强强见弟弟给母亲钱，不知怎的，心里总感觉到有点理亏。

十多天秀兰没吃过一顿饱饭，没脱衣服睡过一夜安生觉，不知为什么，也不觉得一点累，不觉得一点困。世荣终于醒来了，秀兰只觉得骨头像散了架，身子软瘫瘫的一点力气都没有了。平平看见母亲脸色不好，劝母亲到宾馆休息，秀兰也没推辞，跟着平平去了宾馆。强强趴在病床前，脸贴在父亲的脸上说："爸爸，你快起来吧，你平平今非昔比了。"

不到二十分钟，平平又回到了病房。弟兄俩一左一右守护在父亲身旁，你一言我一语又对起话来。

强强说："平平，你给哥说，你每月到底拿多少工资？"

平平说："不是给你说了，两千出头。"

强强说："那你为什么才给了咱妈八百元？"

平平不满地说："你给了多少？告诉你，我挣这些工资还不到一年，北京消费可贵，两千元也不够花。"

强强说："咱家里困难，你要多考虑咱家的难处。"

平平说："我的难处更大。反正就这么回事，挣一个花一个，到哪个村歇哪个店，以后的事以后再说吧。"

强强狠狠瞪了平平一眼，口里没说话，心里却说，平平没学到本事，却练就了一副好嘴巴。

平平接着说："你再一年就毕业了，毕业以后咋办？"

强强说："现在大学生都不包分配，自己去人才市场找工作。将来在哪里工作，干什么工作，现在也说不清。"

平平说："你将来挣钱肯定比我多。咱妈咱爸将来由你管，我没上学我不管。"

强强说："大学毕业后更难，要找工作，要买房子，

要结婚,要买车,十几年以内家里根本不要指望。"

平平说:"有指望没指望那是你的事,反正我明天走了再不想回来了。"

强强说:"你能走我走不了,咱爸的危险期还没有完全过去,最少还得二十多天。你知道不知道,我上学走时最少得带上一万三千元,现在怎么好意思向妈张口呢?"

平平同样狠狠地瞪了强强一眼说:"咱爸是给你挣学费才摔成这个样子!"

强强看了看父亲,感慨地说:"你不想回家,难道我就爱回这个破家吗?该死的永定河出门是坡,抬头是山,你说咱们兄弟俩为什么偏偏生在这个永定河!咱妈咱爸一辈子守着永定河,到底守出了什么名堂?"

平平瞅着世荣说:"怪老头子,当初老头子当兵不回家,现在说不定混个团长的干干,咱们现在就是团长的儿子。"弟兄俩不停地唠叨着,谁也没有去理会世荣。世荣的嘴不停地抖着,两只眼睛里溢出了泪水。

第二天平平要走了,平平贴住世荣的脸说:"爸,我工作忙,不能再耽误了,过年我回家看你,祝你早日康复,尽快出院。"世荣眼睛直勾勾地看着平平,一点表情也没有,眼角又涌出了泪花。强强和母亲把平平送到楼下,平平说:"你们不要送了。哥,照顾好老头子,老头子刚才看我,眼神让人害怕。"强强回病房去了。秀兰坚持要送平平到汽车站。路过一家页面店,秀兰说:"这是家乡人最爱吃的饭,出门时人们都带它,给你也买上几斤到北京吃。"平平说:"什么破玩意儿页面,一点都不好吃,一辈子不吃我都不想吃。去年春节你让人给我捎的页面我没有吃都放坏了,最后扔了。"秀兰没说话,脸色灰灰的,心里空空的。平平上了车,一直到车走,秀兰没说一句话。平平

在车上挥着手说:"妈,春节见。"秀兰想说什么,却没有张口,机械地挥了挥手。秀兰用手擦着眼泪,儿子毕竟是娘心头的一块肉呀!

秀兰在回医院的路上,脚沉甸甸的,脑子一片空白,几次碰在行人的身上。不到三百米的路,足足走了二十分钟。

世荣的病一天天好转了,秀兰和强强轮换着伺候,强强有点不耐烦了。过了十五天,世荣能下床走路了,也能一个字一个字地吞吐了。医生说世荣的身体素质好,抵抗力强,恢复得又好,不过还要住半个月院。世荣听说要住半个月的院,牛脾气又来了,不上床,不吊针,闹着性子要出院。世荣嘴里不说心里明白,儿子等着学费,为了省钱,还是回到家里养着吧。秀兰不同意,征求强强的意见,强强说:"我爸的病现在主要是养着,还是回家的好。这儿空气不好,人又多,我们回家时多带些药,咱沟里空气新鲜,每天早晨我陪着爸爸到河边散步。"人常说,儿子大了就是母亲的主心骨,秀兰同意了儿子的意见,世荣在医院再住了两天就回到了永定河。

强强的确是个孝子,白天陪着爸爸散步,给爸爸喂吃喂喝,晚上陪着爸爸说话。世荣脸上渐渐挂上了笑容,吞吐出的话似乎比以前更多了些。一天晚上,强强睡觉去了,世荣给秀兰说:"平平靠不住,还是老大乖,我们没白供。"秀兰没说话,脸上一点表情都没有。

强强在家终于熬到了第七天晚上。世荣在炕上躺着,秀兰坐在炕沿上,强强端着水杯在屋里转来转去,谁也没说话,只有秀兰心里明白。沉默了一会儿,强强终于开口了:"妈,我想明天走,我回来都一个月了,明年就要毕业了,学校还有好多事要安排。"秀兰没说话,世荣说:"有事你走吧,爸这病一月两月好不了,不要耽误了你的事。"

强强说了些安慰父亲的话,随即改变了话题,问秀兰:"妈,学费准备好了没有?"秀兰问:"拿多少钱?"强强说:"最后一年了,事情多,费用大,先拿一万三千元吧。"秀兰没说话,脸上一点表情都没有。世荣着急了,说:"你说话呀,娃问你话哩。"秀兰停了半天才说:"本来学费给你准备得差不多了,谁知咱家遇到这么大的事,我跑了十几家,凑了八千元你先拿着,后季辣子和玉米卖了再给你汇去。"强强不说话,脸上显出不高兴的样子。秀兰看见儿子不高兴,又心疼起儿子来。她和丈夫为供儿子上学,可以说是累坏了腰,挣断了筋,但再苦再累,从来不让儿子受委屈,儿子要一千,没给过九百九。儿子剩一年要毕业了,花的钱肯定多,按理说,不管怎样都要满足儿子,可是……秀兰想不下去了,难过地低下了头。世荣慢慢地从床上爬起来,瞅了秀兰一眼,又看着强强说:"我娃不要怪你妈,只怪我闯下这个祸。"秀兰有点内疚地望着儿子,试探着问:"你不是要考研究生吗?"强强不满地说:"我爸成了这样子我能考吗?谁供呢?"世荣用手拄着炕,身子往外挪了挪说:"老天爷没有要爸的命,等爸能干活了再给你挣钱。""爸,你不懂,上研究生还得三年,那时候,我已经二十七岁了,马上要结婚,要买房子,哪来的钱?你能给我三十万元我就考。""你说啥?"世荣瞪大眼睛问强强,嘴抖得说不出话来。秀兰也惊讶地看着世荣,但随后又平静了。强强没管父亲的反应如何,继续说:"现在城里买最小的房子也得二十多万,还要结婚,没有三十多万元行吗?"世荣没说话,身上仅有的一点力气都没有了,身子软塌塌地躺在炕上。过了好一会儿世荣又挣扎着爬起来,对强强说:"你在西安瞅上一个有钱的单位,把爸背上放在大门口,让汽车把爸撞死,给你赔上三十万

元的命价！"

　　这天晚上，谁也再没有说话。第二天早晨，秀兰像往年送儿子一样，做好强强喜欢吃的馄饨，亲自把油泼韭菜花放到碗里。看着儿子一口一口吃完，然后将六个煮熟的鸡蛋塞进儿子的挎包。一切和往年送儿子上学一样，一样的饭，一样的菜，一样的鸡蛋，一样的人，只是秀兰和强强的心情和往年大不一样。

　　昨天晚上，强强失眠了。强强觉得自己自私，不应该在父母面前说过分的话。父亲毕竟在病中，自己不能给他分难解忧，还往他心上插刀子，这到底算什么儿子？强强含着眼泪向父亲告别。世荣拉着儿子的手，断断续续地说："原谅爸，爸爸昨晚话说重了。"父子二人抱着头放声大哭，秀兰没说话只是默默地流泪。

　　秀兰提着儿子的提包，和强强走出了家门，走在了窄长窄长的沟路上，谁也不说话，只有路旁的玉米叶子在风中沙沙作响。秀兰缓缓地迈着步子，表面平静得像湖里的水，心里却像炸开了的锅。秀兰想，往年送强强不是这样呀！往年一路上有说有笑，强强拉着母亲的手描绘着锦绣前程，秀兰给儿子有叮咛不完的话。多吃热饭，少吃生食，天寒加衣，早睡早起，这条小路上演绎着无数母子情深的故事。这条小路秀兰拉着儿子的手走了二十多年，扶着儿子学走路、学说话，小学、初中、高中、大学，送儿子、接儿子。这条路上的每一棵树、每一根草秀兰都熟悉得再不能熟悉了，可今天这条小路却显得这样的陌生。过永定河了，前两天下了一场暴雨，河水没有往常清澈，也不是平日里的淙淙细流，黄浊的河水几乎淹没了河上的小桥。秀兰走到河边，捡起一块发亮的蛋形小石头，悄悄地塞在强强的提包里。过了永定河，就要上坡了，秀兰和往常一样站着不动了。强强接过挎包,给母亲鞠了一个躬,转身哭着走了。上沟坡和走平路不一样,强强转眼就被黄土崖遮住不见了。秀兰看着儿子消失在拐弯处,站在原地一动不动,仍然瞅着拐弯处长着的那棵杜梨树,树上长满了小杜梨。杜梨树对面的坡上有一座竖立的黄土峰,当地人把它叫"望子峰",永定河世世代代不知道有多少个做母亲的站在望子峰下送着儿子走出永定河,又盼望着儿子的归来。望子峰是用母亲的泪水拌和着母亲的爱,凝聚起来的一座黄土山峰。秀兰自己也不知站了多久,转身又看了看望子峰,然后走到永定河边,坐到永定河畔的一块石头上,看着向南流去永不回头的永定河,看着看着,大声哭起来。

强强一边上坡一边抽泣着,到了坡头,回头望着生他养他的永定河,强强的心好像一会儿放在蒸笼里,一会儿掉在冰窖里,一会儿膨胀,一会儿收缩,一会儿热得全身流汗,一会儿冷得全身发抖。强强无所顾忌,仰面往路边地上一躺,身体摆成一个大字,嘴里呼哧呼哧好像一头患了重病的驴,四蹄朝天,在烈日的暴晒中挣扎着、喘息着。过了半个时辰,强强才慢慢恢复了平静,觉得脸被太阳晒得有点扎疼,他挣扎着爬起来,拍了拍身上的土,觉得身上没有一点力气,又坐在了地上。

强强望着生他养他的永定河,心里有一股说不出的滋味直往上涌,强强又哭了。自己为什么偏偏生在这个穷山沟?父母为什么都是农民?班上好多同学的家庭都在城里,父母有钱有房子有地位,同样都是大学生,老天爷对子民为什么这样不公平?父亲现在变成了这个样子,断了自己的经济来源,以后的日子咋过呢?上学、就业、买房、结婚……强强越想越不敢往下想,越想越恨这个穷山沟,越

想越怨父母。强强忽然咬了咬嘴唇，擦净了脸上的泪，取出母亲装进挎包里的石子，鼓足劲，就像小时候站在坡上和小伙伴比赛扔土块一样，狠狠地将石子抛到了永定沟里。然后从内心迸发出一句粗野的吼叫："永定河，永别了！"这时有一只小兔从玉米地里蹿出来，被吓得往坡下跑去。

几个月后，秀兰卖掉了辣子和玉米，凑够了五千元给强强汇去。半年了，强强来了一次电话，平平没打电话，用世荣的话说："家里没有电话，要打电话得到塬上福祥家，不方便。"

快过春节了，秀兰世荣和往年一样，还是倚门而望等着两个儿子回家团聚。一直等到大年初一早晨，还没等到。早晨吃饭时，桌子上再没有放平平爱喝的红葡萄酒，桌子上原来的酒瓶子也不见了。

初一下午，福祥叔来了，说平平打电话向父母拜年，说他不放假，不能回家，让父母需要啥，尽管来电话。没有接到强强的电话。过了一个多月，福祥叔来了，说强强打电话，说他要找工作，手头紧，让家里汇上三千元钱。还没到收获季节，家里一分钱没有，世荣的药也是吃一顿断一顿。为了儿子的工作，秀兰还是揣着一颗平静的心，东借西借，凑够三千元给强强汇过去了。

过了整整三个年头，强强没有回过一次家，也没有通过一次电话，杳无音信。用秀兰的话说，没上大学的平平还比上大学的哥哥强！平平还能半年打一次电话，问候很周到，话说得很孝顺，只是没有回过一次家，更没有给家里捎过一分钱……

世荣说完这段经历，气得骂了几句，说："要儿子顶个尿！供儿子上大学顶个尿！这些丧尽天良的王八羔子！"

秀兰的脸上一直没有表情，一直没有说话，好像这些事经得多了，这些话听得多了，一切都平平常常。

我没有说什么安慰的话，说得再多都是空说。他们心里不是想听别人的连篇好话，他们只想见到儿子，只想知道强强在什么地方，哪怕是他一个电话，报一个平安就心满意足了。这些我都做不到。我想起我在《沉重的母爱》书中写世荣哥哥家供大学生难的文章，结尾部分有这样一句话："我默默祈祷着，祈祷着老天爷保佑这一家再不要发生不幸的事了。"谁知道老天爷保佑了哥哥，却没有保佑住弟弟世荣。我对世荣说："你这几年过年，又是树动如儿影，门响犹儿声，大年初一桌上摆着葡萄酒，望酒如见儿吧？"世荣摇了摇头说："不等了，也不盼了！"我看得出世荣口里没说心里话。我回头再看秀兰，秀兰脸上很平静。世荣又说了一段让我难以置信的话：

"我的病虽然强了，但身体大大不如以前了，地里的重活根本干不了，一切全靠孩子他妈。她嫁给我几十年没享过一天福，现在两个孩子又指望不上，我劝她和我离了婚，到城里嫁个死了老婆的退休干部，老了也有个落脚，城里毕竟比这沟里强。"

我惊愕地看着世荣，又回过头看着秀兰。秀兰脸上一点表情都没有，显得很平静，好像什么事情都没有发生。世荣"唉"了一声，又接着说："我也活不了几年了，死了喂了狼也是我的福分，只要不暴晒在太阳下就行了！"

我还是走了，只怕听到让人更伤心的话。世荣和秀兰送我到大门外，我往北瞅了一眼问世荣：

"你哥的情况怎么样？"

世荣说："人家的情况比我好，娃娃经常给家里汇钱。"

我说："一年能汇多少？"

世荣说:"两千元吧。"

我问:"经常回来吗?"

世荣说:"也不常回来,路远。"

世荣听说我要到他哥哥那儿去,便说:"我哥家的房子全塌了,现在借住在北头坡上别人的家里。"

我走到世荣哥哥家门口,大门上着锁,从拳头能塞进去的门缝往里看,院子里长满了一人高的杂草。院前的空地上长着几株芍药和月季,红黄相映,争芳斗艳。我忽然想起了古人的一句话:"人非草木,孰能无情。"这些人栽种的芍药和月季,它们生根发芽,开花结果,尽情地报答着主人辛勤的养育之劳,不分主人的贫穷与贵贱,它们盛开在荒沟里,没有孤独和荒凉,从不嫌弃与哀怨。它们用妩媚的千姿百态,给了贫穷衰老的主人欢乐和安慰,即使主人走了,它们还忠实地、默默地奉献着……可是我们有些做儿女的,有些受过高等教育的大学生,却只知道无休止地向父母索取。父母老了,他们就像来去无情的永定河的水,一去不复返!

回家的路上,我和诗人田永红你一句我一句凑成了一首小诗:

望子峰下
永定河滚滚流过
无情的河水
冲走了浮萍
冲走了落花
冲走了眼泪
冲走了欢乐
唯有那河岸边的

弯曲的老柳树
老根在深深地扎着
守望着苍老的永定河
光秃秃的望子峰
年年月月
呜呜地诉说

儿子对父亲说：不给你的工资卡，我就再不回这个家了

继母供养儿子大学毕业了，给儿子完婚，管孩子。儿子工作七八年了，给了母亲两次钱，一次是一百元，一次是两元钱。儿子想买房子没钱，要父亲的工资卡没要下，从此两年多没有回过仅仅只有五十公里路的家。同学同事嘲笑他，妻子埋怨他，他的精神彻底崩溃了。他写了遗书，含着眼泪送学生进了考场，自己走到学校后边的玉米地里，喝了老鼠药。

李家湾村南第五层坡地上，一下子多了两个新墓冢。一个埋着禄才的妻子灵花，一个埋着禄才的儿子李荣，李荣比灵花早死七天。两个墓冢头枕西北、脚蹬东南并列着，灵花的墓冢微微偏上，堆积成墓堆的黄土已经板结，微微发黑，零星枯萎了的小草在裂开的黄土缝中躲着。墓冢上插着的花圈、纸花已经脱落完，枯黄的芦苇做的花圈架在北边吹来的河风中使劲摇晃，好像坟墓中的魂灵，向天向地向人诉说着被埋在地下的怨恨和不甘心。

今天是农历十月一日，按当地风俗活着的人要给死了的亲属送寒衣。禄才从早晨9时到墓地，坐到下午3时还

没有走的意思。禄才拿着一根干树枝不停地在地上画着"悔不该"三个字，不知已写了多少遍了，两腿间的地上已画成了一个深坑。

坟墓对面滚滚的黄河水日夜不息地流淌着，到了半夜，坟地里好像在向黄河水哭诉，发出呜呜的声音。奔腾的黄河水擦着东凸村深厚的黄土崖，流到这儿打了一个弯，向东倒了岸，从此孕育出几十里长的风景秀地、北国江南。万顷芦荡藏龙卧虎，百亩荷塘风花月雪，数不清的大小鱼池鱼翔浅底，说不完的百姓人家悲欢离合。七眼瀵泉像天上的北斗星，喷淌出瀵水，喷涌出生命，勾画出天下独一无二的瀵水湿地。年年月月，世世代代，黄河水流载着眼泪与欢乐，流载着企盼与圆缺，向南流去，流到潼关，再打个弯，一直流归大海。

李禄才的家住在李家湾，李家湾有上千口人，祖祖辈辈以种菜为生。村口黄河岸边有一个小渡口叫李家湾渡。据说当年韩信伐北魏时，用木板做成形似木桶的木罂，几个木罂连接为一组，上边捆着木椽，大军撑着木罂排筏渡过黄河。几十万大军抢渡黄河肯定要蜿蜒几十里，所以说，这一代的黄河渡口都可以叫作木罂渡，不专指哪一个渡口。如今的李家湾渡比起上边的岔峪口渡和下边的夏阳渡要冷落得多了。

1970年县上办"落实三五六文件"学习班，在农村抽调积极分子，禄才幸运地被抽上了，从此鱼跃龙门，命运来了一百八十度的大改变。参加了几期学习班以后，禄才被分配到公社的供销社，没几年时间就转正了。20世纪70年代的商业部门红得发紫，响得聋耳。"听诊器，售货员，人事干部，方向盘。""七十二行谁第一，最肥还是卖货的。"买自行车，买缝纫机，买酒买糖，买肥皂洗衣粉，都要走后门，二分钱一盒的火柴也要凭票供应。当时的禄才在村上乃至镇上是个了不起的人物。禄才第一个妻子是农民，和妻子刚结婚那阵还恩恩爱爱，很快生了一个胖小子，夫妻俩爱得不得了。后来禄才的地位变高了，权变大了，对身为农民的前妻这看不顺眼，那看不如意，干脆离了婚。不到半年时间，和亦公亦农的公社话务员灵花结了婚，不几年和灵花生了一个女儿取名李婷。灵花嫁过来时，禄才前妻的孩子李荣已四五岁了。灵花人样好，心也好，处处疼着李荣、护着李荣，要是李荣和妹妹闹事，灵花总是批评李婷。平时灵花从县城回来先要给李荣买好吃的，每年过春节灵花都要给李荣缝新衣，李婷就不一定了。灵花给禄才说，李婷年龄小，荣荣穿过的衣服改一改婷婷就可以穿，荣荣大了，要穿好一点。渭北这块皇天后土做父母的叫儿女的名字时，都爱取名字中的一个字重叠起来叫，以示疼爱，如狗狗、毛毛、龙龙、花花、婷婷。有年除夕晚上，荣荣和婷婷都睡着了，禄才对灵花说："我心里还想让你生一个胖小子。"灵花说："有荣荣就行了，要那么多儿子干啥？"禄才沉思了一会儿说："你对荣荣好，我心里明白。不知为什么，我总有点过意不去。"灵花想了想说："两个孩子够咱们养活的了，要是再生一个男孩，单位和社会上的人乱猜测、乱议论，还会说许多亲呀不亲呀的闲话，我这个继母就不好当了！"禄才感激地看着灵花，不知说啥才好。

　　世上总有那些七嘴八舌、爱拨弄是非的人。村东头的李大嫂找禄才买缝纫机，那几天刚好没货，禄才没给办，李大嫂一直记恨在心。有一天李荣放学回家，在街上碰见李大嫂，李大嫂拉着李荣的手说："我荣荣侄儿多恓惶，没亲妈的孩子没人心疼。"然后附在荣荣的耳朵边说："我刚才碰见你灵花妈领着婷婷吃页面。"李荣二话没说，跑到街上页面店，一看没有妈妈和婷婷，转身跑到公社话务室，跟妈妈吵着要吃页面。灵花说："中午饭已经做好了，明天中午我给你买页面吃。"荣荣嘴一噘说："不，我就要今天吃，你刚才领着婷婷吃了页面！"灵花正在接电话，没有回荣荣的话，等接完电话刚要说话时，荣荣脚一跺哭着说："我知道我不是你的亲儿子，我找我爸去！"说完哭着跑出去了。灵花丈二和尚摸不着头脑，不知道这雨是从哪里下的，这风是从哪里吹的。李荣晚上放学回家，提出不跟灵花睡，要到爸爸供销社的房子睡觉。灵花委屈地掉着眼泪给荣荣一个劲地解释，禄才也狠狠地批评了荣荣一顿。人家说，孩子不记事，但往往一件小事，在孩子幼小的心灵上会刻出一道深深的痕迹。

不几年婷婷也上学了。灵花是公社的话务员，话务员的工作离不开，有时顾了工作就顾不上给孩子做饭，顾了家事，就耽误了公家的事，经常不是孩子哭闹，埋怨饭做迟了，就是公社领导批评，说上班时间做家务活假公济私。灵花和禄才商议了几次，打算辞去公家的事，一心一意在家管孩子，何况话务员又是个没有前途的合同工，禄才家当时的经济状况也不在乎每月那几十元的工资。灵花辞去公社的工作，从公社大院搬了出来，住进供销社大院。那时的禄才是供销社的业务组长，忙于五花八门的业务，应酬形形色色的人，不分白天黑夜，不分上下班，除了妻子和儿女，烟酒糖茶成了他生活中最亲密的战友。灵花除了做家务管孩子，有时还得赔着时间，照顾丈夫的业务往来。荣荣、婷婷放学回家吃饭上学，饭来张口，衣来伸手，一家四口欢天喜地享受着天伦之乐。

三十年河东，三十年河西，打墙的板儿上下翻。到80年代末期，商业系统十分牛的境况已成了明日黄花。禄才的单位被个人承包，禄才下岗了，不但每月没有工资，连起码的生活费也领不到。禄才回家后和灵花商议，俩人开了一个饭店卖羊肉泡。镇子上除过逢一、八两个集日，平常根本没人吃羊肉泡，加之做羊肉的师傅的工资高，没几天他们的羊肉店就关门了。后来禄才又贩卖苹果，还是赔了。两次做生意不但没有赚钱，还欠了别人三万多元，日子的艰难和精神的压力，使禄才和灵花的身体也垮了。灵花的血压有时高到一百八，经常头晕乎乎的，做事丢三落四，医生几次要求灵花住院治疗，灵花因没钱一推再推，胡乱买些便宜药，吃一吃就过去了。

眨眼工夫李荣读完了三年高中，第一年考大学没考上。禄才对李荣说："没考上就算了，我和你妈的身体不好，家里还欠三万多元外债，学个电焊工或汽车修理工也能挣钱，不一定要上大学。"李荣不满意地盯着爸爸点了点头。灵花说："不行，荣荣一定要补习，人家娃有考三四年才考上大学的，荣荣考了一年没考上你就灰心了！"灵花拉着李荣的手说："不要听你爸的话，再补一年。"李荣走后，禄才对灵花说："你不是不知道家里这几天连买盐的钱都没有，别人又要债，李荣上学的学费从哪儿起土呀！"灵花说："欠的债向人家求个情，缓些日子再说，李荣的学费由我想办法。"

开学了，灵花拉着李荣的手，把学费塞到他手里说："荣荣，这是学费，家里再没钱，妈也不能耽误你的学习。好好学习，明年一定要考上大学！"李荣拿着学费上学去了。谁也不知道李荣拿走的学费是灵花卖了两次血凑起来的。

禄才家的日子一天不如一天，灵花的身体也一天不如一天，禄才愁得更是一天老似一天了。第二年李荣考上了大学，禄才感激地抱住灵花哭了起来。灵花拭着眼泪说："别哭了，现在顾不上哭，咱们赶紧给荣荣寻学费。"两个月时间，夫妻俩跑断了腿，磨破了嘴，终于赶9月3日凑齐了李荣的学费。

随着"改革开放，搞活经济"的步步深入，农村人的思想大解放，当地人种莲菜的种莲菜，养鱼的养鱼，打苇箔的打苇箔，放牛的放牛。李家湾的人家家挖河滩地种莲菜，禄才和灵花不甘人后，也看上了种莲菜。

种莲菜、挖莲菜是在泥里水里干的活，这些活路只有强壮的劳力才能胜任。禄才已是五十多岁的人了，灵花也快五十了，两个人的身体都不好，又没资本雇人干，不知道挖了多少天，才栽了不到两亩莲菜。从荷叶浮出水面到荷秆从水里长出，结蕾、开花、炼籽，禄才和灵花天天都往地里跑。想着盼着，盼着二亩莲菜丰收，李荣下一学年的学费就有指望了。有一天早晨，灵花告诉禄才说昨晚梦见莲菜堆积成山，卖了好多好多钱，给荣荣凑够了几年的大学学费……

谁知祸事偏偏出在这年的八月十五晚上。这个中秋节正逢星期天，婷婷放假在家，下午帮父母在地里铲菠菜。回家的路上，禄才说今天是中秋节，到苇荡里叉两条黑乌鲤去。黑乌鲤是这里特有的野生鲤鱼，它生长在芦苇荡里，是黄河鲤鱼的一种，全身是黑色，所以叫黑乌鲤。黑乌鲤专吃小鱼小虾，牙齿很锋利，性格凶猛，有时还会咬伤捉鱼人的手指，这一带人又把这种鱼叫芦荡黑鲨。人常说，鱼儿离不开水，瓜儿离不开秧，可是黑乌鲤离了水能活二十至三十个小时。此鱼肉硬味美，西安人到这儿旅游，大部分都要带黑乌鲤回去。江泽民那一年到西安，人民大厦专门从这里买了几十条上等的黑乌鲤做鱼宴。现在从西安到渭南，都有一道名菜，叫"江总鱼宴"。禄才在回家

的路上一边走一边想，忙活了多半年了，今晚一定好好过个节。到了晚上，一切准备停当。一轮圆月已经挂在树梢，禄才在院子里摆好小桌，供着几样水果和月饼，灵花把炖好的黑乌鲤也供献在小桌上。黄河两边村落的风俗，八月十五要放河灯，祭河神，超度那些被黄河水吞没的生灵。每到这晚月亮升起的时候，家家户户都要给月亮供献枣馍和水果，祈求月亮神保佑一家团团圆圆，保佑出门在外的亲人平平安安。禄才、灵花和婷婷三人跪到小桌前磕了三个头，灵花默默地祈祷完，起立时，忽然觉得头晕，刚要说什么，人便栽倒了。身边的小桌也被压翻了，鱼块洒了一地。连夜将人送到县医院，得知是因为劳累过度，高血压引起了脑溢血，经过两个月的抢救治疗，人的命是保住了，但落下了偏瘫的后遗症。

　　禄才的日子更难了，除过天天要伺候灵花外，还要拖着一条半死不活的身子到地里做农活。幸好有灵花娘家的两个弟弟常过来做些重活，地里的庄稼活靠禄才有收无收地做着，日子才勉强对付着。婷婷看到家里的情况一天不如一天，十六七岁的孩子心里也整天沉甸甸的。过去爱说爱笑的她话变少了，还经常背着爸爸妈妈流泪。别人的孩子星期天不是补课就是玩耍，而穷人的孩子早当家，婷婷星期六下了课，从学校回到家里，不但做饭洗衣服，有时还到地里帮父亲干些农活。禄才和灵花看在眼里，急在心里，婷婷不到一年就要考高中了，这样耽搁下去，她的学习怎么办？婷婷却是不管爸妈心里发急，仍然坚持多干家务活，减轻爸爸妈妈的负担，到了期末考试，成绩从原来的班上七八名，降到了三十多名。看到女儿的学习成绩大幅度下降，灵花难过得哭了，婷婷偎在母亲怀里也哭了。哭了一会儿，婷婷擦掉眼泪说："妈，我不上学了！我爸身体不好，你又病在炕上,家里没有经济收入,我总不能为了我个人的幸福,不管家里人的死活。再说咱家有我哥哥一个大学生就够了,我明年出外打工给我哥哥挣学费,给你挣钱看病。"禄才掉泪灵花哭,婷婷就是不听。春节后婷婷死活不去学校,禄才和灵花没办法,只能听天由命。

婷婷停学后,没有马上出外打工,妈妈下不了炕,她不愿意离开。开春了,爸爸要栽莲菜,要干地里活,婷婷一会儿在地里,一会儿在家里,忙个不停。十六七岁的婷婷成了家里的主要劳力,村上的人都夸奖说:"禄才家多亏婷婷。"也可能是婷婷的好心和勤劳感动了老天爷,灵花半年后能站起来走路了。这年八月十五过后,婷婷和村上的几个姑娘去北京打工了。走时她流着泪叮咛爸爸和妈妈要注意身体,并说好每月给家里寄二百元钱,一百元给哥哥当学费,一百元给妈妈治病。婷婷出门两个月后,给家里汇了二百元。以后月月如此,从不脱空。母亲把婷婷寄来的钱全部给李荣汇去当生活费,自己从不留一分钱。

禄才的身体越来越坏了。灵花家的两个弟弟也出外打工去了,地里的重活禄才一件也干不动,更不用说栽莲菜挖莲菜了,只有一二亩莲菜,雇人下来头比身子大。以后的日子咋过呢?禄才和灵花熬煎得睡不着觉,吃不下饭。想来想去,禄才决定在镇子里摆个水果摊。每天早上,禄才推着架子车,车上装着水果,再带些瓜子一类的小食品到镇上去卖,晚上回来,这样下来一月还能挣三几百元。可是水涨船高,灵花每天要吃药,药价一天一个样,高得吓人。李荣上大学的学费、生活费、资料费,名目繁多,年年翻番,像大山一样压在禄才头上。灵花看着禄才一天比一天弓的腰,一天比一天消瘦的脸,心似刀子在割,几次都想一死了之。转念一想,荣荣还在上学,婷婷年龄还小,

禄才身体又不好，自己总不能一个人静静地走了，这样做太自私了。但这样不做活，只吃药，靠禄才一个人养着也不是个办法。想来想去，灵花终于想到一个自己养活自己的路子。

没过多久，人们看见李家湾通往镇子里的路上，一个老汉推着装满水果的架子车，旁边走着一个老婆婆，一手扶着架子车，一手拄着一根棍子，早晨从李家湾往镇上走去，晚上从镇上又往李家湾走来。街道上，人们看到一个老婆婆一手拄着一根棍子，一手提着蛇皮袋捡垃圾。推架子车的老汉是禄才，拄棍子的老婆婆是灵花。二十多年前和灵花在一起工作过的人，看到她这个样子，都难过地掉下了眼泪。还有些人对灵花说："你当初不辞公社的工作有多好，现在起码还有退休金，也不至于落到这个地步。"灵花摇了摇头说："话不能那样说，当时是为了照顾孩子上学，要是我继续上班，说不定耽误了孩子上学。要是我荣荣考不上大学，比我现在这样子更难受。"

李荣的大学生活再剩半年了，自那年春节因母亲有病回了一次家，到现在两年了再没有回去过。一是利用假期打工给自己挣点学费，二是家庭的困境和父母的凄惨相，让他见了心酸。说实话，李荣也感到自己对母亲的态度有点疏远，总觉得有一道无形的鸿沟横在他们中间。母子间自上小学为了吃页面那件事发生误会以后，李荣和母亲话说得少了，脸绷得紧了。尽管后来证明那件事纯属李大嫂拨弄是非，但非亲生的阴影时时笼罩在李荣的心头。平时哪怕一点点小事，哪怕母亲不经意间的一句批评，都会让李荣心头冒出"到底不是亲生"的想法。加之父亲无休止的唠叨以及对婷婷过多的表扬，李荣对父亲也产生了一种怨恨的心理，有时甚至故意和父亲对着干。

随着岁月的流逝、年龄的增长,特别是母亲对李荣无微不至的关怀,再加上婷婷没读完初中便停学去千里之外打工为自己挣学费,她们的付出深深地感动了李荣。李荣曾在宿舍里蒙住被子哭了几个晚上。他拿着母亲转寄来妹妹打工挣的生活费时,心里暗暗发誓,将来一定要加倍报答母亲和妹妹。前几天,李婷在北京和李荣通了电话,约李荣今年春节一块回家看望父母。兄妹俩在西安见面后,李荣看着妹妹直流泪,不知道该用什么言辞表达自己的感激之情,中午他还请妹妹吃了肯德基。下午3时半,兄妹俩回到李家湾,却见大门锁着。村里人告诉李荣,父母到镇上还没有回来,俩人又赶忙到镇上接父母亲。

这天镇上有集。冬天的集日,不到下午4时人们就提着各自选购的东西陆陆续续回家了。街两旁卖东西的生意人手里不停地摇动着自己的商品吆喝着,眼睛不放过街上走过的每一个人。这时街道上走过一个拄着棍子的老婆婆,一边走一边弯下腰捡拾街上能卖钱的垃圾。从背影看,像个老乞丐在黄昏的寒风中觅寻食物。婷婷眼尖,一看是母亲,忙给李荣说:"那不是妈妈嘛!"兄妹俩跑着迎了上去。快到妈妈跟前时,婷婷大声叫了声:"妈!"捡垃圾的老婆婆慢慢转过身来,用浑浊的眼光努力辨认着面前站着的人。婷婷又叫了一声"妈!"便扑了过去。街两旁卖东西的人和行路的人都惊讶地看着婷婷和灵花。李荣的脸一下子红了,赶忙转身走进一家商店。婷婷接过妈妈手里的蛇皮袋,扶着妈妈走到爸爸的水果摊前说:"爸,我哥也回来了。"刚要叫哥,却不见哥哥的影子。婷婷也管不了许多,帮着爸爸收拾了水果摊,推着架子车回家。到了街北头的路上,只见李荣站在前面等他们。婷婷问李荣上哪儿去了,李荣支支吾吾地说:"街上遇见几个高中时的同学,

说了几句话，走出商店不见你们了，我以为你们都回去了，就往回赶，没想到你们还在后边。"禄才、灵花和儿子、女儿有说有笑地回到家。

第二天早晨，灵花说离过年还有几天，再捡上几天垃圾。李荣和李婷说什么也不让母亲去了。婷婷推着爸爸的水果车送爸爸去了镇上，荣荣陪着妈妈做家务活。李荣看见妈妈一只手拉着棍，一只手拿着扫帚扫院子，脚步吃力地往前挪着，他的心里像猫爪子在抓。母亲为什么会成这个样子？都是为了自己。李荣真有点后悔当初没有听父亲的话，要是听了父亲的话，家庭也不至于落到现在这样寒酸的地步，妹妹也不可能停学。李荣想到昨天下午的事，脸有点红了。昨天下午李荣正要喊一声"妈"，突然看见妈妈的形象还不如一个乞丐，又看见那么多人都瞅着妈妈，一种好面子的思想驱使他躲进了商店。他站在商店里看见婷婷抱住妈妈的亲切样子，对自己的行为又有点懊悔，感觉实在对不起这个疼他爱他的母亲！李荣帮着妈妈扫完院子，妈妈进了屋子开始收拾屋子。

李荣说："妈，你再不要上街捡垃圾了。"

灵花看了看李荣："我知道，你们嫌我捡垃圾丢了你们的人。"

李荣笑着说："哪里的话，儿不嫌母丑！我是担心你的身体。"

灵花喘了一口气望着李荣说："儿子穿的绫罗绸缎，母亲沿街讨饭，自古以来就是这个理。母亲讨饭也是为了再给儿子穿的绸缎上添一朵花呀！"

这一年春节，禄才家过得团圆，过得热闹，过得顺心。人常说，儿女既是父母的开心钥匙，又是父母的揪心绳。灵花看到两个孩子懂事的样子，心里想，这苦日子熬到头

了！精神好了，病就好得快，没过正月十五，灵花手里的棍子扔了。禄才看到灵花高兴的样子，对灵花说："不要把事想得太美了，我看儿子指望不上，咱老两口的事还得靠咱们。"灵花说："不管怎么说，儿子毕业后再不向家里要钱我就心满意足了，我从来都没想过花儿子的钱！"

李家湾去镇子里的路上，每天早上人们仍然能看到有一个老头推着装有水果的人力车，一个老婆婆在后面跟着走。晚上他们又一同推着人力车从镇上往李家湾走，只是老婆婆手上再没有挂棍子了。

冬去春来，时来运转，禄才好不容易盼到6月6日这一天。这天恰是古历的五月初五端午节，又是禄才的生日。禄才多年的苦日子早把自己的生日忘记了，可今年的生日他记得特别牢，天天查皇历，看生日、盼生日。禄才翻开皇历，在6月6日这天批了几个字，用红笔粗粗地画了一个圈。六十岁的生日是禄才时来运转的一天，因为生日一过，禄才就整整六十岁了，按规定到了这个年龄可以领到退休金了。禄才向很多人打听过，也到有关部门询问过，每月大概能发六百元的生活费。

6月6日这天恰好是芒种，农历一年二十四个节气，禄才对芒种这个节气记得特别牢。这天下午，禄才和灵花提前回到家里，灵花给禄才炒了四个菜，做了长寿面。禄才说："儿子马上毕业了，我也有退休金了，荣荣走时一再给我说，不让你捡垃圾，我看从明天起，你就再不要去了。"灵花想了想说："我看还是再捡一段时间吧，等荣荣毕业后再说。"

第二天，从李家湾通往镇子的路上，人们依旧看到这一对老汉老婆推着架子车的身影，只是老两口的脚步比以前轻了，比以前快了。

李荣毕业后，分配到本县当了中学教师。李荣到家向母亲提出的第一个要求就是：停止捡垃圾，不然再不回家！灵花同意了，为了儿子不再捡垃圾了。灵花心想，捡垃圾不也是为了儿子吗？

李荣供职的学校离家九十里地，家在县城的最东边，学校在县城的最西北，从家里到学校要到县城换乘公交车。李荣初开始是两个星期回家一次，两个月后是一个月回家一次。李荣给父亲说："回家不方便，又要花钱，想让我多回家，你们给我买个摩托车。"禄才张嘴要说什么，灵花拦住了，一字一板对李荣说："行，下次你回来给你三千元。"李荣走后，禄才埋怨灵花不该这样出手大方，不回来就让他别回来！灵花说："对自己儿子还说什么大方不大方，父母的心都是儿子的，不要说钱财了。"

灵花将禄才第一季度的退休金连同自己捡垃圾攒的钱和婷婷捎回来的钱，凑够了三千元，放在家里等李荣回来拿。到了星期六，李荣比往常回来得早，进了门就向妈要钱。灵花取出钱对李荣说："买下摩托车后要多回家几次，人老了总希望和儿女多说些话。"李荣高兴地立正向妈敬了一个礼："保证每星期都回家看望我亲爱的妈妈！"

李荣骑上了摩托车，高兴了一阵子，每个星期天都回家。灵花每个星期天四顿饭变着花样给儿子做，尽管灵花手脚还不是怎么麻利，但想到是给儿子做饭，身上就有使不完的劲，手上就有做不完的活，再拙的手也变得灵巧了。

高高兴兴地过了一个月。又是一个星期六，灵花中午做了油饼和李荣特别爱喝的枣沫糊在家等他。平时李荣下午1时回到家，母亲饭已做好，李荣提着饭盒，骑着摩托车先给父亲送饭，然后回家和母亲一起吃饭。今天灵花等到下午3时了，还不见李荣回来。灵花心慌得不得了，连给禄才送饭也忘了。好不容易等到6时,李荣才神采飞扬地骑着摩托车回来了,灵花心里装着的一块石头总算落了地。李荣说:"妈,我不吃了,别人给我介绍了一个女朋友,在县上一个单位工作,今天中午我们在一起吃了饭。"、灵花听说儿子有了对象,心花怒放。儿子大了,母亲最牵心的就是他的婚事,八字还没见一撇,灵花就问儿媳妇叫什么名字,哪里人,漂亮不漂亮,好像明天就要过门似的。禄才回来后,灵花高兴地对禄才说:"我们有儿媳妇了,快抱孙子了。"禄才也高兴了一阵子。

老两口晚上坐到炕上,灵花一会儿筹划着给儿子结婚的事,一会儿筹划着看娃,一会儿又计算着结婚能摆多少桌,能花多少钱。禄才笑她说:"你不要急,儿子是娶了媳妇忘了娘,有你洗不完的尿布、受不完的唠叨。"这天晚上是禄才和灵花多年来睡得最香的一个晚上。第二天早晨,李荣7时骑着摩托就走了。一连过了三个星期,李荣都没有回家来。灵花心想,有对象了,不能怪孩子,哪一个人不是从年轻时过来的!转眼到了腊八这天,正好又是星期六,灵花心想,这个星期天李荣肯定要回来。不到11时,灵花就做好了腊八面等李荣回家,谁知又是等到下午3时多,还不见李荣回来。灵花心想,一定又是到女朋友那儿去了,不等了。灵花提着饭盒去给禄才送饭,禄才看了看灵花说:"你怎么不高兴,是不是荣荣今天又没回来?"灵花"嗯"了一声。禄才说:"别管,他不回来咱俩吃。"灵花又"唉"了一声说:"咱们吃!过时节,没有孩子陪着,咱俩吃什么意思呢?再好的饭吃着也没味!"灵花说着话,眼睛一直盯着去县城的路。

李荣和女朋友的关系,以闪电似的速度进展着,腊月二十三订婚,过年正月初六结婚。订婚的地点,根据女方

家的意见,选在县城金城饭店。灵花取出珍藏将近二十年的金戒指、金耳环,这是禄才80年代初还在供销社工作时到广州出差给灵花买的,灵花一直舍不得戴,珍藏着,家里再困难,她也没舍得卖。一是戒指和耳环饱含着禄才对灵花的深情,二是李荣长大了,送给李荣的媳妇,也是做妈妈的一份心意。订婚这天,灵花特意为自己和禄才一人买了一身新衣服穿着。好长时间没穿新衣服了,感觉还挺别扭。

为了结婚的事,灵花和李荣没少顶嘴。李荣的意思还想放到金城饭店,理由是排场,同事同学大部分都在城里。在家里过事,爸爸妈妈太劳累不说,婚事还办不好,担心女方家长有意见。灵花认为放到家里,村上的人都能参加,乡里乡亲的,一辈子能给儿子结几次婚!为了儿子的婚事,再苦再累她都不嫌。平时灵花一切事都依着李荣,这次却好像铁了心。灵花最后给儿子摊牌:"你要在城里办婚事,花钱的事我就不管了。"李荣见妈妈较了真,只得让步。

正月初六,李家湾热闹得像炸开了锅。村上的亲戚朋友,还有李荣的同事同学都来了,婷婷也从北京赶回来参加哥哥的婚礼。人们为李荣有这样一个善良的母亲祝福,为灵花有一个争气的儿子和一个有才有貌的儿媳妇高兴。婚礼上,禄才和灵花身后挂着萝卜、辣子、葱,前面挂着一个硬纸牌,上面写着字。主持人把话筒递给禄才和灵花,禄才高声念着:"我要抱孙子!"灵花的声音更尖更大:"我要洗尿布!"

李荣订婚和结婚,禄才和灵花花完了所有的积蓄,还欠下一万多元的外债,加上李荣上学欠的债,至少也有两万元,但禄才和灵花一点也没感觉到心重。为儿子上学负债是天经,为儿子结婚负债是地义,这天经地义的事哪一

个父母不是担得起放得下吗？况且还有禄才的退休金和街道上做的小生意挣的钱，加上婷婷打工挣的钱，种菜卖的钱，要不了几年工夫外债就还完了。那时候就只管高高兴兴、安安宁宁抱孙子啦！

灵花一个劲扳着指头算着、盼着，今天到娘家找弟媳织尿布，明天到娘家找弟媳给小孩缝衣服。也多亏娘家在尹家湾，只有二里地，娘家人笑着说灵花："想孙子想疯了！"

事情的发展往往比人预料的还快。当年七月一日，灵花的孙子就来到了世上。村上和灵花一朋的女人取笑灵花说："你的孙子是塑料大棚里长的，提前出生呀。"灵花听了心里乐滋滋的。媳妇坐月子时李荣在城里租了两间房，本来灵花要到县城伺候媳妇，媳妇说母亲手脚不方便，她娘家妈伺候就行了。灵花拿着石子馍、尿布，三天两头往城里跑，给媳妇和亲家母做饭，给孙子刮屎、洗尿布，忙里忙外忙个不停。

半年后，李荣和媳妇带着半岁的孙子回家了。李荣说："妈，我们都要工作，顾不上管孩子，孩子放在家里交给你了。"还没等李荣说完，灵花抢着说："你们放心工作，我的孙子我不管谁管？"晚上，李荣到妈妈房子里正在和妈妈说话，一只黑蚊子钻了进来，在李荣脸上狠狠地叮了一下，李荣一巴掌打死了蚊子。

李荣给妈说："妈，买瓶杀蚊药，不要让蚊子把孩子咬了。孩子每天吃奶要定时定量，不要吃本县产的奶粉。"李荣关于孩子的事给妈有说不完的话。

灵花说："好了好了，不要你说，妈管下的你们兄妹两个不如谁家的孩子好！"

李荣说："现在管孩子和过去不一样了。"

禄才打断儿子的话:"不说了,赶快休息吧。"

李荣不说话了也不走,停了一会儿又说:"妈,我们的工资都不高,还要准备买房子,孩子的奶粉,每月从县城里买了带回来,我们就不再给家里钱了。"

还没等灵花开口,禄才说:"荣荣,你工作已经两年多了,没给过家里一分钱,爸不嫌;过春节给你丈人家拜年拿的东西都是我买的,爸也不嫌。孩子是我的孙子,爷爷奶奶管孙子这是在理的事,也不要你们的钱。今后回家给你妈买点东西我就心满意足了,你也知道你妈为你吃的苦,操的心。"李荣低着头没说话,灵花对禄才说:"你怎么一家人说出两家人的话!孩子钱也紧张,天下哪一个母亲不是为儿女吃苦操心!荣荣,不要听你爸胡说,有了钱攒下好买房子。"李荣还是没说话,坐了一会儿就走了。

灵花埋怨禄才不该说那样的话,禄才埋怨灵花总是护着李荣,两个人你一言我一语叨叨着。最后灵花重重地说了禄才一句:"钱省着花吧,孩子在县城没房子,总是做父母的心病。"第二天李荣和媳妇回县城去了,李荣出门时取出一百元给了灵花,灵花想说什么又忍住了,过了一会儿转身哭了,哭的时候没让禄才看见。

除过雨雪天,禄才天天推着水果车到镇上摆摊,逢年过节更是加班加点,图个大价钱。灵花除过料理家务,将全部精力都放在孙子身上,地里的菜也不种了,总担心孩子管不好,儿子媳妇有意见。李荣和媳妇星期六回家看望孩子,在家里待不了半晌。半个月送一次奶粉,回到家里,俩人便有意说些话让灵花和禄才听,不是媳妇说"租房子算不过账",就是李荣说"现在买房便宜,过几年房价会越来越高"。灵花听了,心里暗暗着急,但有什么办法,买房可是一大笔钱呀!时间长了,听得

多了也装作没听见。

有一天下午,李荣一个人骑着摩托回到家,给灵花说:"妈,今晚上我不走了,我和我爸谈点事。"灵花心里明白,儿子又要和禄才谈买房子的事。晚上8时,禄才推着架子车回来了。吃罢晚饭,父子二人开始谈话,灵花坐在炕上搂着孙子旁听。

李荣说:"爸,我想买房。"

禄才说:"要花多钱?"

李荣说:"买房得十万,装修买家具,最少也得五六万。再节约也少不了十五万元。"

禄才说:"这么多的钱你有吗?"

李荣说:"我有就不求你了!"

禄才有点生气了,但还是耐着性子说:"儿子向父亲要钱还说啥'求'不'求'的,我最多只能给你解决两万元。"

李荣有点急了,说:"两万元不够买房子的零头!你这几年摆水果摊挣的钱呢?"

禄才提高声音说:"这几年不但还你上学借的债,你订婚、结婚、看娃,哪一样不是花我的钱,花你妹妹寄来的钱?你妹妹二十好几了,在外面打工,至今没个家,难道你一点都不心疼吗?"

说起妹妹,李荣的心好像被针刺了一下。李荣觉得自己最对不起的人就是妹妹,妹妹为他停了学,打工挣钱供他上大学,他工作后从来没有给妹妹买过一分钱的东西,没给过妹妹一分钱。停了一会儿,李荣放缓语气说:"爸,房子越来越贵,再不买就买不起了。"禄才也放缓了口气说:"孩子,不是爸不给你那么多的钱,爸实在是拿不出来呀!就这两万元也要东借西凑,爸爸实在没本事,对不起我儿子呀!"禄才说着说着伤心地哭起来,灵花坐在一

旁陪着禄才掉眼泪。灵花知道禄才说的都是实话，这几年家里的钱全让李荣花光了。前几年，小事情上还能拿出来，现在不行了，捡垃圾的钱花完了，菜也不种了，这次买房是花的大钱呀！灵花手上的钱就剩下李荣给她的那一百元。灵花一会儿看看禄才，一会儿看看李荣，三个人谁都不说话。过了好一会儿，李荣狠狠地瞪了父亲一眼，骑着摩托回县城去了。父子俩谈话没有结果，不欢而散。

　　有一天，灵花从县城回来，脸色变得苍白，也很少说话。灵花去县城，禄才在家里看孙子，没有出摊。男人心粗，老男人的心更粗，禄才没注意到灵花有什么异常。到了第二天早晨，灵花睡在炕上，头昏脑涨，起不来了。一人在床，全家不安，禄才不能摆摊了，还得在家管孩子做饭。灵花病了多年，尽管手脚不方便，但总闲不住，从来没睡过懒觉。如今看见从窗外射进来的阳光，灵花心里急得火烧火燎，爬了几次都没有爬起来，只觉得胸口烧疼烧疼的，头大得像个草笼，眼泪不由得顺着两颊落到了枕头上。

　　一个多月前灵花吃了饭胃总是疼，在镇上的医生那儿看了几次，药钱花了一百多也不见效。听村上的人说，县城百姓大药店有个坐堂的中医很擅长治胃病，三十元的药准能治好病。吃过早饭，灵花吩咐禄才在家里照顾孩子，拿了六十元钱坐班车去了县城。谁知药价划了八十四元，这可难住了灵花：买吧，钱不够；不买吧，来一趟城里不容易。灵花想来想去，还是决定找儿媳妇。灵花拖着比往常重了几倍的腿不情愿地向儿媳妇单位走去，心里暗暗嘀咕："咋开口哩，父母要儿子的钱都不好开口，别说向儿媳妇要了。"李荣工作六年了，灵花和禄才从来没有向儿子要过一分钱，这次咋向儿媳妇开口呀！灵花磨磨蹭蹭到了儿媳妇单位大门口，碰巧李荣骑着摩托车正好从大门出

来。见是妈妈，李荣下了摩托车便问："有事吗？"灵花张了几次口都没说出来。李荣见母亲不说话，对母亲说："我有事要去学校，你到街上吃一碗页面再回去。"说着从口袋里摸出两元钱硬币，不由分说，塞到母亲手里，骑着摩托车飞也似的走了。

　　灵花拿着儿子给的两元硬币，眼前阵阵发黑，脑子里空空的什么东西也没有，眼睛什么也看不见，只觉得头嗡嗡作响，胃阵阵发疼，一屁股坐在了街道边的台阶上。不知坐了多久，她挣扎着站起来，迈着沉重的腿又走到了街道上。也不知转了几个来回，碰见了娘家门前的人。那人说："灵花姑，你是不是有病，不然我送你到李荣媳妇单位去？"灵花摇了摇头说："不去！不去！我回家去……"

　　太阳越来越高了，房子里觉得有点热，灵花还是没有起床的意思，眼泪不停地往枕头上淌。孙子送回家的第一年里，李荣和媳妇还能每月按时给孩子送奶粉，后来连奶粉也不送了。李荣和媳妇又不让孩子吃在镇上买的奶粉，灵花和禄才只好借到县上批发水果的机会买奶粉给孩子吃。灵花经常对禄才说："不买就不买，都是自己的孩子，咱挣的钱迟早都是儿子的。"可李荣也太不懂事了，工作六年了，只给了妈妈两次钱呀！一次是一百元，一次是两元硬币。灵花的眼泪更多了，情不自禁地抽泣起来。

　　灵花在炕上躺了两天，第三天挣扎着爬起来在家管着孩子，禄才又出摊了。灵花和禄才心里明白，还有大的开支在后边呢。儿子要买房，不给钱能行吗？李荣给她两元钱的事灵花没让任何人知道，家丑不可外扬呀！

　　到了晚上，禄才和灵花几乎都在谈着儿子买房的事。两个人算计着，退休金涨到每月八百多元了，还有卖水果赚的钱，家里省着花，给儿子尽量多添些钱……

李荣和媳妇一般不回家,一回家就吵吵买房子的事,李荣和媳妇也算计着父亲最多能给多少钱……

大年三十晚上,李荣媳妇为买房子的事和李荣大吵大闹了一场。媳妇指着李荣的鼻子骂李荣没本事:"人家同事都买了房,只有咱们俩还租房子住!明年再不买房子坚决和你离婚!"李荣气得大喊大叫。禄才装作没听见,灵花劝来劝去不管用,只得回自己房子了。大年初一一大早,灵花和禄才不到5时就起床了,忙这忙那,忙东忙西,直到做好早饭,才把李荣和媳妇叫起来。李荣绷着脸,媳妇噘着嘴,两个人一句话不说。禄才看到李荣和媳妇的样子,刚说了句"这哪像过年的样子",就被灵花用话截住了。灵花说:"荣荣,时间不早了,赶快洗脸。吃过饭还要到福山给孩子祈福呢。"

吃饭时谁也不说一句话,到了吃饭中间李荣突然给禄才说:"爸,我今年一定要买房。"

禄才看了李荣一眼说:"买就买吧。"

李荣说:"你能给我多少钱?"

禄才说:"尽我的力量。"

李荣说:"把你的工资卡给我。"

禄才有点不高兴地说:"你要我的工资卡干啥?"

李荣说:"贷款做抵押。"

禄才说:"那可不行,我快七十岁的人了,今天能出摊,明天说不定就出不成了,你妈身体又不好,工资卡给了你,我们今后怎样生活?"

李荣有点激动地说:"你老是说我妈我妈,拿我妈做挡箭牌!你是不是只要我妈,不要儿子了?"

"你……"禄才指着李荣气得说不出话来。

李荣一字一板,说话时甚至有点咬牙切齿:"不给你的工资卡,我就再不回这个家了!"

禄才气得直打哆嗦:"你不要用不回家来威胁我。"

父子俩刀枪见火互不相让,结果也没到福山去。正月初一晚上,李荣和媳妇回了县城。

李荣的心碎了!不是难受碎了,是房子的事像一颗炸弹把李荣的心炸碎了!同学和同事有的住上了单元楼,有的住进了小院子,而自己仍然窝在租住的两间小房里。同学同事的冷嘲热讽,妻子的无理取闹和辱骂,使李荣整天都处在烦躁、自卑、失望甚至绝望之中。李荣埋怨社会的不公与冷酷,他无法承受社会的激烈竞争给自己带来的巨大压力,他埋怨社会发展得太快了,贫富差距太大了。李荣恨物价飞涨特别是房地产的迅速提价,他经常幻想着出现一个行侠仗义的英雄一夜之间把那些黑心的房地产商一律杀光。他想来想去,最后还是埋怨自己没本事。有些同龄人那么不学无术,一无所能,但还是靠着有权有势的爸爸妈妈,住进了小洋楼,开着小轿车,挥金如土,气壮如牛。有的同学步步高升,呼风唤雨……李荣有时也想,自己的父母是可怜的,苦命的,为了自己上大学,为了自己结婚,为了自己的孩子,不知付出了多少心血。他也曾想过有朝一日时来运转,掌了权,有了钱,第一件事就是好好回报父母,让可怜的父母享福。李荣看到那些纨绔子弟大把大把地花着父母的钱,花着国家的钱,即使作案东窗事发,也用不了多长时间就会风平浪静。那些掌权的父母,不但为儿女安排好现在的行程,还将儿女的未来也安排得如花似锦。有时李荣心安理得地想,自古至今,父母就是为儿女做牛马的。李荣总结出了一条歪理:儿女幸福是父母的功,儿女痛苦是父母的过!

李荣正月初一和父母吵完架后回到县城,又和媳妇为

房子的事吵得天翻地覆，此后的两年多李荣再没回过家。李荣似乎想出了什么主意，再不谈买房子的事了，为了避免媳妇为房子的事和他吵闹，他很少到媳妇单位上去，即使去了，也是尽量避免提买房子的事，媳妇再闹李荣也闷着不吭声，媳妇拿李荣也没办法。李荣悄悄地实施着自己给自己设计的路。

李荣在学校是个好教师，教课认真，家事再多，也从不耽误教学。和同事们也合得来，只是性格内向，平时不爱多说话，近来话更少了。同事们以为高考快到了，课程重，压力大，谁也没有注意到李荣的异样。6月6日这天，李荣起得特别早，换上了平时最爱穿的深蓝色西装，系好红领带，看着自己班上的学生坐上了公交车，心里顿时觉得空荡荡的。

车缓缓地启动了，李荣的眼睛有点模糊，心里说："又要考大学了，但愿天下所有的大学生都不要像我这样窝囊！"李荣一直望着公交车消失在校门口，还呆呆地站着不动。校长叫了一声"李荣"，李荣才转过身来。

校长说："李荣，你怎么了？"

李荣忙说："没什么。"

校长说："你脸色有点不对。"

李荣说："学生要走了，有一点舍不得。"

校长说："你收拾一下，咱们一块进城。"

李荣说："你们先走，我有点事随后就来。"

李荣回到自己的房子里，把写好的遗书装进衣兜里，拿着一个月前买好的老鼠药，向学校后边的玉米地里走去……人们发现李荣时，李荣已经倒在玉米地里不省人事。

李荣的遗书不长，只有几行字，开头也没有称呼：

不要做任何猜测,也不要责怪任何人,现在社会的时髦话是'优者生,劣者亡',就让我这个劣者死亡吧!本来想早死,只怕耽误学生的学习,咬着牙忍到6月6号。上好课,看着学生走进考场,这是我一生做的唯一对得起良心的一件事。私房钱只有三千元,全部留给妹妹做嫁妆,我最对不住的是妹妹。告诉父母亲不要过于疼爱孙子。儿子都靠不住,不要说孙子了。儿孙自有儿孙福,何为儿孙做马牛!

告诉同事,以我为鉴,生活的步子根据自己的实情来定,步子不要跨得太快了,不然是永远赶不上的!

李 荣
×月×日

七天后,灵花旧病复发,也死了。灵花咽气时指着自己的包包说不出话来,禄才从灵花衣袋里掏出一百元和两枚硬币,还有一张纸。纸上歪歪扭扭地写着几行字:

儿子是我的信心,我的希望。儿子死了,我的信心没了,希望也没了!我死后葬在荣荣身边,到了阴间我还要侍候我儿子,给我儿子做好吃的,供我儿子上大学。

埋葬李荣和灵花的前后半个月,李家湾的人伤心的泪水流成了一条河,流到了黄河,流归了大海。婷婷也赶回来了,哭喊着妈妈,哭喊着哥哥,世上谁见过这样可怜的孩子!禄才从儿子死的那天到现在半年过去了,天天说着写着"悔不该"。当初要是把工资卡给了儿子,也不至于有今天的下场!

快4时30分了,禄才该回家了,镇上的幼儿园下午5

时送小朋友回家。禄才心里又有一个新目标：供孙子上大学！禄才说，只有供孙子上了大学，才对得起死去的儿子，对得起死去的妻子。禄才知道，做继母的灵花比他这个亲生父亲更疼爱儿子，更疼爱孙子！

市长路宏光说：我对得起谁呀

父亲早逝，母亲身体不好。嫂嫂奶他、养他，全家供他上大学。他取得了博士学位，在岭南市政府工作，逐渐走上了领导岗位。为了工作，他顾不上陪母亲、嫂嫂、哥哥吃一顿饭；为了工作，他有负于所有对他有恩有情的亲人。嫂嫂死时，他在国外考察；母亲死时，他在南方招商引资。家人离世时，每一次他都是空哭几声，空流一把泪，空磕几个头。他无不痛心疾首地说：我对得起谁呀！

路宏光把母亲的灵柩送到地里，回到家已经是下午5时了。冬天天短，不到6时天就全黑了。家里的亲朋和帮忙的人已陆陆续续走完，其他人经过几天的劳累也休息去了，只有路宏光和哥哥坐在母亲的遗像前说话。

路宏光市长12月8日领着市上的招商引资团到达广州，第二天要和十几家外商谈到岭南市投资的有关项目。招商工作提前周密细致的安排和路途的劳累，加之心理上的压力，路宏光体力过于透支，身体真有点吃不消。路宏光平时二十四小时都开着手机,这天晚上例外,他凌晨1时关了机,想好好休息一下。9号早晨8时30分刚打开手机,家里哥哥的电话就来了。哥哥在电话里用沙哑的声音哭着说,母亲凌晨2时心脏病发作,突然去世,让路宏光马上回家,安排母亲的后事。路宏光正在开洽谈会,听到哥哥电话里说的话,头嗡了一下。定了一会儿神,忙站起来走到会场外边,以为听错了话,在电话中再问了一遍。确信自己没有听错,路宏光的眼泪汩汩地流下来了。

母亲去世,对于路宏光来说,是天大的事呀,怎么办?母亲守寡把自己抓大,去世的时候都没见上儿子一面,这能不回去吗?可是9号、10号两天的洽谈会安排了四场,自己是代表团的团长,唱的是主角呀!路宏光焦急地在会场门外走来走去,平时处理事情干脆利落的路宏光,这时候脑子里炸开了锅。

主持会议的孙副市长讲完话不见路宏光,让路宏光的秘书到外边找路市长。听到秘书叫他,路宏光忙擦掉眼泪,顺手整理了一下领带,返回会场。

几个较大的投资项目,双方在友好的气氛中商谈着。路宏光强压住心里的悲痛,抓住每一个机会,抓住每一个环节,谈着,争取着。好不容易开完洽谈会,12月10号下午2时他坐飞机到了咸阳机场。下了飞机,走出候机大厅,老同学已派专车来接他。坐在汽车上,路宏光一句话不说。冬天的太阳出来得慢,落山却快,下午5时,暮色已从东天往西天拉开。从机场到路宏光家乡的县城有一百七十公里,全是高速路,高速路通车快两年了,路宏光是第一次行使在上面。他没有心思去关注路面的平坦和家乡的变化,脑子里一片空白,眼前始终站着那满头银发、满脸皱纹的老母亲,眼泪不停地往下淌。路宏光连擦眼泪的力气都没有了，任凭泪水流在衣裳上。车已经开得飞快了，路宏光还觉得慢，他嘴里不说，心里却催着司机开快点。渭北的冬夜黑压压的，路宏光心里好像垂着十个铅块，沉甸甸的。不到两个半小时，路宏光回到了家。

　　为了等当市长的弟弟，路宏光的哥哥特意将埋葬母亲的日期往后推了三天。路宏光回到家，哥哥已经把一切事情都安排好了，整个丧事，都由哥哥牵头。几个亲戚给路宏光戴上孝布，穿上孝衣，路宏光一切按照家乡的风俗当着孝子。

　　母亲几天的丧事，路宏光跟在哥哥的后面，好像一个不懂事的孩子跟在父亲后面一样，不发表任何意见，甚至连一句话也不说，只知道默默地流泪，只知道默默地忏悔……

　　十五瓦的灯泡显得更昏暗了，母亲的主房空荡荡的。

　　路宏光看着将近七十岁的老哥哥已全部白了的头发上、孝衣上沾满了一层泥土。按照当地风俗，母亲的棺板下葬时，做儿子的要到墓穴推棺板，放陪葬品，垒墓门。哥哥没有让当市长的弟弟下墓穴，自己跳下去为母亲垒墓门。经过六七天的操心和劳累，哥哥已经精疲力竭，满是皱纹的脸好几天都没有洗了，眼屎糊满了眼角。哥哥嘴里喃喃着："妈不在了，死的时候连小儿子看都没看上一眼，你说当官有什么用？不过是图了个好名声！平时妈在，几年都不回家一次。现在妈不在了，今后我这个农民哥哥想见弟弟就更难了。"路宏光听了哥哥的话，心里难受得不知该用什么话来安慰他。自己对不住死去的母亲，对不住比自己大二十三岁的哥哥，更对不住奶过自己、养过自己、供自己读书的嫂嫂。

　　路宏光的母亲四十三岁生下路宏光，路宏光不满周岁时父亲就饿死了。上边除有一个比路宏光大二十几岁的哥哥外，还有两个姐姐，二姐五六岁时出天花夭折了。母亲生路宏光的时代，正是"低标准、瓜菜代"的困难时期。母亲四十三岁生孩子，已是高龄产妇，奶水不足，正好大嫂也奶着半岁的儿子，便一个奶喂儿子，一个奶喂弟弟路宏光，硬是把路宏光从死路上拉回来。

路宏光的父亲上过私塾，识几个字，后来学了看"风水"。听母亲说，父亲比母亲大九岁，识了几个字，总爱"之乎者也"。平时爱穿长衫，不穿短袄，在人前摆出秀才的模样。可是看风水挣不了几个钱，却把庄稼活给耽搁了，家里日子过得吃了上顿没下顿。母亲和父亲争吵时，父亲总是摇晃着头说："君子谋道不谋食。别吵了，唯小人与女子难养也！"

父亲虽然是个七尺男子汉，却有个菩萨心肠，对儿女特别关心。哥哥和姐姐小的时候，父亲经常领着俩人看戏、赶集、探亲访友。母亲说，宏光一生下来就睁着眼，哭声特别洪亮。父亲见儿子天庭饱满，高兴地说："吾晚年得子，必有后福；吾儿生乃辰时，辰时之阳，霞光万丈也！"当天下午父亲占卜问卦，给小儿子取名"宏光"。

1960年前后，正是"低标准"时期，路宏光的村子每人每月九斤原粮，再经过公共食堂狼吃鬼拿，剩下的就更少了。家里劳力多的，年轻力壮的，胆子大的，靠乱拾乱拿，还能救活个性命。像父亲那样，自命清高又胆小如鼠，一根红苕蔓也不敢往家里拿，家里人怎能不饿断肠？

那一年，烽火公社饿死的人，打了"埋伏"后上报的还有五百多，父亲也成了五百个饿死鬼之一。母亲说，父亲咽气时摸着宏光的头说："孩子记住，大丈夫饿死事小，失志事大！"父亲死后，全家的担子都落在了母亲肩头上。

哥哥叫路宏大,小学上到四年级因家穷停了学,十八岁参军,在新疆当兵。哥哥1959年回家探亲,父母做主给哥哥结了婚,第二年嫂嫂生了一个男孩。父亲去世后,哥哥路宏大看到家庭困难,放下部队的排长不干,回家务了农,后来当了生产队队长。哥哥虽然和父亲不一样,不会"之乎者也",但却讲工作作风,在有些事上得罪了大队长。到了"文化大革命",大队长暗地里操纵红卫兵抄了宏大的家,说路宏大父亲看过风水,看风水就是宣传封建迷信,封、资、修就是反革命、剥削阶级。结果给路宏大的父亲定了"剥削阶级加反革命'双皮虎'",路宏大自然就成了反革命剥削阶级的孝子贤孙、牛鬼蛇神。路宏大挨了几次批斗后,被分配到大队砖厂劳动改造。一天,红卫兵押着村上的牛鬼蛇神游街,路宏大戴着高帽子,脖子上挂着一米长的木牌,在烈日下艰难地行走。路宏光看见哥哥难受的样子,在家里端了一碗水给哥哥送去。刚走到哥哥面前,手里的碗便被红卫兵队长打翻了,还挨了一脚。路宏光没有哭,他愤怒地看着红卫兵队长。哥哥骂了红卫兵队长一句:"你狗仗人势,欺侮小孩子!"红卫兵队长见哥哥和弟弟的眼睛都愤怒地盯着自己,一时恼羞成怒说:"我就是要打反革命的狗崽子,看你敢咋?"说着又踢了宏光一脚。哥哥见弟弟又挨了打,顿时变成一头愤怒的狮子,扔掉头上戴的纸帽子,卸下脖子上挂的大木板,扑过去把那个红卫兵队长压在地上,拳打脚踢,狠狠揍了一顿。结果路宏大被大队专案组关了十天,还被几个惨无人道的红卫兵吊起来打了几顿。

路宏光是吃嫂嫂奶长大的,他只比侄儿路滔小三个月,叔侄俩就像对双胞胎。路宏光爱跟着嫂嫂睡觉,和侄儿一人睡一边,一人摸着嫂嫂一个奶头。有时两个孩子吮吸着

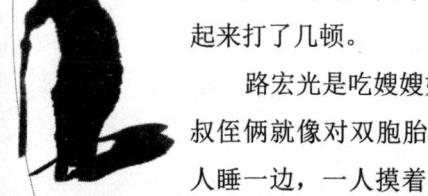

嫂子的奶头比赛，看谁吮吸的次数多。时间长了，往往闹得嫂嫂一晚上休息不好。嫂嫂生下第二个孩子时，路宏光有时还和小侄女抢奶吃。嫂嫂娘家祖祖辈辈是老实巴交的农民，嫂嫂没上过学，十八岁嫁给路宏大，初过门时路宏大的父亲还在，父亲病时，嫂嫂侍候父亲在村上出了名。那时路宏大还没有复员，地里家里的活路全靠母亲和嫂嫂。地里回来婆媳一同下厨房做饭，第一碗饭嫂嫂总是先给路宏光吃。母亲和嫂嫂从来没有婆媳之隔。两个人一起下地，一起做饭，晚上同在一盏灯下织布纺花纳鞋底。母亲的眼睛不好，看不着穿针，常常是嫂嫂替母亲穿好针，母亲才开始做针线活。路宏光和侄儿路滔有时等不见嫂嫂，两个人便跑到母亲房里，一人拉着嫂嫂的一只手要睡觉。嫂嫂把两个孩子哄睡着了，又回到母亲房里做针线活。

　　路宏光的姐姐比路宏光大十六岁。路宏光的父亲去世后，姐姐念到三年级停学了。那时的生产队，妇女是主要劳力，男劳力都到水利、铁路工地做工去了。母亲和嫂嫂天天都要下地干活，管护宏光和路滔的任务自然落在了姐姐身上。

　　姐姐路红侠个子不高，两只羊角辫翘得起起的。她做活时总是绷着嘴，上嘴唇咬着下嘴唇，十二三岁就跟着大人晚上偷苜蓿、挖蔓菁、溜红薯。姐姐经常领着宏光和路滔到沟里边挖药材远志、打酸枣卖钱。每次卖了钱，都要偷偷领着他们到街上一角钱买一碗炒凉粉给他们吃，自己站在一旁看，剩下的钱回家后全部交给母亲。姐姐十五六岁就跟着大人到三十里以外的王家河修水利，碰到每月会餐时，买上两个馍，夹着薄薄的两片大肉，专程送回来让宏光和路滔吃。

　　姐姐二十一岁时结婚了，嫁给邻村一家从西安来农村插队落户的市民的儿子,结婚后两人恩恩爱爱,还算幸福。不几年,嫂嫂的第三个孩子出生了,是男孩,取名路波。当时路宏光和路滔都上了小学,母亲的身体越来越坏,眼睛几乎看不见了,一家七口人的生活重担全部落在哥哥和嫂嫂身上。哥哥自"文化大革命"受冲击以后,发誓再不当生产队的干部了,一头栽到大队砖瓦厂里,出窑、装窑、拉水、送砖。砖瓦厂的工分比做农活的工分高,每月还能挣三四元钱的补贴,那时每月的三四元钱在农村就不得了,哥哥一分钱也舍不得花,全用在家庭生活上。记得哥哥每月领钱回来,给母亲买两个包子,再给四个孩子每人买一根麻花,给自己什么也不买。路宏光有一次放学回家,听嫂嫂对哥哥说:

"以后买麻花多给宏光一个。"

哥哥说:"我也有这种想法,只是不知道该怎么给路滔说。"

嫂嫂想了一会儿说:"你就说宏光是你们的小爸,小爸比你们高一辈,应该多吃。"

路宏光听了哥哥和嫂嫂说的话,眼泪在眼眶里直打转,走到他们跟前说:"不,我要和路滔他们一样,一人一个,不能搞特殊化。"

嫂嫂难过地抱着路宏光,眼睛潮湿了。

一家人穿衣穿鞋都要靠母亲和嫂嫂亲手做。每个人每年只发五六尺布票,虽然少,但还是没钱买布,就把布票全卖成钱,贴补了家用。几口人能扯上几尺条绒做上几双条绒鞋就算耍阔了,其余头上戴的身上穿的全用粗布。生产队每人每年只分几两棉花,入了冬,母亲和嫂嫂到生产队拾完棉花的地里剥棉花壳里的红花。母亲眼睛看不见,两个手摸着剥,一冬过来,母亲和嫂嫂的手全都被棉花秆

划出了血口子，肿胀溃烂，不能见水，可手还是要往水盆里放，因为要做七口人的饭，晚上还得纺花、织布、纳鞋底。那个时代的农村妇女是苦了家里苦地里，苦了白天苦晚上，苦透了。

路宏光和路滔一天天长大了，长高了。嫂嫂担心两个人跟着自己睡不好觉，给他们另外腾了一间房子。冬天早早地给两个孩子把炕烧热，每天晚上几次到房子里给两个人盖被子。快过年了，嫂嫂给路宏光和路滔做棉衣，给宏光棉衣里絮的是好棉花，给路滔絮的是红棉花。那个时候，生产队里每年收获的麦子也不少，但大部分小麦都"备战备荒"了，加上还要扣社筹粮、队筹补、籽种等，剩下的麦子社员只能跟着碌碡过个年，豆子下来吃豆子面，红薯下来变着花样吃红薯——红薯馍、红薯面、红薯饸饹、红薯干。路滔的胃忍耐力和适应性还差不多，路宏光可就不行了，越吃胃越胀，晚上常常胃疼。为了治好他的胃病，哥哥想尽办法寻来个单方，将生姜、白胡椒、茴香、红枣煮成汤，让路宏光喝。晚上路宏光睡在炕上，嫂嫂和母亲轮流用热毛巾在他肚子上热敷，母亲用手摸着给路宏光和路滔一人缝了一个红肚兜。

路宏光和路滔都上高中了，母亲完全失明了，但她的心似乎更亮了。县城离路宏光家二十多里地，路宏光和路滔每逢星期六都要回家背馍，母亲总是提前到村头汉武帝的"登仙台"前等他俩。母亲双手拄着一根棍，身边放着一个竹笼，竹笼里有捡来的干柴。她常常呆呆地朝东南方向的县城望着，路宏光和路滔离她还有百十步时，她就能喊出两个人的名字。母亲说："眼睛看不见了，心里明着哩，听到脚步，我就知道我娃回来了！"回到家，她立即给儿子和孙子用捡回来的柴做煎饼，柴烟熏得她直打呛，她不时用一只手擦着失明的双眼,另一只手在做饭。星期天,母亲帮着嫂子给宏光和路滔蒸了一大锅馍,下午母亲拄着棍又送两个孩子到武帝登仙台前。母亲说,当年汉武帝到汾阴祭后土时路过这儿,建了一个登仙宫,求仙七日,希望自己能羽化成仙。登仙宫一直保存了两千年,民国战乱时,被火毁了,剩下这土台被人们叫作登仙台。村里人逢年过节都到登仙台给武帝爷烧香,祈求汉武帝保佑家家平安。那年母亲生下宏光后,宏光的父亲到武帝山上的武帝庙给武帝爷爷还了愿,说武帝爷给他送了一个将来能做大官的儿子,儿子做了官以后,一定要回来给武帝爷爷磕个头,重修武帝庙,重塑武帝爷爷的金身。

到了高二,路滔退学了。路宏大在抽黄工地做工,路滔自作主张停了学。妈妈哭,嫂嫂哭,路滔既不说停学原因,也不到学校去,路宏光问路滔,路滔也不吭声。路宏光考上大学后,路滔才告诉宏光说:

"你知道我当时为什么要停学?"

路宏光说:"不知道。"

路滔说:"我爸我妈身体都不好,我没心思学。再说我天生笨,考不上大学丢人,还不如早些回家学点手艺。"

路宏光没说话,心里很惭愧,觉得自己不如侄儿体谅大人的苦。路滔又说:"小爸,你学习好,将来准能干大事。听说爷爷临死时说你能做大官,一家不能出二龙,我是一块做苦力的料,以后你坐轿,我给你抬轿。"路宏光打了路滔一拳说:"今后不准你胡说。"路滔说:"你只管上学,有啥困难侄儿一定帮你,你一定要为咱路家争气。"路宏光感动地抱住路滔说:"小爸将来干了事,一定记你的好处。苟富贵,毋相忘!"路宏大拿路滔没办法,后来让路滔学了个泥水匠。

路宏光第一年高考落榜了。母亲没有哭,嫂嫂没有哭,作为男子汉,路宏大却哭了,哭得很伤心,他说:"咱父亲饿死了,母亲眼睛瞎了,我和你嫂子下了一辈子苦,你侄儿不争气,上到中途退学了,全家人把希望都寄托在你一人身上,谁知你也没考上。难道我们路家祖祖辈辈都注定要跟着牛屁股转吗?"路宏光站在哥哥面前流着泪说:"哥,我不上了!我对不起你们,让路玉和路波好好上。"说完跑到自己的房子里。嫂嫂埋怨哥哥:"你真不会说话,宏光平时学习在班上都算尖子哩,谁没有个三昏六迷七十二糊涂?今年没考好,明年再考!"哥哥摸着自己的头说:"我怎么这么浑,怎么把补习给忘了?你赶快给宏光说,再补一年,一年不行两年,两年不行三年,一定要考出个名堂来。"嫂嫂来到宏光的房子里,看到宏光还在哭,心疼地陪着宏光抹着眼泪说:"不要难过,今年没考上,明年再来。"宏光望着眼前站着的嫂嫂,放声大哭起来。路宏光想,我的嫂嫂好像我的娘,平时爱我、疼我,为我上学吃尽了苦,我却没考上,对不住我的嫂嫂呀!这时候母亲也过来了,用空洞的眼神望了望宏光,又望了望嫂嫂说:"没考上就没考上,有什么可哭的!没考上说明你没学深学透,学深学透了,就能考上。你要不愿意补习,到武帝爷庙前给你死去的父亲说去!"

路宏光补习了。嫂嫂为了不耽误宏光的学习,星期天下午亲自骑着自行车到学校给宏光送馍。路玉也要考高中了,哥哥骑着自行车到乡上初中给路玉送馍。嫂嫂每一次给宏光拿的馍和菜都比路玉的多,有时路玉故意嘴一噘说:"妈妈爱弟弟不爱女儿。"妈妈贴着路玉的脸,一本正经地说:"你小爸是妈的亲弟弟,你是妈的干女儿!"

有一次嫂嫂给路宏光送完馍,天已经快黑了,回家的路上遇到大暴雨,从公路到村里还有六七里土路,没办法,只有扛着自行车走。哥哥从地里淋着雨回来,不见嫂嫂,忙拿着塑料纸,到路上接嫂嫂,走了五六里路才接到,嫂嫂已淋成了落汤鸡。哥哥扛着自行车,搀扶着嫂嫂,在泥雨里高一脚低一脚地往回走。走到村头,只见母亲站在武帝登仙台前,披着塑料纸,戴着草帽,拄着棍子等儿子和儿媳。母亲说:"今天下午我听到雷声有点闷,又听说云是从武帝山后边上来的,云头很恶,就知道肯定要下雨,这武帝爷下雨也不打个招呼,以后出门呀先要看天气!"

第二天,嫂嫂病倒了,几天昏迷不醒,不吃不喝,嘴里只管说胡话。路宏光正在上课,哥哥骑着自行车来叫路宏光,说嫂嫂昏迷中只管叫宏光的名字。母亲说,病从心头起,见到宏光她或许能清醒过来。宏光当即跟着哥哥回到家,只见嫂嫂在炕上躺着,紧闭着眼睛,嘴里不停地喊着宏光。母亲坐在嫂嫂身旁,听见宏光回来了,摸着宏光的手说:"宏光,快叫你嫂嫂,多叫几声嫂嫂。"然后对着儿媳说:"你的宏光回来了,我的好媳妇……"宏光眼泪扑啦啦地流着,趴在嫂嫂身边,边哭边叫:"嫂嫂,你的宏光回家看你来了……"嫂嫂没说话,两滴泪珠从紧闭的眼睛里流了出来。母亲摸到媳妇流出的眼泪,忙说:"人醒了!人醒了!"边说边用手揉着眼睛。哥哥抱着头,蹲在一旁哭了起来。宏光陪着嫂嫂,一会儿给嫂嫂喂药,一会儿给嫂嫂揉身子,一会儿用热毛巾在嫂嫂额前敷着。

天快亮的时候,路宏光迷迷糊糊睡着了。他梦见村头的武帝庙建起来了,庙高大巍峨,看不到顶。梦见武帝爷到他家来了,说是给他发通知书。还梦见妈妈的眼睛能看见了,显得比过去更美丽了。梦见嫂嫂给他烙了一大盆饦饦馍,装了一大提包,送到县城汽车站,哭着向他挥手,

他坐在汽车上大声叫着"嫂嫂!"忽见嫂嫂咚地仰面倒在地上……宏光吓得大叫一声,从梦里醒过来,出了一身冷汗。

母亲已经站在炕前给媳妇喂姜汤。看到嫂嫂醒了,一双含着泪的眼睛扑闪扑闪着看自己,嘴角挂着微笑。宏光这才感觉到嫂嫂一只手无力地握着自己的手。宏光高兴地叫着:"嫂嫂,你才醒来,我急了一个晚上!"母亲接着宏光的话头说:"急什么,病从心头起,心安病自除。要知道,你嫂嫂的病,三成是雨淋,七成是心病。你嫂嫂给你送馍,你在你嫂嫂面前说什么没有?"嫂嫂转过头来望着宏光,宏光想来想去觉得没说什么。母亲说:"肯定说了,你再想想。"宏光猛然想起上次嫂嫂到学校送馍,自己送她出校门时,不经意地对嫂嫂说:"嫂嫂,你们不应该对我付出这么多,我不想上学了,回家种地吧。"当时嫂嫂没说话,脸一沉,骑着自行车走了。路宏光想到这里,歉意地望着嫂嫂,紧紧地握着她的手说:"嫂嫂,我对不起你,今后我一定要好好学习!"嫂嫂望着宏光深情地说:"不要管嫂嫂,赶紧到学校去,学习要紧。记住嫂嫂的话,千万不要三心二意,哥哥和嫂嫂为你下苦值得。"母亲走到院子里,对着高高的蓝天说:"老天爷,武帝爷,感谢你们为我路家送来了个好媳妇!"

星期天,哥哥送馍来了,还带着妈妈烙的煎饼,煎饼里卷着新下来的土豆炒的丝。哥哥顺手掏出十元钱塞到宏光手里说:"今早在砖厂领的钱,给你买些好吃的补补身子。学习重要,身体更重要,一定要当心身体。"第二个星期天,又是嫂嫂送馍来了。

第二年,路宏光一家人得偿所愿盼来了路宏光的大学录取通知书,路宏光考到了北京一所重点大学,这是村子上从来没有过的盛事。拿到通知书的第二天一大早,村委会召集全村人集合在武帝登仙台前,开了庆祝会,奖给路宏光五百元钱,并给路宏光、母亲、嫂嫂、哥哥挂了红,敲锣打鼓在村上游了一圈。下午哥哥去砖厂拉砖去了,母亲领着嫂嫂和宏光来到父亲的坟前。

父亲已经去世十九年了,当时路宏光不满一岁,根本不知道父亲是个什么样子。每年春节,母亲把父亲的遗像摆到桌子上,每顿饭都要敬献。哥哥献饭时的样子总是很伤心,那是为活着的孀居的母亲伤心。父亲头戴黑瓢帽,鼻梁上架着一副黑边眼镜,身着长袍子,好像电视上的账房先生。那副黑边眼镜路宏光见过,母亲有时取出眼镜对儿子说:"你父亲临死时把这副眼镜交给我,说这副眼镜是特制的石头眼镜,戴着它既可以护眼,又能看清事物,它能透过皮儿看人,将来谁考上大学就把眼镜交给谁。"路宏光当时想,眼镜样式已经落后了,谁会戴它呀,便也从来没有在意这个事。母亲摸着坟前的柏树说:"这两棵柏树已栽了十八年了,是你父亲死后第二年的清明节你哥栽的。那时你年龄小,是你哥背着你到坟地来的。"路宏光自记事起,每年清明节都要到地里给父亲上坟,他觉得两棵小柏树总是那个样,没有变化。母亲却说:"你没有仔细看,你数数树上的树杈,是不是多了好几层?你再抱抱树身,是不是粗了许多?长树和长西瓜不一样,长得快的东西皮儿脆,芯子软,长得慢的东西皮儿厚,芯子硬实。你记住,以后干事要一步一个窝儿,要求实在,不要图快而弄虚作假。"

烧完纸钱,母亲和嫂嫂又给躺在地下的父亲说了几句安慰的话。刚转身要回家,母亲突然说:"不对呀,我的右眼怎么跳得这么厉害?"母亲正心神不定地唠叨着,突然砖厂来人叫母亲,说是哥哥拉车送砖,被手扶拖拉机撞了!

路宏光三人赶到出事地点，旁边的人说哥哥已被肇事手扶车司机送往镇上医院了。路宏光好说歹说劝母亲回家去了，自己和嫂嫂赶到镇上医院，哥哥躺在连椅上呻吟着，肇事司机却不见踪影。医生说，司机送来人做了检查，听说腿断了，要到县城医院治病，放下人说找钱去，一去再没见人影。路宏光气得乱叫，真想把司机逮住揍上一顿。嫂嫂说："不要喊了，救人要紧，你招呼你哥，我回去叫辆手扶车送你哥到县城医院去。"

嫂嫂走了，哥哥在一旁不停地呻吟。路宏光听着哥哥的呻吟，像在用锥子刺他的心，他心想哥哥是为了我才弄成这个样子，哥哥的身体一天不如一天，现在腿又断了，以后的日子咋过呀！

哥哥一边呻吟，一边告诉宏光："你大学通知书下来了，哥心里高兴，下午到砖厂，那帮弟兄们要喝酒，我买了两瓶陈西二曲，结果多喝了几杯。趁着酒兴往车上多装了几十条砖，下坡没撑好辕，自己碰到了手扶车上，不能怪人家。"宏光听了哥哥的话，心里更难受了。

哥哥被送到县医院，透视后医生说小腿裂缝，最少要住半个月院。当天晚上，肇事司机也来了，拿了一千元交给嫂嫂说："当时听医生说腿断了，我有点恐慌，放下人跑了。后来一想，不行！都是下苦人，我为什么要做这种缺德事？下午到处跑着借了这点钱，先给你，不够以后再说。"谁知哥哥竟然抢着说："兄弟，不能怪你，怪我酒喝多了，竟让你破了财，实在不好意思！"说完，指着宏光自豪地说："这是我弟弟，今年考进了北京的一所名牌大学。"司机既羡慕又敬佩地看着路宏光。

在医院住了五六天，哥哥挣扎着要下床走路，说自己没事了，住到这儿还要人陪着。医生不让出院，哥哥说：

"农民命贱,骨头却是硬的。"他不顾路宏光和嫂嫂的阻拦,硬是出了院。

学校开学了。开学的前一天,全家人团聚在一起,姐姐领着小外甥女也赶来了。路宏光姐姐家的日子本来过得好好的,可是姐夫前年落实政策回城里去了,听说在一个国营厂子里当了工人。姐姐和两个孩子是农村户口,暂时不能转,姐姐只好在家照顾着两个孩子,守着那五间厦房的破家。今年春节,姐夫把大外甥女接回城市,说是在城里上学,万一考不上大学,工作也好安顿。姐夫回城两年了,只回了一次家,也不给姐姐寄一分钱,说为了在城里安家还借了别人不少钱。姐姐带着孩子,一年三百六十五天在地里刨食,日子过得十分艰难。

姐姐来时给路宏光拿来亲手做的两双布鞋,给了十元钱。侄儿路滔随着县建筑队在外地,路远不能回来,也给路宏光捎回十元钱。全家人围着桌子坐着,嫂嫂安排路宏大和路宏光弟兄俩坐在母亲身边。嫂嫂今天显得特别精神,明知道宏光不会喝酒,宏大腿伤没好不敢喝酒,但还是买了一瓶陈西二曲白酒,先给母亲斟了一杯说:

"妈,先给您老人家敬一杯,咱路家出头了,功劳全靠你。"

母亲接过酒杯,转过身走到路宏光父亲遗像前双手举起酒杯说:"宏光他爸,咱宏光考到北京了!你饿死的灵魂在天上也该安心了。这杯酒敬你,希望你在天上保佑咱宏光平安,保佑咱全家平安!"

母亲说着双手举着酒杯,高过了头把酒洒在路宏光父亲遗像前。路宏光看着母亲举酒洒地的那一瞬间,好像远征将士洒酒祭天般隆重,路宏光的浑身像被火点燃了,血在沸腾。母亲从嫂嫂手里要过酒瓶,再斟了一杯酒,举在

胸前，对着父亲的遗像说："我路家能有今天，宏光能考上大学，多亏我家娶了个好媳妇！你知不知道，她为了供养你儿子上学，让自己的儿子停了学？"

母亲说最后一句话时声音有点沙哑，在场的人都落泪了。尤其是宏光，泪如雨下。母亲揉了揉失明的眼睛，把酒端到嫂嫂面前说："宏大媳妇，你把这杯酒喝了，妈敬你一杯，咱们路家多亏你！"

嫂嫂连忙推辞说："妈，我怎么能喝你老人家敬的酒？我能有什么功劳，咱家还不是你这个佘太君领得好！"

母亲执意要敬，嫂嫂执意不喝，最后哥哥对嫂子说："你喝了吧，我们路家真不知道该怎样感谢你！"

嫂嫂含着热泪喝了母亲的酒。妈妈要过酒瓶倒了第三杯，声音压得很低，但却字字千金："第三杯酒敬给我的儿子宏光，不要推辞，酒壮人的胆，喝了这杯酒将来的路走得会更稳更扎实！"

路宏光接过妈的酒，一饮而尽。

开学那天，嫂嫂、路宏光，还有路宏光的侄女路玉三个人，坐着邻家的手扶拖拉机去县城。到了村头武帝台前，母亲已经等候多时了。母亲让车停下来，对路宏光说："宏光，再看看武帝爷。"宏光朝着武帝台深深地鞠了三个躬，然后默默地坐上手扶拖拉机走了。

到了县城汽车站，宏光觉得这个地方好眼熟，可自己从来没有到过这儿呀！再一看，猛然想到嫂嫂有病时自己做的梦……嫂嫂已经给宏光买好了汽车票，离开车时间还有半个小时，嫂嫂看着宏光，心想，多年来和宏大辛辛苦苦就是为了这一天，今天愿望终于实现了！嫂子又想起宏大昨晚给她说的话，高兴得不要早了，大本戏还在后边呢，帽根子绾起还要好好干呢！嫂嫂不用谁说心里也明白大学花费比高中要多好几倍，后边的事压不断脊梁骨也得掉几十斤肉。路宏光望着嫂嫂没说话，心里也在想，哥哥和嫂嫂对我这么好，以后拿什么报答哥哥嫂嫂呢？

离开车再有十几分钟了，嫂嫂催着路宏光上车，路宏光摸着侄女路玉的头说："明年就要考高中了，一定要好好学习！"嫂嫂看了看路玉说："女孩子今后有一碗饭吃，不晒太阳就行了。"车走了，路宏光看着嫂嫂，眼睛模糊了，眼前什么也看不清。他隐隐约约看见嫂子也在擦泪。

时间过得真快，眨眼工夫路宏光放寒假回来了。哥哥腿没全好已经去砖厂干活了，母亲的身体似乎比以前更好了，只是嫂嫂总爱咳嗽。路宏光劝嫂嫂到医院检查，嫂嫂不同意，说冬天天气冷，有点着凉，春暖花开就好了。路滔春节也回来了。哥哥要给路滔订婚，路滔有点不愿意，经不住哥哥和嫂嫂的软硬兼施，路滔正月初六结了婚。当小爸的路宏光这天可活跃啦，挡花轿车，要手巾，关门，盖碗，晚上还到媳妇新房里闹了个通宵。第二天路滔放着新媳妇不管，随着小爸一会儿逛县城，一会儿上武帝山，路宏光从来没有像今年春节这样高兴。路宏光收假时，路滔还给了小爸十元钱。

冬去春来，寒暑交往，转眼又到了暑假，路宏光为了省路费，本不打算回家，后来因事还是赶回来了。侄女路玉考上了中专，路玉学习好，在班上不数一也数二，是上大学的好苗苗。路宏光想让路玉上高中，将来考个好大学，便给嫂嫂说："我意思还是让路玉上高中。"嫂嫂说："为什么？"路宏光说："路玉将来准能考个名牌大学。"嫂嫂故意问路宏光："路玉考上了大学谁供？"路宏光说："我供。"嫂嫂看了看眼前站着的弟弟，心里一热，她眼泪险些掉了下来，她忙转过身擦了一下眼睛说："你还要考研究生、博士，不是上了大学就完事了，你后边的路还长着哩！"哥哥对路宏光说的也是那句话："女孩子，有个饭碗端，只要不当农民晒太阳就行了。"

其实哥哥和嫂嫂也有他们的心思。他们年龄慢慢地大了，长年累月没死没活地劳累，身体越来越不好。还想让路宏光考研究生、博士，小儿子路波慢慢长大了，现在上小学五年级，将来还想上大学。也可能是重男轻女思想在作怪，他们觉得实在没有力气再供路玉上大学。不管路宏光怎么说，哥嫂就是不听。最后路玉以学校第一名的成绩考到了省卫校。

路宏光在学校收到姐姐寄来的邮包，里面装着两双粗布鞋和一条粗布床单，一袋家乡的铃铃枣，还有一封信。信上说，姐夫和她离婚了。姐夫进城当了工人，姐姐的户口转不过去，这成了姐夫提出离婚的理由。大外甥女判给姐夫，二外甥女姐姐带。姐姐信中还说，她不想再结婚了，带着孩子慢慢过吧。路宏光本来就反感姐夫的油腔滑调，为了两个孩子，路宏光回信劝姐姐想开点，对生活要有信心，或许姐夫会回心转意。自己大学再两年就毕业了，毕业后一定帮姐姐照顾好外甥女。姐姐离婚的事没有告诉母亲，因为当初母亲就不同意这门亲事。可是，纸里是包不住火的，母亲知道后竟然说："早都该离了，油头滑脑的不是个好东西！到了城市就看不起农村媳妇，幸亏只当了个工人，要是当了官，肯定连妈都不认！"

在哥哥和嫂嫂的强压下，路宏光考上了上海一所名牌大学的研究生。暑假回家的路上，路宏光怎么也高兴不起来。路宏光原想大学毕业后就参加工作，哥嫂都快五十岁了，母亲也快七十了，眼睛已经失明多年，他完全应该挑起家庭的重担，让母亲、哥哥、嫂嫂的心放松一下。侄儿侄女他供养，还有苦命的姐姐和小外甥女。哥哥嫂嫂不听，说不考研究生就不认这个弟弟。母亲说："武帝山上的鸟儿那么多，飞得越高的鸟才是好鸟；武帝山上长的树那么多，长得最高最粗的是柏树，它长在山顶上！"没办法，路宏光考上了研究生，可是这个研究生又不知会给家里增添多少困难，给母亲和哥嫂增加多少负担啊！路宏光又想起了高中时的一个同学，那位同学不好好学习，被父亲批评说："你考上了大学爸倒霉，你考不上大学你倒霉。"那位同学对父亲说："既然是这样，我不上大学了！我不能只顾我让爸爸倒霉！"结果那位同学硬是停了学，做了生意，现在家里盖了新房，还给父亲买了摩托车。去年路宏光回家，碰见那位同学，那位同学说："我爸说得对，你上了大学，你看你母亲、哥哥、嫂嫂累成了啥样子？我没上大学，你看我爸是个啥样子，整天骑着摩托车兜风！"说得路宏光无地自容。

路宏光快到村头，老远看到武帝望仙台前站着两个人，其中拄着棍子的是母亲。路宏光心里琢磨着，母亲怎么知道我要回家了？另外一个人是谁呢？走近一看是侄儿路滔，路宏光高兴地跳了起来。谁知路滔脸上一点表情都没有，不自然地问了一句："小爸，你回来了！"路宏光吃惊地拉着路滔的手问："你怎么了？"路滔不管小爸怎么问，就是摇头不说话。急得路宏光眼泪都出来了。母亲说："到家里再说吧。"路宏光又问母亲："妈，你怎么算出我今天回家？"母亲说："我算得没有那么准。前几天你父亲给我托了个梦，说你这几天要回家，我天天领着路滔在武帝爷这儿等你。要是我能算准的话，路滔也不会变成这个样子！"

进了门，嫂嫂一见面就拉住路宏光的手，不由得大哭

起来。路宏光从来没见过嫂嫂哭得这么伤心，他没有劝嫂嫂，让嫂嫂哭个够。嫂嫂也像见了最亲近的人，把积压在心中的悲痛和委屈都用哭声倾倒了出来。哭了一阵，嫂嫂断断续续地说："春节你收假走了有半个月，路滔工地上也收假了，收假不到三天，路滔就从工地上的脚手架上摔下来，摔得昏迷不醒。建筑队连夜用县医院的救护车送到西安，我和你哥都去了，在西安住了将近三个月院，还好人没受大伤，只是头部摔重了，人有些迟钝，医生让回家慢慢养着，慢慢恢复。本来想给你说，你哥哥说你要考研究生，怕你担心，影响你的学习。"路宏光抓住路滔的两个肩膀边摇边哭着说："路滔，你要坚强，小爸曾许诺过你，我们是'苟富贵，毋相忘'呀！"

夜深了，月亮挂在当空，几丝云影掠空而过，看起来好像月亮在走。今天立秋，立秋后徐水河畔吹来的风有些凉意，母亲披着袄坐在炕上说："路滔媳妇看见路滔变成这个样子，前二十天就回娘家了。你哥提着礼品叫了几次也没叫回来，这个女人太不懂感情了，男人在病中竟然出了门不回家。"路宏光腿上盖着被子，斜躺在炕墙上，心乱得理不出头绪来。路宏光真不知道该怎么办，和自己从小钻一个被窝，一块抓泥尿，一起下河捉虾，一起上山拾柴，一起上学，一起打架，相伴了二十多年的侄儿路滔变成了如今这个样子，以后的路咋走呢？哥哥嫂嫂以后的日子咋过呀！路玉应该上大学呀！姐姐现在怎么样，和姐夫能复婚吗？外甥女的学习怎样？我不应该再读研究生了，应该挑起家庭这副重担呀！如果这样，母亲、哥哥、嫂嫂会答应吗？路宏光刚要张口和母亲商量，母亲好像猜透了路宏光的心思，语气坚强而且寓意深长地说："宏光，家里的事不要想得太多了。武帝山半山腰有个'野鸡坪'，山顶有个'凤凰台',古人为什么会起这两个名字?我想你这个研究生会想得出来。"

路宏光一夜没有睡好觉,第二天爬起来太阳已经老高了。路宏光想了想,决定到砖瓦厂帮助大哥出砖。砖瓦厂在村南,路宏光经过武帝登仙台时,母亲已经拉着棍子在那儿站着。还没等路宏光开口,母亲就发话了:"出砖要小心,别烫着手。"路宏光只"嗯"了一声就走了。路宏光心里想,母亲真神,我没给她说,她又看不见,怎么知道我要去砖厂出砖?队里的砖厂已经是二十多年的老砖窑了,路宏大二十年没离开过砖瓦厂。人到砖厂,马到校场。再强壮的小伙子一到砖厂,累不断骨头也能挣坏腰。村里人说,路宏大在窑场流的血和汗和着泥可以烧一窑砖。路宏大初进砖厂时血气方刚,猛得像头牛,走起路来咚咚响,说话徐水沟对岸也能听见。当年,他一个人拉二百四十条砖上坡气不喘,腿不软。为了每天多挣两毛钱的补贴,一月三十天一晌都不歇,碰上大月还要干三十一天。装窑的把式总爱挑路宏大递砖,宏大两手夹五个砖从不偷懒,递得快,又准确无误。如今的路宏大还不到五十岁,人看着好像已有六十岁了。花白的头发满头乱罩着,横竖都是沟的脸上长满了毛扎扎的胡子。当年挺直得如同徐水河畔钻天杨似的身板,如今也弯了,走路一步半步的,说话声音沙哑得让人听不清。路宏光心想,岁月无情,生活更残酷!贫穷是一个杀人不眨眼的刽子手!

路宏大见弟弟来了,说什么也不让弟弟干。路宏光气也不吭,拉起架子车就到窑里出砖。路宏光进了砖窑的二门子,一股热浪直扑过来,他憋着气,硬着头皮钻进窑里,一摸砖,手被烫得触了电似的缩了回去。稍停了一下,他牙关一咬,双手夹起两条砖就往架子车上放。好不容易装

满一架子车砖，走出了二门子，全身的汗水已湿透了衣衫。宏大心疼地接过宏光的架子车，劝宏光回去休息，宏光死活不肯，卸完砖又推着架子车钻进了二门子。一天下来，路宏光的腰和腿都不是自己的了，脸上也晒得起了皮，哥哥和嫂嫂说什么也不让宏光再去了，嫂嫂摸着宏光起了皮的脸，心疼得眼泪都快要流下来。晚上宏光浑身疼得趴在炕上睡，母亲揉着儿子的脊背，一边揉，一边说："干干也好，也就知道你哥哥挣一分钱不容易了！你哥你嫂给你钱时是十元几十元地给，一点也不心疼。他们花钱恨不得一分钱分成两半花，他们的每一分钱都是在血和汗水中泡出来的呀！"

第二天路宏光早早地爬起来，又到砖厂出窑去了。假期一个月，一天也没停，出窑、装窑、送砖，凡是窑上的活都干。路宏光的脸晒黑了，人也瘦了，但心里似乎踏实了许多。

研究生毕业后，路宏光考上了博士。博士毕业后，被分配到岭南市政府办公室。在同事们的眼里，路宏光一路春风，步步登高。而路宏光却是学历地位越高，心情越沉重，心仿佛都要坠到地上了！他知道自己每往前走一步，后边都有着家庭的一份付出，一份牺牲，这付出和牺牲往往是惨重的。

路宏光到市上报道了，恰逢市上筹划建市十周年纪念大会，办公室一个人顶三个人用，路宏光只得改变请假回家的计划，忙起了工作。市上的工作忙得让人喘气都没工夫，今天上边来人检查指导工作，明天下乡检查工作，后天出外考察，大后天开会，平时连星期天都不能休息。刚到单位，使唤的人多，哪路神都得拜，大小领导的话都得听。路宏光从心里也喜欢整天忙，忙了什么都不想。最怕的是下雨的晚上，窗外边秋雨淅淅沥沥，风吹树叶沙沙作响，一个人睡在单身宿舍里翻来覆去睡不着。巴山秋雨夜，心随南风归。路宏光想母亲，想哥哥，想嫂嫂，想姐姐，还有路滔，他最不放心的是路滔。五六年了，路滔的病没有好转多少，脑子迟钝说话缓慢，只能跟着哥哥和嫂嫂在地里做些轻微活。开始，建筑队每月还给一点生活费，现在生活费也没有了。路滔的媳妇出外打工几年没有回家，据说已嫁到外地了。哥哥和嫂嫂不知为路滔哭过多少次。路宏光曾经想过，以后想办法给路滔找个合适的工作，不管怎样，帮助路滔成个家，他曾给路滔说过"苟富贵，毋相忘"呀！况且上大学时，路滔每学期都给路宏光寄钱。路宏光有时恨不得马上飞回家里和家里人团聚，可身不由己呀！岭南市离老家一千多里，秦岭巴山，汉江渭水，回一趟家，坐火车、换汽车得用两天时间，实在不方便。家里通信也不方便，哥哥有事打电话，还得到几里以外的镇上邮电所。

　　路宏光从第一个月领工资起，除过给自己留够生活费外，其余的钱全部寄回家里去了。有的同志说路宏光傻，以后结婚、买房子、养孩子咋办？路宏光总是不以为然地说："家里现在更需要钱，到时候再说吧。"

　　好不容易盼到快过春节了，路宏光回家该买的东西都买齐了，火车票订在腊月二十七。谁知回家的计划又泡汤了，办公室决定新来的同志值班，路宏光被排在腊月二十九到正月初二，不能回家了。路宏光想找领导请个假，因为家里有七十岁的老母亲，五十多岁的哥哥、嫂嫂，还有身体不好的侄儿。办公室的同事说："谁没有老母亲啊！哥哥和嫂嫂就靠边站了。"路宏光说："我的嫂嫂和一般嫂嫂不一样。"同事笑了笑说："有什么不一样的，是包文正的嫂娘呀？"路宏光认真地说："比包文正的嫂娘还嫂娘！"

同事说:"快收起你的'特殊'理由吧,我的书呆子!"路宏光几次想找领导,最后还是忍住了。

第二年春节,路宏光如愿以偿地回家探亲了,一家人高兴得不得了,正月初三姐姐和路玉也来拜年了,全家人团聚在一起。开饭时,母亲照样是三杯酒。第一杯酒告慰先夫在天之灵,儿子宏光在市政府工作了;第二杯酒感谢大儿媳妇为路家立下了汗马功劳;第三杯酒仍然敬给路宏光。母亲说话时比任何时候都严肃,她说:"宏光,武帝山上有个'照影壁',你做官的好坏忠奸一照就照出来了。在外边多想大事,少想家事,端端正正做人,忠忠实实做官。"今年春节小侄儿路波没有回来,路波大学再有半年就要毕业了。路宏光在家住了五天,晚上,和路滔一起陪着母亲,全家高高兴兴地过了个春节。谁知在返回单位上班的先一晚上,路宏光和哥哥嫂嫂的对话却是剑拔弩张。嫂嫂给宏光介绍了一个媳妇,家在西埝村,大学毕业,在县上一个单位工作,长得不错,人也贤惠。哥哥让路宏光给单位打个电话,请几天假,明天见个面,马上订婚,今年后季结婚。路宏光工作一年半了,也马上三十岁的人了,他经常想到家里的这个人,想到家里的那个人,就是没有想到自己的婚姻。工作才开始,家里的事又多,负担较重,他不想马上结婚。就是以后结婚,也不想再给家里添麻烦。路宏光最牵心的还是路滔的病。路宏光说了一大串理由,惹得哥哥发火了,说:"父亲不在了,大兄为父,这事由不得你!"

路宏光也不示弱:"别的什么事我都听哥哥的,婚姻的事我坚决不听!"

哥哥说:"你才工作了几天,就不认我这个当哥哥的了?"

宏光说:"家里现在很困难,我的婚事以后再说。"

哥哥说:"家里再困难也不要你的钱,你汇的钱我都存着,为你结婚用。"

路宏光听说汇的钱哥哥一分钱都没花,气得埋怨哥哥:"你为什么老想着我?"说着热泪夺眶而出。

嫂嫂也说:"说个本地媳妇,有了孩子我还能照料。说个外地的几年回来一次,回到家话都听不懂!"

哥哥又说:"结婚的钱不要你管,债背到阴曹地府,也要看着我弟弟把婚结了。"

不管哥嫂怎么说,路宏光就是不答应这门亲事。最后还是母亲说:"宏光既然不愿意,他的事就由他吧。"

第二天宏光走时,哥哥和嫂嫂都没起来。母亲和路滔送宏光到武帝登仙台前,嫂嫂还是赶来了,还拿了一包"眼眼馍"。路宏光回头看了看路滔和嫂嫂,心一酸,头也不回地走了。

三年后,路宏光当了市委办公室的副主任。因为工作忙,他这三年都没有回过家,几次安排好回家的行程,都因忙临时取消了。上次休探亲假回到单位后,哥哥打电话说:"以后少给家里寄些钱,大部分应该留给自己,家里是个无底洞,有多少也填不满。"不管哥哥电话怎么说,路宏光还是把大部分钱寄回家里。路宏光寄的钱,哥哥除留一小部分补充家庭零用外,其余部分全存到银行里。

路宏光要结婚了,爱人是岭南市人,在市政府一个部门工作。结婚的前几天,母亲,哥哥、嫂嫂还有路滔都来了。嫂嫂给路宏光带来粗布床单,新花被子,家乡的核桃、干枣、苹果、落花生。又掏出一万两千元交给他说:"这是你平时寄的钱,家里用了一部分,剩余的都攒着,你结婚要用钱,就拿着花吧。"路宏光说什么也不要,嫂嫂硬是把钱放在桌子上。

婚礼在一个小酒店里举行，路宏光怕影响不好，没有过多通知人，亲朋只坐了四五桌。哥哥不满地说："才当了一个什么样的芝麻官，这也怕影响，那也怕影响。当官的也有个三朋四友，怕影响干脆别结婚！回到家里我摆上四五十桌让乡亲们喝个够。"

婚宴上，母亲拉着宏光媳妇的手，高兴地说："娶媳妇就是请神，神请对了家庭就能兴旺，男人也能干成大事！"结婚当天晚上，路宏光和爱人商议，准备第二天一起陪着家里的人到岭南市一些旅游景点看看。第二天早晨，路宏光刚要上车，办公室主任通知他有接待任务，不能出去，只好让爱人陪着家里人去。省上的领导走了，办公室又通知他明天陪同市领导去外地考察，大概十天时间。路宏光怀着极其复杂的心情和爱人一起来到母亲住的宾馆，看到母亲和嫂嫂高兴的样子，他实在张不开口。路宏光想，母亲才来了三天，自己没有陪着他们好好吃过一顿饭，痛痛快快说过一席话，母亲没向儿子道别，儿子却向母亲道别来了。最后还是路宏光爱人开了口，嫂嫂听了宏光爱人的话，忙对宏光说："不要紧，你忙你的，有你爱人陪着就行了。"哥哥说："后天我们回家，地里的葱还没挖，今年的葱能卖个好价钱。"母亲对宏光说："你放心去吧，干公家的事，身不由己呀！"

来年春天，路宏光在西安联系了一家医院，让哥哥和嫂嫂陪着路滔到西安去治病。住了一个月的院，路滔的病情仍没有多大变化，嫂嫂领着路滔又回家了。哥哥来电话给宏光说："你为路滔已尽心了，路滔就是这样了，听天由命吧。"宏光听了哥哥的话，沮丧地蒙着被子就睡。睡到第二天早晨，头昏得不能起来，只得向单位请了一天病假。

这年春节,路宏光不管工作再忙,请了假回家找高中时的老同学侯忠义。侯忠义高中毕业后没考上大学,最后接了父亲的班,现在已在县上当了某局的局长。侯忠义见路宏光大驾光临,非常高兴,要挑县上最好的一家宾馆招待老同学。路宏光说:"招待就免了,老母亲还在,我陪着母亲住在家里就行了。今天有一件事相求,老同学无论如何得想个办法。"路宏光给侯忠义详细地说了侄儿路滔的事,说到伤心动情处,路宏光几乎要哭了。侯忠义听了路宏光的话也感动得眼圈有点红,说:"老同学,你真是个好样的,知恩图报,没问题,这事包在我身上。"路宏光高兴地回到岭南市。没有半个月,侯忠义打来电话说,事情办妥了,路滔被安排在他属下的一个单位看大门。路宏光心想,看大门也罢,总算安排了,一块心病去了。谁知不到半年,哥哥打来电话说,路滔记忆力差,看大门常常晚上忘了锁门,单位总是遗失东西,被辞退了。哥哥一再叮咛路宏光,不要难为别人了。路宏光给老同学侯忠义打了几次电话,侯忠义都没接,路宏光也不好意思再打了。在以后的日子里,路宏光一想起路滔,心情不是重重地落在地上,就是空空地悬在空中,不知如何是好。

路宏光被提升为办公室主任了,人们都说路宏光官运亨通,路宏光却自我解嘲地说:"我这个官是忙出来的官,干出来的官。"路宏光工作快八年了,八年只回了三次家。路宏光算了算,除过第一次在家待了四个晚上,另外两次都是一两个晚上。为陪伴母亲和嫂嫂,路宏光每次回来都拒绝老同学的招待,和家里人在一起说话。路宏光爱吃嫂嫂做的软面,爱喝妈妈瞎摸着熬的玉米稀饭和枣沫糊。回到家里路宏光总爱脱掉皮鞋,穿着姐姐做的布鞋走来走去,还陪着路滔下徐水沟,上武帝山,

寻找童年的欢乐。不知怎的，如今除过母亲以外，所有的人和路宏光坐在一起话都少了，有时笑起来也感觉到不太自然。村上和宏光一起玩耍过的儿时伙伴，碰见他也是敬而远之，有的人干脆称呼起"路主任"。路宏光有时想，难道官民之隔都隔到家里的亲人之间和孩童之交中了吗？何况我算个什么官呀！

路宏光结婚后，曾接母亲和嫂嫂来过岭南市两次，结果每次不是说单元楼住不惯，没有农家院敞亮，就是说锅有点小了，煮的稀饭不糊，买的蒸馍没有家里蒸的馍好吃。嫂嫂总是操心庄稼种在地里没人管，喂的猪呀、鸡呀、羊呀没人管，两次都住不到半个月就坚决回去了，挡也挡不住，拦也拦不住。路宏光和哥哥商量，想把母亲接到岭南市长住，也好照顾，哥哥死活都不让。哥哥还说，父母由老大侍奉是孔圣人定的规矩。母亲也不愿离开家，说："武帝山厚着呢，我靠得住！"

姐姐离婚没有再嫁，和小外甥女相依为命。前年小外甥女考大学没有考上，姐姐打来电话，想让路宏光在岭南市为外甥女安排个工作。当时路宏光考虑到她没有文凭工作不好安排，建议外甥女补习一年再考大学。谁知外甥女不愿意继续上学，竟赌气外出打工去了，去时给路宏光打电话发泄不满说："树叶落下来都怕砸了你的头，我妈白管了你！"姐姐为此也没少埋怨过路宏光。路宏光也感到内疚："是呀，姐姐白管了我，白疼了我，我真是个没用处的舅舅！"

有一天，路宏光正在开会，爱人打来电话说，嫂嫂和路玉从家里坐火车来了。路宏光在回家的路上想，是什么风把嫂嫂和路玉吹来了？宏光一进门，嫂嫂和路玉机械地从沙发上站起来，好像老百姓见了地方领导一样。路宏光的脸一

下子红到耳根,忙走上前去,按着嫂嫂坐到沙发上说:"嫂嫂,你是我的嫂嫂,又是我的娘,我是吃你的奶长大的,为什么见了我是这样呀?"路宏光激动得眼睛里含满了泪水。

吃过晚饭,嫂嫂说:"这次我求你来了,路玉的医院效益不好,经常领不到工资,爱人又下岗了,日子实在不好过。你能不能给咱县上哪个领导说说,把路玉调到吃财政的单位?"

路宏光没说话,心里埋怨哥哥和嫂嫂,当初路玉学习那么好,要是上了大学,也不至于落到这个地步!路玉卫校毕业后,分配到县上,又被卫生局安排到地段医院。乡镇地段医院效益不好,发不出工资,好多医生护士寻后门、找熟人调到别的地方去了。哥哥嫂嫂没办法,只得千里迢迢来找路宏光。

嫂嫂看路宏光半天不说话,嗫嗫嚅嚅说:"听说现在办事要送礼,没钱办不了事,我这次来拿了五千元,你把这钱送给人家办事。"说着,从包里取出一沓钱放到茶几上。

路宏光的头轰地一下,好像被铁锤重重地击了一下,全身像浇了一碗滚烫的油。他颤抖着手想解开脖子上的领带,不知为什么总是解不开。心越急,身上越感到燥热,最后干脆用手撕开了衬衫的纽扣和领带。路宏光真想跳起来,可全身软瘫瘫的又没一点力气。想大喊一声,喉咙里像卡着一根鱼刺,喊不出声。路宏光的精神彻底垮了,比黄豆还要大的汗珠从他的额头上往下滚,坐在沙发上一动也不动。路宏光的爱人知道丈夫的脾气,没说话,招呼着嫂嫂和路玉到卧室去了。路宏光独自坐在沙发上痛苦地闭上眼睛。

奶大自己的嫂子求自己办事来了,还拿着五千元,这五千元不是钱,是一颗定时炸弹,送礼之风送到家里来了!

家里的母亲、嫂嫂、哥哥、姐姐,乡里乡亲不知怎样看待自己这个土生土长的农村娃呀!路宏光举起拳头,狠狠地捶打着自己的头,强打精神走到阳台上,望着阴沉沉的天空,他真想大喊一声:"老天爷!这到底是什么原因呀?"天越来越黑,一阵旋风吹落了阳台上的衣服,暴风雨来了。

过了两天,嫂嫂和路玉回家了。路宏光专门抽了一点时间,和爱人送嫂嫂路玉上了火车。回到家,路宏光想来想去,还是给老同学侯忠义打了电话。侯忠义在电话中说:"路滔的事我实在是没有办法,很不好意思。路玉的事可以找卫生局长调到县城医院,要到吃财政的部门可就难了。"路宏光说:"你看着办吧,只要能发下工资就行了。"一个月后,嫂嫂来了电话,说路玉调到县城医院工作了。最后还说给院长送了五千元的礼。路宏光没说话,痛苦地摇了摇头。

组织决定让路宏光到中央党校学习,办公室主任的工作由副主任暂时代理。消息传出,大家纷纷猜测,有的人说路主任要升迁了,从党校学习回来要调外市当市长。有的人还说,这是借口调离,到下边部局当领导。不管怎么说,路宏光不在办公室当主任了,也不可能在本市机关工作了。路宏光从单位走过去,人们都用复杂的眼光看着他,应付着说几句客套话,有的人走过去甚至装作没看见。路宏光对周围人的猜疑和闲言碎语一律置之不理,你们爱怎么说就怎么说。离党校开学还有十来天时间,路宏光决定回家看望家人。

6月初,渭北正是龙口夺食的时节,大地上麦浪滚伏,人欢马叫,机器轰鸣,镰杈飞舞,一派繁忙景象。路宏光想起小时候"农家小儿多懂事,送水拉耙拾穗忙"的情景,想起当年嫂嫂参加生产队割麦子比赛,第一名奖三条白蒸馍,第二名奖两条,第三名奖一条。嫂嫂获得了第二名,领了两条白蒸馍的奖,没舍得吃,拿回家给了母亲半条,给路玉和路波两人分了半条,路宏光和路滔各半条。不要小看那时的半条白馍,比现在的鲍鱼还要香,还要值钱。

路宏光又想起过去一件刻骨铭心的事:有一年夏收,哥哥早晨起来给生产队扛粮食,肚子饿了,结果家里馍吃完了。嫂嫂急了,揉了一条面团在灶膛里烤。烤好后哥哥拿着正要吃,路宏光回来了。哥哥看见弟弟眼馋的样子,顺手便给了弟弟,自己饿着肚子又干活去了。结果肚子饿得直不起腰来,扛到半路粮食口袋掉到地上,哥哥的手和肩膀也被擦破了。母亲知道以后,狠狠地批评了宏光一顿。当时路宏光心里真不好受,觉得自己实在不懂事。哥哥却护着宏光说:"哪个小孩子不贪嘴。"小时候好多事情像过电影一样,在路宏光的脑子里浮现,路宏光一会儿擦着眼泪,一会儿微笑着,十多年来心情从来没有像今天这样闲适舒服过。十多年的宦海生涯,心就像拉紧的弦,走路都在想着"敬爱的领导"和"同志们",关于前边的路到底如何走,党校回来到底去干什么,路宏光从来没有过多地考虑过。

一路颠簸,路宏光丝毫没有感觉到疲倦,不知不觉到家了。家里人听说路宏光这次回来要住一个星期,乐坏了。母亲撑起鏊子给路宏光做煎饼。哥哥、嫂嫂、路滔放下地里的活都回来了。不一会儿,家乡特有的一桌美味佳肴便做好了。桌上放着路宏光熟悉的四碟菜:油炒韭菜化、醋腌萝卜干、粉条拌灰条菜、油泼辣子。嫂嫂端来红豆小米稀饭,母亲拿来有椒叶的煎饼,路宏光还没吃,口水早就流下来了。路宏光觉得这顿饭比任何场合的任何饭都好吃,比接待领导的山珍海味可口多了。路宏光狼吞虎咽地吃着饭,母亲看着他发馋的样子,和嫂嫂会心地笑了。嫂嫂说:

"没变，还是小时候的样子！"

哥哥和路滔明早要下地，早些睡觉去了。母亲、嫂嫂和路宏光坐在院子里的葡萄架下，嫂嫂问宏光："这次哪来的闲工夫回家住这么长时间？"路宏光说要去中央党校学习，借开学前这几天回来看看家人，在家里散散心。嫂嫂一听说路宏光要去中央党校学习，还以为是十年动乱中的学习班，马上问路宏光："出了啥事了，要进学习班？"路宏光笑了笑说："是去党校学习，进修，不是什么学习班。"嫂嫂怀疑地问："那办公室主任不当了？"路宏光说："不当了。"嫂嫂说："不当了好，当了个官，什么事都不敢办，左怕影响，右也怕影响，连回家的工夫都没有。官不当了，经常回家，家里的大小人都喜欢你。"母亲瞪了嫂嫂一眼说："不要胡说。"母亲最知道自己的儿子。母亲转过身对路宏光说："宏光，妈信得过你，咱家乡的土地厚，武帝山高，走出来的男人腰板都挺得直。记住，心烦了就回家，七眼泉的水能消渴解烦！"

路宏光在家里住了七天，和路滔上了武帝山，又去了七眼泉。七眼泉在徐水沟上游，七个泉眼不停地往外涌着泉水，泉水甘甜，沁人心脾。在缺水的年代里，徐水河上游塬上的人都到七眼泉挑水吃，路宏光和路滔也经常到七眼泉抬水。现在人们把泉水抽上塬，抽到水塔，不用下沟了，直接从水塔下拉水吃。但不知为什么，人们总觉得水不如从沟下泉眼里挑回来的好吃。路宏光来到沟底，来到七眼泉，用手捧起泉水咕咚咚咚喝了几口，真甜！从口里一直甜到了心里。

路宏光要走了，村里人都赶来送路宏光，有拿鸡蛋的，有拿黄杏的。小时候和路宏光一起玩耍大的铁蛋提了一塑料袋桑葚说："宏光，你记得咱俩偷摘王婶家的桑葚吗？

王婶拿着扫帚满巷追着打咱俩呢!"路宏光笑了,铁蛋也笑了,在场的人都笑了,笑得是那样开心。

路宏光来到武帝爷登仙台的地方,告别了母亲,告别了家里人,告别了村里人。车刚下坡,路宏光忽然感到一股凄凉从心里升起。母亲八十多岁了,还在为儿女操心;哥哥六十过了,砖瓦厂的活干不动了,砖厂已改建成机砖厂,村上考虑哥哥在砖厂干了二十多年,没有功劳也有苦劳,便照顾哥哥让他看场子。路滔的身体虽然好了许多,但脑子还是迟钝,至今光棍一条,农忙时在地里干活,农闲时进城打工。让宏光感到不安的是,嫂嫂比以前瘦得多了,不停地干咳,咳得心口疼。不过小侄子路波有指望了,大学毕业后在广州一家外企公司做事,还是中层管理人员。听姐姐说,路波把小外甥女安排到他们公司去了。

路宏光在中央党校学习了半年,元旦前回到岭南市。不几天,组织又派他跟随市长带领的代表团到国外考察,需用半月时间。路宏光简单地收拾了行装,坐飞机出国去了。

路宏光飞往国外的第三天,嫂嫂因心肌梗死,猝然去世。路宏光爱人接到家里报丧的电话,一个人坐飞机赶回家。路波、小外甥女都从广州赶回来了。可以说该回来的都回来了,唯一缺少的就是更应该回来的路宏光。哥哥想等路宏光回来再葬人,因为嫂嫂生前最疼路宏光,对宏光付出最多,对宏光的希望最大。路波不同意说:"小爸回来还得半个月,咱们总不能等半个月。我小爸官大事多,自古忠孝不能双全,说不定我小爸回到岭南市也脱不开身。"路波后边的话分明是说给路宏光的爱人听。

嫂嫂的遗体入殓时,母亲坐在嫂嫂的遗体旁,挨着嫂嫂的脸说:"媳妇,宏光是你奶大的,是你供成的,宏光

对不起你，他是身不由己呀！宏光回来，我让他到你的坟前磕上五个响头，我代表咱们路家向你磕头了！"旁边的人拦也拦不住，母亲趴在地上给嫂嫂磕头，呜呜地哭起来。

路宏光半月后回到岭南市，听说嫂嫂突然去世，眼前一黑，差点摔倒在地。让爱人给领导代请了假，自己急匆匆赶往飞机场。

路宏光跪在嫂嫂坟前不停地喊："嫂嫂，弟弟回来迟了，弟弟对不起你呀！"路滔也跪在路宏光旁边陪着哭。哥哥抱着头，嘴里喃喃着："孩子他妈，你不是说你今年春节想到岭南市看宏光去，宏光你知道吗？你嫂嫂专门托人到武帝山后边买了些苞谷糁，准备春节去时给你带着，谁知没等到过年就走了……"说完蹲在地上大哭。母亲拄着棍子站在坟前说："媳妇，宏光看你来了。虽然说他没看上你一眼，但干公家的事，由不得自己呀！你在世最疼他，你死了以后灵魂还会伴随他、保护他！宏光，给你嫂嫂磕上五个响头，报答你嫂嫂奶你、供养你的大恩大德吧！"宏光一边哭着，一边朝着嫂嫂坟墓重重地磕了五个响头。路宏光用五个响头告慰了嫂嫂的在天之灵，用五个响头报答了嫂嫂奶他、供他、养他的大恩大德！

路宏光本来还想多住几天，安排好家里的事，尤其是想谈谈路滔的事。谁知第二天市里来了电话，说上级有重要事情安排，要路宏光务必于当天下午赶回。路宏光只好告别了家人，准备上路。母亲和哥哥送路宏光到武帝爷登仙台前，母亲说："听说县旅游局发展旅游，要重修登仙台了，看来武帝爷要显灵了！宏大搀着我，再送宏光一程。"宏光拦也拦不住，母亲和哥哥一直把宏光送到坡头上。路宏光看到六十多岁的哥哥搀扶着八十多岁的母亲送自己，伤心地说："妈妈，儿子是个无用的儿子，不孝的儿子！"

回到岭南市的第二天，上级组织开会宣布，提拔路宏光为岭南市副市长。路宏光周围的那些人又和路宏光亲热起来了，可路宏光的心却始终热不起来，他的心一直沉浸在思念嫂嫂的悲痛之中。

不几年，路宏光又升迁为岭南市市长。这几年，路宏光接母亲和哥哥来过岭南市两次，每次住的时间都超不过二十天。哥哥说放不下地里的农话，母亲说放心不下哥哥。哥哥给路宏光说："你们都忙，没人陪妈，妈一个人待不惯，还是让妈妈跟着我。"母亲也说："我离不开武帝山，那座山石头硬，靠得住！"路宏光心里特别牵挂路滔，一直想不出个好办法解决。小侄儿路波却把路滔接到他的公司去了。路宏光心想，我不如哥哥，我不如侄儿路波，我这个市长白当了！

一天，路宏光接到小侄儿路波的一封信，信上说：

市长小爸：

祝你步步高升，官运亨通！当你坐在你的官椅上时，你想没想过你七十岁的哥哥还在侍候着你将近九十岁的老母亲？你可能有理由说，他们在你那儿住不惯呀！不要把责任老往当农民的父母身上推。奶奶说过，武帝山的石头硬，那座山靠得住。这句话明明是在批评我们晚辈们靠不住啊！你每天都政务缠身，忙于官场应酬，连陪奶奶吃一顿饭的工夫也没有，奶奶能愿意在你那儿住吗？这大概就是古人说的"忠孝难两全"吧！家乡人都说我的母亲是你的嫂娘，你的嫂娘疼你爱你胜过了我们，不要说她在世时没享过你一天福，死了下葬时，所有人都赶来了，就是缺你一人。我姑姑为了带你，失去了上学的机会，而你对他们的回报

又是什么呢？还有我哥路滔……他们为了你的成长，为了你的学业，为了你的事业，不知付出了多少，从你的身上，他们又得到了什么？

前几天我回了一趟家，当我看到奶奶和爸爸孤苦伶仃的样子，伤心极了！我要接他们到广州，他们不去。奶奶说就是去也轮不上我，还有我的小爸在前面。爸爸说他一步也不能离开奶奶。市长小爸，为了工作忘记家乡的老父老母，不是一个合格的公务员吧？也更不是个合格的市长！明年奶奶就九十岁了，她的身体已大不如以前。不要怪我说晦气话，千万不要又是空哭几声，空流几行泪，空磕几个头！

祝你官运亨通！

侄儿 路波
×月×日

路宏光看了小侄儿路波的信后，心情几天不能平静。他计划春节前把母亲和哥哥接到岭南市，死活都不让他们回家了。他还和爱人商量给家里找个保姆，专门侍候他们，自己平时多回家吃饭，晚上早回家，多陪母亲和哥哥说说话，尽一个做儿子的责任……

夜已经深了，路宏光看着哥哥靠着墙，脑袋歪着，闭着的眼睛流下的两股浊泪在沾满黄土的脸上冲下两道痕迹，鼻子里流下的鼻涕伴随着嘴里的口水，流到下巴处，吊着线线。七十岁的老哥哥，失掉了嫂嫂，失掉了母亲，已经精疲力竭，精神完全崩溃了！路宏光痛苦地闭上了眼睛，想起了小侄儿路波的话，又是空哭几声，空流几行泪，空

磕几个头……
　　　我路宏光对得起谁呀！

事干得再大，不知道孝敬父母，不如回家卖红薯

  公公患了胃癌，儿子考上了大学，她对公公说："你动手术，孙子就没钱上大学，二者你选择吧。"爷爷为了孙子的学业，选择了让孙子上大学。爷爷奇迹般地活了四年，孙子毕业后第一件事就是为爷爷治病，结果晚了。孙子背着生命垂危的爷爷来到西安，登城墙、上钟楼……以报跪乳之情，舐犊之恩。

  西安市南城墙上游人来来往往，每个人的眼睛都捕捉着自己喜爱的景物，人与人之间的眼神几乎无暇相撞。有一辆轮椅却引起了游人的注意，照相的，站着看的，猜想的，有的人甚至一直盯着看，直到轮椅消失在游人中。推轮椅的年轻小伙叫乔有志，坐在轮椅上的老汉是乔有志的爷爷乔三喜。乔有志推着轮椅不停地低着头给爷爷讲西安城墙的故事，爷爷似懂非懂地瞪着迷惘的眼睛吃力地点着头。旁边走着的中年妇女是乔有志的母亲伍月英。月英一会儿看看公公，一会儿看看儿子，心里有点说不出的失落，几次想打断儿子的话都忍住了。月英想起登城墙的事有点心疼儿子，儿子背着公公一步一步上到城墙，然后下来扛

轮椅,累得满头大汗。月英对儿子说:"不上城墙了,到另外的景点看看。"可有志不答应,说爷爷当年背着他从沟底上来,那要用多大的力气呀!月英说:"随便看看就行了,这些古东西你爷爷又不懂。"有志不高兴地说:"妈妈,谁说爷爷看不懂历史?我小时候,爷爷经常给我讲《三国》和列国的故事。"

游完城墙,时间已经是中午12时,有志照样背着爷爷下了城墙,和母亲商量,先到钟鼓楼广场让爷爷尝尝同盛祥的牛肉泡馍,再登钟楼。爷爷高兴地连连点头。有志低下头,脸贴着爷爷的脸说:"同盛祥的牛肉泡馍是西安最好的,国家领导和外国客人都常到那儿吃饭。"爷爷没说话,有志觉着自己的脸湿了,忙掏出手绢给爷爷擦脸上的泪水。

南门离钟鼓楼广场不远,有志推着爷爷,不停地给爷爷说:"东边是书院门,西边是湘子庙,这边是钟楼饭店,那边是开元商场。"过钟楼地下通道时,有志干脆把轮椅交给母亲,让她绕道从人行道把轮椅推到钟鼓楼广场。自己背着爷爷从地下通道过,一直到同盛祥饭店,才把爷爷放到椅子上,买了票,拿着饭碗和饦饦馍紧挨着爷爷坐下,一点一点给爷爷掰馍。馍越掰越小,情越掰越浓。爷爷看着孙儿有志,嘴里没说心里却在想,我乔三喜不枉在世上走了一回!

事情得从五十年前说起。

乔三喜本不姓乔,姓吉,是县西北吉家寨人。三喜弟兄三个,三喜是老三,父亲早亡,母亲守寡抓养他们,家里日子穷得叮当,吃了上顿没下顿。大哥和一个哑巴结了婚,二哥将近三十了还没结婚。三喜二十三岁时,经人说和,招赘到了县城南边乔家咀一户乔姓人家的新寡妇家里。新寡妇名叫范凤仙,年前死了男人。她家里还有一个多病的

公公、一个两岁的女孩。凤仙肚子里还怀着死去男人的孩子,已经七个月了。

三喜进了乔家的门,改姓乔。乔三喜生性老实,不爱说话,心地善良,一身好苦。上铁路,修水利,背石头,从不弹嫌。不到一年,乔家咀人都夸凤仙夫命好,找了一个好男人。婚后两个月,凤仙生了一个男孩。村上有学问的人给孩子起了个名,叫慕生。凤仙嘴里虽然说没生到心里,心里却为乔家有了亲根子高兴。凤仙说:"生个女孩多好呀,两个女子嫁出去成了人家的人了,将来给三喜怀个男孩才合情合理。"巷里人都知道凤仙嘴里没说心里话,私下说:"三喜该倒霉了,不但要养乔家的两个孩子,还要给孩子娶媳妇、盖房子,乔家的坟地里哪来的这一股风水,冒出三喜这个大头来!"可三喜却不这样想,三喜觉得凤仙生了一个男娃,凤仙死去的丈夫在天国也能闭上眼睛。不管孩子是谁的,只要是自己看着生下、看着养大,就和自己亲生的一样,就把自己叫爸呀!

三喜进门一年半,凤仙的公公死了。三喜披麻戴孝,手拿纸棍,抱着遗像,当着大孝子。埋葬了公公,本来还欠外债的乔家,这下更是雪上加霜了。人常说好人多遭难,公公死了不到一年,凤仙又病倒在炕上。那时正是20世纪60年代初的低标准时期,因为营养不良,凤仙浑身浮肿,没有一点力气,嘴里不停地吐黄水,当时村上就有不少人得了这种病死了。凤仙担心自己也活不成,把三喜和两个孩子叫到面前,挣扎着跪到炕上对三喜说:"我活不久了,莲莲和慕生这两个孩子就托付给你了,你必须给我起个誓。"三喜难过地说:"你说吧,我一定听你的。"凤仙说:"我死后,你不能离开乔家的门,要把乔家的娃抓大。"三喜二话没说,咚一声跪在地上大声说:"我乔

三喜坚决不离开乔家门。要是中途变心,有对不起乔家的地方,让我不得好死!"三喜发誓的当天晚上,凤仙吐了一口黄水咽气了。

葬埋凤仙的当天晚上,生产队队长叫来凤仙娘家的哥哥和三喜,还有两个孩子。队长说:"三喜进门三年就埋了两个人。平时三喜为乔家出的力也不少,现在凤仙死了,两个孩子还小,一个五岁,一个三岁,一个男人咋带两个娃呢?我的意见,娃的舅父领一个,给三喜留一个……"没等队长说完,三喜说:"两个娃我都要!凤仙死时我起过誓,要对得起乔家!"凤仙哥哥见三喜这么说,就顺水推舟地说:"既然三喜不给娃,就让他带着,我老婆身体也不好。"从此,三喜带着两个孩子,过着既当爹来又当妈的艰难日子。

三喜从老家吉家寨推来父亲用过的河南的一种木轮推推车,人们叫它"叫麻车"。每天下地时,三喜把两个孩子放在叫麻车前面的藤条筐里,三喜在后面推着。队长为了照顾三喜,修铁路、修水利的活再不派三喜了。三喜不但学做饭,还学着洗衣服。村里人看到三喜的可怜相,有的好心人竟然给三喜介绍对象,有的人还劝三喜扔下两个孩子,另外找一家婆娘招赘进门算了。三喜说:"我给凤仙起过誓,今辈子不再离开乔家门。"有人拍着三喜的头说:"你的头真大!起誓算个啥?你走了,凤仙在阴曹地府怎能知道?只有活人哄死人,哪有死人管住活人的!"三喜说:"一夜夫妻百日恩,何况我们夫妻三年了,人做事要对得起良心!"以后人们见了三喜不叫三喜了,干脆叫"乔大头"。三喜也不管人们咋叫咋说,一心一意抚养乔家的两个孩子,一心一意过着乔家的日子。

三喜虽然识字不多,记性却好,看过的戏听过的事都

能记下来。他经常讲程婴受人之托，忍痛舍弃亲生儿子，保护赵氏孤儿的故事；经常讲诸葛亮受先主刘备之托，扶后主保蜀的故事。三喜还说，虽然自己不能和这些大人物相比，但理是一样的，做人要讲信义！三喜虽然是外地人，穷得叮当响，对乔家的忠心却在四邻八村传颂着。

日子越来越难过了，农村的公共食堂饿得人人叫苦连天。莲莲和慕生跟在三喜后边不停地哭喊着要饭吃。三喜想来想去，只能到金水沟拉煤车，给孩子挣馍吃。白天三喜推着孩子做生产队的活，晚上收工后，把两个孩子锁在家里，自己跑到金水沟拉煤车。拉一趟坡来回十几里路，挣一个馍。每天晚上拉两次，拉完坡又跑着回家。莲莲和慕生在家里哭喊着要吃馍，三喜把挣来的两个馍分给孩子吃，自己却在一边饿着肚子。

两个孩子越来越大了。虽然说再不用推着孩子到地里去，但孩子的事情却越来越多。

莲莲说："学校要演节目，要穿黄军服。"

慕生说："我们班上美术课要做汽车，要黄黏泥土。"

莲莲说："我们明天要到烈士陵园扫墓，女学生头上要扎白绸花。"

慕生说："爸，明天学校开运动会，运动员要穿白运动鞋。"

你的事，他的事，这样子，那样子，叫得三喜头都大了。

有时三喜也想，不然再找个女人吧。谁知队长刚把一个外地逃难来的女人领到家，不是莲莲哭，就是慕生闹。莲莲说，你对不起我妈！慕生说，你给我妈起了誓呀！弄得三喜不知如何是好。慕生竟然用青砖砸外地女人孩子的头，外地女人没待下一天就带着孩子走了。三喜最后在队长面前说："队长哥，你以后再不要给我提找女人的事了。"

我乔三喜再说找女人，让路过的车把我轧死！"

莲莲学习好，毕业时班主任却没有推荐她上高中。不懂事的莲莲埋怨三喜没本事，只知道做庄稼活。随着年龄越来越大，女儿对三喜的态度越来越冷淡，有时进屋出门都不叫一声爸。三喜实在委屈，没办法，就跪在凤仙的坟前哭。慕生在学校不好好学习，爱逃课。有一次慕生两天没到学校去，老师找到家，这下可急坏了三喜，到处找慕生。三喜想，慕生要是有个三长两短，自己怎么给死去的凤仙交代？怎么给死去的慕生父亲交代？三喜寻遍了村前村后的沟沟岔岔，还寻到县城里的电影院，最后在慕生舅家找见了慕生。慕生的舅舅不但没有批评慕生，还把三喜骂了一顿，说三喜对慕生不好，三喜好说歹说才把慕生领回家里。三喜实在没办法，又到凤仙墓前哭了半夜。

慕生生性倔强，和同学打架，把人家孩子的头打破了，家长找三喜评理，三喜批评了慕生，慕生不但不听，还叫着三喜的名字骂："你不是我爸，你从我乔家滚出去！"气得三喜浑身乱颤，上前打了慕生一个耳光。慕生一边哭一边跑到舅家告状去了。慕生舅舅不问青红皂白，找上门要打三喜，多亏队长来了，才把事情摆平了。

莲莲出嫁的前一天，三喜领着莲莲到凤仙墓前烧了纸。三喜想起多年来为了履行给凤仙起的誓所受的种种酸甜苦辣，不由得放声大哭。莲莲也想起继父为抓养她姐弟受的艰辛，伤心地哭起来，觉得平时有点对不住继父。莲莲结婚后，经常回娘家帮父亲做饭、洗衣服，三喜心里也高兴了许多。

没几年，慕生也结婚了。三喜高兴地跑到凤仙墓前哭着说："凤仙，我对得起你了，我的任务完成了，我的心可以歇歇了！"慕生结婚不到一年，慕生媳妇月英提出要

和公公分开过，三喜觉得自己还不算太老，分开过也清闲，就同意了。又过了几年，生产队分田到户了，慕生媳妇月英也生了个男孩叫有志，全家人的地全靠三喜一个人耕种。地里打的粮食月英仅给三喜留够吃的，其余全装进自己的粮囤里。慕生从来不给父亲零花钱，三喜有时盐都买不起，更不用说花钱看病了。三喜的日子好像河里行舟，几天逆风，几天顺风，有时顺心，有时伤心，糊糊涂涂地过了几十年。身体也是几天好几天差，瞎瞎好好拖了几十年。三喜从一个二十几岁的猛牛小伙子走进乔家门，一年半死了凤仙的公公，不到三年死了凤仙，为了一句誓言，将近五十年没有沾过一次女人。为了乔家的两个孩子，为了乔家的日子，血熬干了，汗流完了，到现在被岁月摧残成一个七十多岁的老头子了。

　　前一时期，三喜的胃不停地疼，总感觉到吃的东西好像老在胃里放着。三喜给慕生和月英说了几次，想到医院检查一下，谁知月英说："七十多的人了，有啥检查的！胃疼是吃得多了，少吃一点就好了。"三喜没办法，拿着自己捡垃圾卖的钱，让当年的生产队长在医院找了个熟人，检查结果出来后，才知患了胃癌，不过是早期，动了手术还可以活六七年，甚至七八年。队长不敢把实情告诉三喜，回到家给慕生说了。谁知月英很快告诉公公说："你这病是看不好的病，动手术要花好几万，动了也只能活一两年。"三喜听了月英的话，一言不发，睡在炕上直流眼泪。巷里人知道后纷纷指责慕生和月英坏了良心。人们说："三喜为你姐弟俩吃尽了苦，一辈子没有结婚；老汉有病了，你们怕花钱等着人死！"

　　慕生的儿子乔有志，前些天参加了高考，高考分数公布了，超出一本分数线二十多分。月英高兴地拉着有志来到苹果园三喜跟前,月英说:"给你报个喜,你孙子有志考上大学了!"三喜高兴地拉住有志的手说:"我娃真有志气!"月英接住三喜的话头说:"你不要高兴得太早了,你孙子能不能上学还难说。"三喜和有志奇怪地看着月英,不知道月英葫芦里装的什么药。停了一会儿,月英说:"你孙子上大学每年要花一万三四,你动手术要花两三万。你晓得咱家没钱,给你动了手术你孙子就上不成学,你孙子上了学给你就动不成手术,你想想看怎么办,我们听你的。"三喜还没来得及回答月英的话,有志狠狠地瞪了母亲一眼说:"你咋能说出这样的话,我不上学了!"说着气呼呼地走了。三喜赶紧喊有志也没喊住,哭着对月英说:

"你为什么在娃面前说这样的话,你这不是逼娃吗?"

月英说:"有什么办法,我没钱。"

三喜说:"没钱咱想办法,娃的学要上呀!"

月英说:"想什么办法?你要动手术,娃要上学,四五万元我上哪儿借呢?"

三喜说:"我七十岁的人了,手术不动了,娃的大学一定要上!"

月英说:"那样村上人肯定骂我和慕生,我受不了。"

三喜说:"你给村上人说,这主意是我出的。"

月英说:"这可是你的主意,不能怪我们。"说完就急匆匆走了。

有志没有回家,跑到村南的金水沟口,坐到土埝上,望着金水沟发愣。金水沟是渭北第一大沟,从黄龙山延伸出来,一直到黄河岸边。清清的金水从黄龙山背后缓缓流出,弯弯曲曲流经一百多里路,最后流入黄河。有志的村子在金水沟北岸,有志跟着爷爷爸爸不知道上上下下翻过多少次金水沟。尤其是爷爷,经常领着有志到沟里割草、捡柴、开荒地，在河湾里拣石子、捉螃蟹、捞小虾。有志有一次不小心让石头划破了脚，爷爷背着他从沟底一直上到坡头，回到家，母亲埋怨爷爷没管好孙子，有志噘着小嘴不服气地对母亲说："不能怪爷爷，是我自己摔的。"爷爷没说话，笑着摸了摸有志的头走了。

从有志记事起，爸爸妈妈就和爷爷分开过日子，爷爷从地里回来，还要自己做饭，有时还要洗衣服。有志问过爸爸妈妈："为什么不让爷爷和咱们一起住，一起吃饭？"爸爸说："大人的事小孩子不要多问。"有志和妹妹小倩都爱吃爷爷做的饭，尽管爷爷饭桌上不是少辣子就是缺醋，兄妹俩总觉得爷爷做的饭香甜可口。有志和小倩有时把爷爷锅里的饭吃完了，爷爷只能喝汤。让有志最高兴的是每年春节的初一到初五，这五天爷爷可以不做饭，全家人能在一起吃饭。妈妈说："过年全家人要吃团圆饭。"其实"团圆饭"初一早晨只能吃一顿，其余的饭都是月英让有志端着饭送到爷爷的房间。有志嫌妈妈这样对待爷爷，妈妈总是说："大人的事小孩子不要管！"有志为了反对妈妈这样做，常常端着饭到爷爷屋里陪爷爷吃饭。

那一年冬天,有志已经上小学五年级，爷爷到沟里捡柴，摔到半沟里。有志放学后等不到爷爷回来，跑到沟里找爷爷。两个小时后才找到，爷爷已经摔得昏死过去了，头和脸上流着血，鞋都不见了，全身被枣刺划了好多血口子。有志爬到爷爷身上连哭带叫，等了一会儿，爷爷终于睁开眼睛，挣扎了几次也爬不起来。爷爷让有志回家去喊人，有志说："不，天黑了，你一个人躺在这儿怪害怕的，又站不起来，来只狼怎么办？"爷爷说："这么多年了哪里有狼，赶快回去喊人吧。"有志说："上星期我和同学下沟拾羊粪还看见狼屎呢。"有志不管爷爷怎么说，咬着牙背着爷爷往沟上爬。等到有志父亲领着人找到有志时,有志背着爷爷已经往上爬了二十多米,小脸小手被枣刺划了十几道口子,衣服也被划破了。

三喜这次摔到沟里,虽然都是些皮外伤,没有伤到骨头,不过七十岁的人了,哪里经得起这样折腾。他浑身发肿,全身疼痛,在炕上躺了十几天。这十几天里,可忙坏了小有志,每天两顿饭,有志先给爷爷送去,自己后吃。有志不是嫌妈妈给爷爷做的饭不好,就是嫌妈妈给爷爷盛的饭少,气得月英指着有志说:"真是蛮儿亲孙子!"有志晚上放学回到家亲自给爷爷烧炕,有一个晚上炕烧得过热,把褥子和席都烤焦了。晚上有志坐在爷爷的身边给爷爷擦伤换药,捶腿捶背,爷爷给有志讲《三国》、说列国,有志知道了许多历史故事和英雄人物,记得最深的是华佗给关羽"刮骨疗疾"的故事。

有志上初中的时候,三喜搬进了苹果园。有志家有四亩苹果园子,苹果才结果,那阵子还能卖上好价。县城北边的好多人靠种苹果致了富,盖了房,买了摩托车,手头上有了存款。县城东边和南边的人也开始栽苹果树,谁知道过了四五年,树长大了,果子挂多了,价格却下来了。先前一斤卖两元多,现在才值两毛钱。三喜一年四季守着苹果园,剪枝、施肥、除草、疏果、打芽,辛辛苦苦忙个不停,四亩苹果才能卖两千多元,除过成本,赚不到一千元。加之那几年繁重的农特税,逼得三喜园子里养的狗、喂的鸡,飞得飞,跳得跳,真是鸡飞狗跳墙。有志常常遇见爷爷和收费的人吵得脸红脖子粗。爷爷把卖苹果的钱全部交给母亲,一分给自己都不留。有志问妈妈为什么不给爷爷剩点钱。妈妈说:"傻孩子,现在学费越来越高,你和你妹妹将来都要上高中、上大学,现在不攒学费,往后拿什么供你们呢?"有志那时候也发现爸爸越来越忙了,常常出外干活打工,早出晚归,脸上的笑容消失了,从早到晚总是唉声叹气。慕生几次都要砍苹果园的树,月英舍不得,说能添一点是一点。三喜也不同意毁了苹果园,说打墙的板儿上下翻,做庄稼也和做人一样,红的时候想到黑,黑的时候想到红。有志和妹妹跟爷爷一样,都不同意毁苹果园,星期天有志和妹妹到苹果园可以捕蝴蝶,捉蚂蚱。果园种着西瓜、香瓜、西红柿、芝麻、南瓜,应有尽有,有志和妹妹可以随便吃。爷爷的果园里一年四季都有好东西吃,有志特别爱吃爷爷蒸的苹果片,爷爷说,吃了它可以开胃止咳。

有志再有一年就要考高中了,提前半月收了暑假,到学校去补课。慕生去了山西打工,月英到韩城摘花椒了,三喜病了,谁也不知道。有志星期六回到苹果园,才知道爷爷已经两天没吃饭了,睡在炕上动弹不得。有志跑到村上叫来医生,医生说是痢疾,人已经脱水了,再晚一天就没命了。有志跑到姑姑家去叫姑姑,结果姑姑也去韩城摘椒了。有志不管爷爷同意不同意,硬把爷爷拉回家,自己到学校请假。老师犹豫地说:"你明年要考高中,耽误了学习咋办?"有志哭着说:"我认为我爷爷的生命比我的学习更重要,我爷爷的病很重,要是我连他都不管,学习再好有什么用?"有志的话感动了老师,老师准了有志的假,还说:"你到学校后,我让代课老师给你补课。"后来语文老师把有志侍奉爷爷的事出了一道作文题叫《当爷爷生了病的时候》。有志的作文中有一段话是这样写的:

爷爷患了病,生命受到威胁。爸爸妈妈出外打工不在家,自己却因学习紧张不去侍奉爷爷,这是丧尽天良没有人性

的行为。爷爷为我们家辛辛苦苦了一辈子,羊羔懂得跪乳,乌鸦懂得反哺,我们做人的为什么不知道知恩图报呢!不知道知恩图报,学习再好有什么用?事干得再大,不知道孝敬爸爸妈妈,还不如回家卖红薯……

有志在家伺候了五天爷爷,爷爷的病好转了,能下炕了,他才去了学校。巷里的人都说:"三喜老汉好人一辈子,老了积了一个好孙子!"

有志上到高二时,妹妹也上了初中,学杂费不断上涨,有志家的日子更难了。慕生常年在山西打工,有时干一年活老板跑了,工钱也拿不到手。月英除了干地里的活,三天两头去城里供匠人,打短工,有时出砖、送砖,人累得瘦成了一把骨头。有志有时感到父母日子过得艰难,负担过重,小小年纪心里常常感到不安。艰难的家庭环境磨炼出有志一颗善良的心,也增强了有志努力学习、拼搏奋斗的意志。但有时也嫌妈妈对爷爷不关心,月英总是说:"不是妈妈铁石心肠,你们兄妹俩将来要花大钱呀,过日子不仔细些能行吗?世上的人都是往下亲。"有志听了妈妈的话,难过得流下了眼泪。"是呀,爷爷为了爸爸妈妈受尽了苦,一辈子都没再娶过女人。妈妈为了我们兄妹俩天天劳累,不知受了多少苦,但总不能为了下一代不管上一辈人呀!"

三喜已经是七十岁的人了,年轻时出尽了力,落下了满身的毛病,身体一天不如一天。有志早就劝爷爷从苹果园搬回家住,爷爷死活都不肯,总说:"苹果再不值钱,收几个总比不收强。"有志知道,爷爷的话虽是那样说,心里却是嫌住在家里母亲要唠唠叨叨。再是这几年,除过做地里和果园的活以外,爷爷还干起了捡垃圾的营生,如果捡的垃圾放在家里,母亲趁爷爷不在就卖了。爷爷把捡

的垃圾放在果园里，出入门都锁着，卖的钱，一分也舍不得花，除过平时给有志和妹妹零花外，其余的都攒着，到底能攒多少，谁也不知道。巷里人碰见有志说："好好上学，你爷爷攒的钱够你大学四年的全部费用！"

月英有点势利，其实人都是这样，何况农村一个没上多少学的妇女呢。月英知道公公是给孙子攒钱，慢慢也对公公好起来了，有时做了好饭，还自己给公公送去。有志上高三时，月英给公公送了一个冬天的饭。月英给儿子做了一床新花被子，也给公公做了一床。谁知星期天有志给爷爷送饭时，摸着爷爷的被子比自己的薄，立即到学校拿来自己的被子换给爷爷。爷爷碰见村里的人就高兴地说："我能活到一百岁，我要为孙子活着！"

太阳偏西了，有志坐在沟边土埝上，中午饭也没有吃，一点都不觉得饿。有志想起初中时写的那篇作文，泪如雨下，自己太自私了，母亲为什么要逼爷爷做出这样的选择呢？有志恨母亲，恨大学高学费压在天下无数农民的头上，天底下多少农民为了供儿女上大学陷入困境，无法自拔，甚至被逼得走上绝路！有志恨苍天为什么将病痛灾难降落在当了一辈子好人的爷爷身上。母亲叫了有志几次，有志都没有回家。母亲含着眼泪对有志说："有志，你不要埋怨妈妈，妈妈还不是为了你呀！""你也太自私了！"月英听儿子说自己自私，心像被针刺了一下，放声大哭起来。哭了好一阵子说："天底下哪有父母对儿女自私的呀！"月英越哭越伤心，声音越哭越大。有志觉得自己刚才对母亲说的话有点过重了，忙抱住母亲的肩头说："妈！我说的不是这个意思，怪儿子不会说话。"说着说着，有志也哭了。

小倩扶着爷爷来了。爷爷说:"有志,凡事怪人要有个理由,你咋能怪你妈呀?你妈也是为你好,你看你爸你妈累成啥样子了?走,先回去,天大的事到家里再说。"

回到家,有志还是为给爷爷动手术的事和爸爸妈妈争论不休。爷爷最后说:"不说了,我动手术的事放到今年后季,现在天气热,听人说夏天伤口爱化脓,还是先筹办有志的学费吧。"

这个暑假,有志在苹果园里陪着爷爷一起干园子里的活,一起捡垃圾,一起吃饭,一起睡觉。有一天晚上,有志回家给母亲说:"妈,我提一个条件,我走后必须让我爷爷搬回家住。七十岁的人了,有个三长两短,你们也能照应。"母亲满碟子满碗答应了。

有志第二天就要去西安报名了,慕生也从山西赶回来,总共才给儿子带了一千元学费。打了半年工,向老板要不下工钱,老板还有理地说,政府各单位吃了饭都打白条,要款时有的干部还说,能吃你的饭是看得起你,单位欠你的款越多,说明你的身份越高,结交的官员越多。要不下钱,我也没钱给你们发工资!慕生最后好说歹说才要了一千元。三喜看见慕生委屈的样子说:"不要说了,现在天下不讲理的人多着呢!"说完话,弯着腰,从自己的炕道里摸了好一会儿,摸出一个裹得严严实实的塑料袋,里面装了一沓钱。三喜把钱交给月英说:"这是我给有志准备的几千元,娃走时要想办法多带点钱,不要让娃在外边作难。"

晚上,有志陪着爷爷坐在果园前的一片空地上,小倩也来了。爷爷拿出给有志和小倩藏的西瓜,切开给他们吃。吃完瓜小倩还要吃梨,爷爷说:"明天你哥要上学去,今晚我们不能吃梨。"爷爷站起身到葡萄架下摘了两串葡萄,

给有志和小倩说:"葡萄虽然还不熟,有点酸,可葡萄却是一种多籽(子)多福的富贵果呀!"爷爷又给有志和小倩讲起了"头悬梁,锥刺股"的故事,还讲了"孟母择邻"的故事。爷爷还给有志说:"以后做人要像三国的关老爷那样,待人要讲信义。"当讲到诸葛亮时,爷爷竟然说出了诸葛亮的"鞠躬尽瘁,死而后已"八个字。有志吃惊地张大了嘴。有志看着爬在树枝上的月亮,又看着爷爷自言自语地说:"是呀,爷爷身上沾的泥土是那样多,可他的心却像天上的月亮一样亮!"

第二天天刚亮,三喜早早地回到家,取出珍藏了将近五十年的有志奶奶凤仙的遗像,让有志跪到像前。三喜说:"慕生妈,你的孙子要上大学了,临走时给你道个别,你要保佑咱乔家的根呀!"说罢扭头又对有志说:"来,给你奶奶磕三个头。"有志抽泣着给奶奶磕了三个头,又给爷爷磕了三个头,忍不住大声哭起来。小倩和月英哭了,慕生也哭了,全家人哭成了一团。

全家人把有志送到村头,有志不让爷爷和小倩往前走了,他一再叮咛妹妹照顾好爷爷。慕生和月英帮有志提着行李,到村西边公路上等车。有志不停地回望着向爷爷招手,爷爷拄着小倩的肩头,举起榆树皮般粗糙的手向孙子摆动着,摆动着……

有志上了四年大学,三喜每年开学时都要给有志几千元钱。三喜的生活与先前没有多大的改变,天凉了搬回家,天热了又搬到苹果园。慕生常年在外面打工,月英还和以前一样,干完田里的活就进城打短工,为了给两个孩子挣学费,月英比以前更苦更累了。月英对三喜比以前好多了,月英在家时,从来不让三喜做饭,有时还把鸡下的蛋蒸成蛋羹给三喜吃。三喜每天拄着一根棍子,照样到处跑着捡垃圾。三喜对人说:"我捡的不是垃圾,是给孙子捡铺路的金子!"三喜每年给有志钱时,有志心里总是沉甸甸的,推着不要。三喜抓住有志的手硬是把钱塞到他手里说:"孩子,拿着吧,爷爷这条老黄牛拉了一辈子车,车上总是空荡荡的。这次车上装了一块金子,爷爷这条老黄牛总算没白拉一辈子车!爷爷感激你都来不及呢!"有志听了爷爷的话,心里更加难受,对妈说:"妈,我毕业以后,一定要好好服侍爷爷。"月英点了点头,哭了。

有志有时心里想,爷爷的胃癌是不是医院诊断错了,四年了,为什么爷爷还是照样好好的,只是吃一点消化止痛药,爷爷患的是不是慢性胃炎呢?但愿老天爷保佑,爷爷患的不是胃癌。有志想到毕业后的第一件事,是给爷爷治病。

是胃癌不是胃癌三喜心里最明白。三喜明显感到身体状况一天不如一天,有时候胃疼起来,头上的汗珠像豆子一样大往下淌。三喜知道自己在世的日子不多了,为了供孙子上学,他照样每天坚持捡垃圾,能卖几个钱就给孙子添几个钱。也不知道上天是可怜有志还是被三喜的精神感动了,三喜仍然活在世上,看样子还活得好好的。三喜为了孙子的学费,挣扎着捡垃圾;为了孙子的学费,挣扎着活着。

有志大学毕业后,在西安找到了工作。有志到单位报到完,立即回家看望爷爷,一路上净想着给爷爷治病的事。谁知道一进门,见爷爷瘫在床上,母亲说,爷爷躺在床上已经有两个月了。有志看到爷爷骨瘦如柴的样子,抱着爷爷痛哭。母亲又给有志说:"你爷爷从前年开始腿就疼,有时候疼得站不起来,当时谁也没在意,两个月前的一天,我到果园给你爷爷送饭,他就成了这个样子。我拉着你爷

爷到城里医院检查,医生说,因为长期住在苹果园,患了风湿病,这么大年龄的人了,要重新站起来恐怕不行了,况且人已瘦成了这个样子,开点药,回去休息,听天由命吧。"有志听了母亲的话,难过地哭了半夜。第二天拉着爷爷去了县城医院,给爷爷做了B超检查。医生告诉有志,"你爷爷的胃癌到了晚期,不能做手术了,腿也站不起来了,顶多能活半年。"医生又说:"老人患癌症没做手术活了四年多,这已经是奇迹了。"

有志把爷爷拉回家,看着爷爷吃了中午饭,喝了药,从家里走出来。7月的太阳火辣辣的,烤得大地热烘烘的。高速路上的车辆也怕热似的躲了起来,好长时间也看不到一辆车跑。村南几家的棉花地里,有六七个妇女在打棉花顶。村头通往县城的土路上,有四个人拉着两辆人力车,装着砖,往前艰难地爬着。有志心想,这些人家里是否也供养着大学生?天下的父母为什么都是这样,为了儿女的成长,为了儿女的前程,为了儿女的幸福,不顾死活地苦干着,一直干到死。我们这些在小学就读着"锄禾日当午,汗滴禾下土"的诗句成长起来的大学生,是不是能牢记父母昔日的艰辛、往日的苦难?能不能好好地回报这些为儿女做牛马的父母呢?有志走着想着,不知不觉来到金水沟边,坐到埝头的柿子树下。沟边不规则的梯田上长满了柿子树,树上挂的青柿子一串一串的。有志记得小时候柿子熟了,满沟坡的红柿子红叶。爷爷领着他摘柿子,柿子树枝脆容易断,可爷爷像猴子一样在树上蹿来蹿去,不一会儿,一树的柿子就摘光了。不过一棵树上总要留十几个柿子,爷爷说这是"天食",供鸟儿吃。有志最爱看爷爷削柿子做柿饼,一刀子过去,一个柿子的皮就被削完了,从不断皮,皮也削得薄,不伤果肉。爷爷晒的柿饼既白又软,卖的都是好价钱。不过他从来不让有志和小倩多吃柿饼，不是舍不得，而是说"柿饼吃多了爱咳嗽"。有志想着想着，嘴里边竟嚼出爷爷晒的柿饼味来，有志狠狠地咽了一下唾沫，看着满沟坡的柿子树又出神了。柿子树都长在坡头、路边、地边，长在平地上的很少。没有人给它们施肥、浇水，也没有人给它们剪枝喷药，可它们到时候该发芽发芽，该结果结果，也不分个大年小年，年年把红艳艳的果实奉献给人们。柿子树不知道索取，只知道回报。有志想，我们这些做儿女的，为什么只知道索取，不知道回报呢？爷爷为了孙子上大学，不去治自己的病；为了孙子的幸福，自己却选择了死亡。爷爷让孙子身上长出幸福的翅膀，自己的肉却干瘪完了，骨头断了也不顾。爷爷真是一条老黄牛，为儿孙拉了一辈子套绳；爷爷就像沟坡上的柿子树，从来不索取，只知道付出。

西北方向的梁山涌云了，不一会儿，乌云满天，电闪雷鸣，豌豆大的雨点倾盆而下。有志离开柿子树，让雨水往自己身上浇灌着，大雨冲刷着空气中的污浊，冲刷着大地上的污垢，冲刷着柿子树上的尘土。暴雨过后，西天出现了彩虹，空气更清新了，大地上的庄稼绿油油的，柿子树郁郁葱葱显得更加挺拔了。

有志回到单位，心情一直不好，心里老惦记着爷爷的事。第一月工资下来，有志给爷爷买了一辆轮椅，星期六送到家里，下午推着爷爷在县城转了一圈，还给爷爷买了一身新衣服。第二月工资发下来，有志星期五下午赶回家，第二天硬把爷爷背着上了长途车，来到了西安……

爷爷好不容易吃了少半碗羊肉泡，一边吃一边给有志说："好娃哩，我已经是快死的人了，再不要在我身上花钱了。爷爷再捡不成垃圾了，你妹妹明年也要上大学了，

你爸你妈不容易,你妹妹上大学的事,爷爷就指望你了。"

有志点了点头,背着爷爷,和妈妈一起向钟楼走去。

父亲给儿子没有寄出去的七封信

儿子、儿媳、孙子一家三口春节去华南五市旅游,这已经是第三年春节旅游了。除夕之夜,七十多岁的父母老脸对老脸,泪眼对泪眼,盼着儿子的电话。等了再等,一直等到午夜的钟声响了,电话铃骤然响起,母亲激动地拿起话筒,却不是儿子,母亲放声哭了……从除夕到初七,两颗凄凉苍老的心随着儿子一家三口在旅游、在流泪、在诉说……

琪儿:

今天是除夕,家家都在贴对联、鸣鞭炮、吃团圆饭,而咱们家已经是第三年除夕不团圆了。前年的除夕之夜,你和媳妇、孩子三口在云南昆明度过,去年你一家三口在海南度过,今年的除夕你们又在南京过了。过春节旅游,既游览了祖国的山河,增加了知识,丰富了阅历,又使你们的生活显得丰富多彩,你们做儿女的真幸福。但你们想没想过,一对年近七十的老人在除夕之夜,面对孤灯思绪万千,怎样熬过这一岁连两年的漫漫长夜?琪儿,你们不在,你母亲照样用祖传的红漆皮木盘子,盛上几样果子,核桃、红枣、落花

生、柿饼、棋子豆、油炸花花，还有你妈用砂锅在炕洞里热的"忍柿"。这些都是你爱吃的。你小时候咱家穷，除过柿子和枣，别的东西你都吃不到。后来日子过得好了，我也从民办教师转为公办，每年除夕之夜，你母亲总是要把果盘放得满满的。你上初中、高中，上大学一直到毕业，工作了十年，你母亲年年都放着这样的果盘。你说过，咱们家的果盘和城里你岳母家的果盘不一样，你爱吃你妈妈的果盘。记得你那一年在一家小报上发表的一首小诗《城里人和乡里人的果盘》吗？

> 回到乡村，妈妈端上了她的果盘：
> 核桃、枣儿、落花生，
> 油炸的软糜子角角和油炸花花，
> 柿子皮里夹着软软的柿饼，
> 还有那香甜的棋子豆；
> 至今嚼起来回味无穷……
> 来到城市里岳母端来她的果盘：
> 北京果脯，各种奶糖，还有牛肉松，
> 美国的柚子，泰国的杧果，进口的苹果又大又红，
> 又白又干的进口人参果，
> 硌得我满嘴老牙根在疼。
> 我爱吃乡下妈妈的果盘，
> 果盘里有着深深的乡情……

果盘已经摆了三年，不见你和媳妇、孩子的影子，你母亲流着眼泪想你们。为了增加节日的气氛，我特意把电视机的音量调大，说真话，春节晚会到底演的什么节目，我都不知道。我坐在沙发上计算着你们的行程，

我和你母亲是"每逢佳节倍思亲",你们有没有"独在异乡为异客"的凄凉呢?你是写诗的,我想你这会儿一定会朗诵着苏轼的"但愿人长久,千里共婵娟"的诗句为你的父母亲祝福吧?

你母亲几次催我给你们打电话,我几次提起话筒又放下,我期盼着能听到你对我和你母亲的问候,但你却没有。你母亲自我安慰地说:"孩子一定正在看'春晚'呢,或者在路上。"等了一会儿还是等不来电话,你母亲又说:"可能那儿的电话信号不好,打不过来。"她不停地催我试着给你们拨电话,我几次拿起话筒,想了想还是放下来。

午夜12时,钟声刚敲响,电话铃骤然响了。我忙提起话筒,没等电话里说话,我先叫了声:"琪儿!"你母亲赶忙从炕上下来,走到电话机旁,抢过话筒叫着:"琪儿,妈想你想疯了。"谁知电话里传来了你二姐的拜年声,你二姐还逗笑地抢白了你妈几句:"你只记得你琪儿,你琪儿早把你忘了!"我和你二姐高兴地聊了几句,刚放下话筒,电话铃又响了。我拿起电话筒,心不停地跳。我还没说话,你妈抢先说,准是琪儿,结果是你大姐打来的。你大姐和你二姐家在农村,每年除夕不习惯打电话拜年,也可能是你们三年没回家,你两个姐姐这三年都打电话拜年。她们知道,每过一个节日,父母最想听到不在身边的儿子的声音,特别是春节。咱们这儿的风俗,出嫁了的女子不能在娘家过年,你两个姐姐只好电话拜年了。我和你母亲都屏着气守在电话机旁,一直等到12点半,还是没有等到你的电话。你母亲又催我给你打电话,我犹豫再三,还是不肯,你母亲埋怨我:"儿子重要还是规矩重要?"说着,自己便拿起话筒给你拨电话。你知道,你母亲不识字,谁的电话号码都记不准,唯独把你的手机和你家里的电话号码倒背如流。电话拨了过去，话筒里传来"对不起，您所拨打的用户已关机"。你母亲怀疑自己号码是否拨错了，又一个字一个字地拨，一连拨了五次都是"对不起，您所拨打的用户已关机"。

我和你母亲流泪了，你母亲竟然哭出了声。

春节晚会已经结束了，我和你母亲都没有睡意，老脸对老脸，泪眼对泪眼，在炕上坐着，果盘里一个果子也没动。我拿出砂锅里烤热的柿子递给你母亲一个说："吃个'忍柿'，忍忍心里的火吧。"你母亲看看砂锅里的柿子，哭着说："我忍了三年了，我想儿想得实在忍不住了！"

去年除夕，你在海南岛的天涯海角，午夜12时给你母亲打电话，你母亲不成腔不成调地在电话里唱起了《常回家看看》……唱得你在电话里哭了。哭有什么用呢？哭时想起了我们，哭后又忘了。你母亲这时又唱起了《常回家看看》：

> 找点空闲，找点时间，
> 领着孩子，常回家看看，
> 带上笑容，带上祝愿，
> 陪同爱人，常回家看看……

你母亲不是在唱歌而是在说歌，倾声倾情地说，声泪俱下地说。

祝儿常祺！

父　除夕之夜

琪儿：

正月初一早晨9时，你的电话来了，我还没说几句，你母亲抢过话筒给你叮咛，给你媳妇叮咛。听到孙子在话筒里叫奶奶时，你母亲热泪横流，声音发抖得不会说话，只会"哎！哎！"昨晚上想的怨气话早已忘得一干二净。放下话筒后我埋怨你母亲不让我和你对话，你母亲说："你的样样行行就是多，正月初一早晨批评儿子，儿子旅游都没有好心情！"

除夕晚上，你母亲包了两样饺子，一种是大肉馅，一种是萝卜馅。你媳妇不吃大肉饺子，萝卜饺子里包着"福钱"。你母亲说"福钱"一定要让你们吃，我们老了，吃到"福钱"有什么用呢？你们春节不回家，你母亲坚持把包好的饺子放到初六吃。我算了算，你媳妇已经八年没回家了，孩子也有六年没回家了，你也有三年没回家了。记得三年前，你是腊月二十九回到家。正月初一你母亲煮好了饺子叫你吃饭，你拿着手机话说不完。通完电话，你母亲问你给谁打电话，有什么大事说不完的话！你说："再有谁，儿子呗。"你母亲说："才回家两天就想儿子了？"你说："不但想，而且想得很。"你母亲把碗往桌子上一放，瞪了你一眼，把你的头轻轻拍了一下说："你隔了两天都想你儿子，我儿子三年没回家，我这个当妈的想不想儿子？"琪儿，人常说，要知父母恩，怀里抱子孙。你现在已为人父了，你现在如何对待你儿子，你父母当年就是如何对待你的啊！

琪儿，早饭还没有吃完，巷里的人还有外巷的人像流水一样涌到家里拜年问平安。有和我们是同辈的，有叫叔叫婶子的，有叫爷爷奶奶的。正月初一人们习惯相互串个门，小字辈到长字辈家里问个好拜个年，互相祝个福，道个平安。我和你母亲一会儿倒茶，一会儿递烟，忙个不停。果盘里

的果子拾了几次都吃光了，我望着一次又一次空了的果盘，心想，东西还是要有人吃呀，有人吃果子这屋子里才有生气。假使摆满果子没有人吃，这年就过得没意思了。来人不停地问我："琪儿咋没回来？""琪儿的孩子多大了？""琪儿的媳妇是城市里的人，不愿意回农村的家吗？"你一言我一语问得我和你母亲无言以对，面红耳赤。你的同学王刚从东北赶回家过年，王刚每年回到家都要到咱家看我和你母亲，今年又没有见上你，王刚埋怨我说："琪儿太不讲孝道了，你应该管管！"琪儿，你知道吗？我和你母亲看到别人家的孩子领着媳妇和孩子回家过春节，看望自己的父母，我们会是怎样的心情？我的心在流泪，你母亲流的不是泪，而是血！

　　琪儿，也许你们正在游览南京的夫子庙。你是个从事文学创作的人，更应该知道孔夫子以孝治天下。孔夫子说过："夫孝，天之理也，地之义也，人之行也。"一个想干事的人，不懂得孝敬自己的父母，就不可能修身齐家治国平天下。我不是提倡儒家的"父母在，不远游"，我只想让你知道，感情上不要冷落父母！父母对儿子没有任何苛求，儿子在父母面前说一句贴心话胜过给万两黄金。琪儿，旅游不是单单看景而已，需要懂得人与自然天地合一的道理。要触景生情，感悟历史，感悟大自然，大自然不但能开阔人的视角，更能陶冶人的情操。

　　吃午饭了。咱们家乡的风俗，正月初一的午饭是一顿大团圆饭，是一个吉（鸡）庆有余（鱼）的饭，是一顿红红火火的"全家福"。你母亲做的和往年一样，九个凉菜，四肉四菜，中间一个"全家福"盘子；三道酒菜，鸡、鱼、八宝米；饭菜是全家福火锅和六碗菜。过去这是富人家的年饭，普通人家菜样样虽然凑齐了，鸡呀鱼呀的是不会有的。

这几年改革开放了,国家免征农业税了,农民手里也有钱了,过年的气氛比"农业学大寨"那阵儿浓得多了。记得你刚结婚那年,你两个外甥也在咱家过年,你妈做的饭没有现在丰盛,一家六口围在桌子上,吃菜呀,喝酒呀。你妈不停地往你媳妇碗里夹菜,多热闹!三年来,你母亲做的年饭更丰盛了,可是吃饭的人却只有我和你母亲!我对你母亲说:"琪儿不在,你少做些饭,够咱俩吃就行了。"你母亲说:"琪儿人不在家,他的心在家,影子在家。"你母亲年年照样在桌子上摆着你们三口人用的筷子和酒杯,看物如看人呀!吃饭的时候,你母亲总要唠唠叨叨地说琪儿爱吃这个,孙子爱吃那个,有时竟然夹着你爱吃的菜放到你的盘子里,饭菜都凉了,你母亲才想起自己吃。有时我真不敢相信,人间的母爱为什么是这样深沉,这样专注,爱得又那么全面,那样细心!能看到的地方,能想到的地方,一丝一毫都不放过。

正月初一午饭的收场戏是吃"满家馄饨"。自你结婚有了孩子以后,你母亲每年蒸七个"满家馄饨",按家乡的风俗,还有你两个姐姐的。七个馄饨里有一个里面包着"福钱",谁能吃到"福钱"谁就有福。咱们家乡的风俗,过春节共有五次饭食里包"福钱",正月初一早饭吃饺子,午饭吃"满家馄饨";正月初五早晨吃蒸饺,正月初七吃馄饨,正月十五吃蒸饺。每次包的"福钱",你母亲总希望你能吃到。记得你考上大学第一年春节放假回家,五次"福钱"都让你吃到了,你母亲高兴得高血压都差点犯了。你母亲逢人说,我儿子连得五福,将来必定大福大贵!那几年你回家过年,走时总带着你母亲给你媳妇和孩子蒸的"满家馄饨"。前年和去年有顺人给你们捎去了,今年没有人捎,你妈一边吃饭一边发愁。我没吃几口菜,一个劲地喝闷酒,后来醉了,醒来时,你母亲说我嘴里还念着什么诗。我回忆了半天,

终于想起来是我那年过六十岁生日你写的几句诗：

> 父亲是儿女的上天梯
> 父亲是儿女的拉车牛
> 父亲的胸脯是儿女的避风墙
> 父亲是儿女人生的航行舟
> 父亲的眼泪为着儿女流
> 父亲的身影随着儿女天涯走
> 十月的柿子红了个透
> 父亲啊夜夜梦中把儿女候

祝儿常祺！

父 正月初一

琪儿：

昨天晚上你打来电话说，今天你们要去苏州。苏州有个寒山寺，唐代诗人张继那首广为流传的《枫桥夜泊》，描写姑苏城外寒山寺的夜景。诗人客居他乡，夜半闻钟声难以成眠，或许也是为思乡思亲而煎熬吧？你们的心境肯定不同于古人，你们可能正在寺中品茗、闲谈、登楼、赋诗，凭栏留影，摇桨击水。说句真话，我和你母亲虽身在故居，心却随儿到千里之外，两行浊泪对灯，愁上加愁；两颗思儿之心，痛上加痛。

今天是初二，我和你母亲要到你外婆家给你外婆拜年。我们年轻时，正月初三领着你兄妹仨给你外公和外婆拜年，那时是女婿给丈人、丈母拜年，现在改成初二了，是外孙子给外公外婆拜年。你外婆家离咱家有五里路，那时候全家五口人步行,你最小,快到你外婆家了,还常常哭闹着不愿意自己走路,我不是背着你就是用脖子架着你。你外公已经去世多年了,你外婆也八十八岁了。尽管我们也都是快七十岁的人了,可在你外婆面前还是晚辈,过春节总得给她老人家拜个年吧,何况你们几年都不在家。

　　你外婆的眼睛已经看不见了,耳朵却很灵,我和你母亲走到院子还没说话,你外婆就拄着拐杖从屋里走出来,大着嗓门喊你母亲的名字说:"花儿,我知道你们来了。"一个"花儿"叫得我和你母亲全身都热了。一个八十八岁的老母亲还在心疼着自己快要七十岁的女儿。你外婆管你母亲叫"花儿",你母亲管你叫"琪儿",你管你儿子叫"冰儿",三代人享受着三代母爱的温馨,这母爱是多么厚重和伟大呀!琪儿,记得你外婆的红肚兜吗?你外婆红的肚兜里经常装着你爱吃的棋子豆。那时咱家的劳力多、地少,每年粮食都不够吃,哪有麦面给你炒棋子豆呢!你外婆经常炒好棋子豆,让你舅舅给你送来。有一天你母亲给生产队出牲口圈,你舅舅送棋子豆来了。你放学回家到饲养室找你母亲,你母亲把棋子豆交给你让带回家。你看见了棋子豆,高兴得跳起来,一不小心栽倒了,棋子豆撒了一地,你边拾棋子豆边往嘴里塞,也不管沾上牛粪了没有,狼吞虎咽,显得香甜无比。你母亲回到家,你坐在地上哭。原来你在脸盆里洗棋子豆上沾的牛粪,将棋子豆泡成了糊糊,和牛粪搅在一起,不能吃了。多可惜的棋子豆呀!你母亲见你伤心的样子,利用吃饭时间去了一趟你外婆家,第二天你外婆又捎来了炒好的棋子豆。琪儿,你从小最爱到你外婆家,你外公当年爱种西瓜,西瓜熟了,你天天跟在你外公屁股后面闹着要吃西瓜,晒的瓜子你也要全部带回家。你记得瓜地种的向日葵吗?不等葵花籽熟你就剥光了。你

外公去世的时候，你在大学里读书，家里人怕耽误你的学习，没有通知你，放假回家，你跪在你外公墓前哭得起不来。你外婆现在还在，算一算，你有几年没回家看你外婆了？三年前你腊月二十九回到家，本来咱们说好初二一起去你外婆家，等到正月初二你却和一个同学去了韩城，初三你们同学聚会，初四你走了。你外婆不见你，让你舅舅把炒好的棋子豆送来。你舅也是六十多岁的人了，回家路上摔了一跤起不来，在炕上躺了好几天。

你外婆不停地问你母亲，琪儿怎么几年都没有回家？难道旅游就那么重要吗？游地方比看父母都重要吗？你外婆虽然埋怨你，却不停地问你媳妇，问你孩子，问你的工作，问你的吃饭，问你挣的钱够不够花。你外婆告诫我："你的退休金够你们花了，不准向琪儿要钱。"还给我说，让我和你母亲省着花，攒点钱给你们捎去，说你在外不容易。你外婆内疚地说："好几年没见重外孙子了，也没给添岁钱，见了面全部补上。"琪儿，你外婆这样想你们，不知道你们想她老人家不想？我和你母亲辞别她老人家时，你外婆显得恋恋不舍。人老了总希望儿女们在自己身边多待一会儿，多说几句话。你外婆取出一袋棋子豆给了你母亲说："这是我特意给琪儿炒的，我担心琪儿在外边待的时间长了，不爱吃过去那种老炒法炒的棋子豆，专门给里面加了几个鸡蛋，这样炒的棋子豆酥。不过我现在眼睛看不见，炒下的棋子豆娃娃们不一定爱吃，好吃不好吃也是这个瞎子外婆的一点心意啊！"说完，两滴泪水从深陷的眼眶里落了下来。

在回家的路上，你母亲感慨地说："母亲那么大岁数的人了，见了我这个快七十岁的女儿总有说不完的话。我这个快七十岁的女儿见了快九十岁的老母亲，心里也顿时觉得有了主心骨。母亲永远是儿女们的靠山呀！"

到了家里，我看着你外婆给你拿的棋子豆，想起了一件事。记得你第一次准备春节旅游，年前回家送了一些年货。你母亲特意给你炒了一袋棋子豆让你带着路上吃。你说，不拿了，重的，再说这几年已经不爱吃那东西了！你母亲说："你不吃让孩子吃。"你说："孩子才不爱吃家里炒的棋子豆，上次你拿的棋子豆孩子不吃，还说老家的棋子豆上边沾着土，没有商店买的棋子豆干净。"

琪儿，你是有较高文化修养的人，为什么能说出这样的话？你走后你母亲哭了几天，说你变了！一个土生土长的孩子，父母用血汗灌养长大，孩子离开本土，走进了大城市，几天工夫就嫌弃乡土了！这叫作忘本呀！琪儿，再伟大的人都不能忘记他的故土！艾青写的《我爱这土地》那首诗你应该读过吧：

……
为什么我的眼里常含泪水
因为我对这土地爱得深沉
……

祝儿常祺！

父 正月初一晚

琪儿：

今天是正月初三，每年正月初三是咱家最忙活的一天，也是最热闹的一天。今天你两个姐姐回家拜年，还有你母亲的干女儿也来给我和你母亲拜年。你昨天晚上没有打电话，算行程，你们今天该到上海了吧？

中午不到12时，该来的人都陆陆续续到齐了。平时只有两个老人的家，一下子添了十一口人，热闹极了。我和你母亲忙前忙后，摸摸这个孩子，逗逗那个孩子，一点都不觉得累。一个家庭就是热闹孩子啊，遗憾的是你们三口不在家。

你母亲的干女儿是吃你母亲的奶长大的，经常到咱家看望我们。这几年她和丈夫一起到北京打工，不到一个月打一次电话问候我们。春节回家给我们带来许多北京果脯和北京食品，更重要的是她经常教育孩子说："你奶奶虽然不是我的亲妈，感情却胜过亲妈，长大以后一定要记住这个奶奶。"琪儿，一个没上过几天学的打工妹，能说出这样感动人的话来，不知道你们是怎样想的？

吃午饭了，大人小孩热热闹闹围了两大桌，刚要吃饭，我担心的事终于发生了。你大姐心直口快，不省事，拿起电话不管三七二十一在电话中训斥了你一顿："琪儿，除过你媳妇和孩子，你再认谁？你把大学白念了！"听得出来，你在电话中支支吾吾，无言以对。你母亲埋怨你大姐说话不留情面，你大姐说你母亲老护着你，随后你大姐又说："琪儿媳妇更不像话哩！从来不回家，到了家里谁也不叫，不打招呼，好像自己是皇帝的女儿！"琪儿，你大姐批评得对呀！你媳妇是有点不好，从来没有考虑到自己是这个家庭的一员，从来没有把自己融入这个家庭中去，总是把自己和这个家剥离开来。当初我和你母亲的意见想让你找个农村出身的姑娘，城市的孩子和农村家庭感情上总是隔着一层膜。虽然做了出身农村家庭孩子的媳妇，但往往看不起农村的父母。这也难怪，根源在于多年商品粮户口和农村粮户口的差异，城乡的差异。这几年舞台上表演的小品,不是把农民演成傻瓜,就是演成骗子,极大丑化了农民。你曾经用当今大学生最流行的一句话给我们说:"不要紧,媳妇不好,咱们可以重新选择,妈妈只有一个,是不能选择的。"你妈听了你的这句话,高兴得几天没合眼,逢人就说有个孝顺的儿子。但事实又是什么呢?你们结婚十一年了,你媳妇只回过两次家,第一次在家里住了五天,第二次在家里住了两个晚上,一个晚上还住在县城宾馆。结婚这么多年了,你媳妇勉强叫了我两次爸,和你母亲说话从来都是冒搭话,这能叫媳妇吗?你媳妇要生孩子了,你妈高兴得提前几个月织好尿布做好婴儿穿的衣服。你媳妇临产前五六天你妈到了你们那儿,可是你媳妇不让你妈侍候她,说是生活习惯不一样,语言不通,有她娘家妈侍候,你母亲哭着回来了。你媳妇几次出差,你母亲被接过去给你们管孩子做饭、打扫卫生,除过当了几次保姆在你那儿住过一段,你几时还说过要接你母亲到你那儿住呢?至于我更没有这个福分了。这些委屈你母亲只能往肚里咽,在人前总是夸儿子,夸媳妇,家丑不可外扬啊!

你媳妇两次过年回家,都是睡到吃早饭才起来,从不进厨房。你姐姐到咱家拜年,帮着你母亲干活,你媳妇坐在房子里不是看电视,就是看书。你知道不知道,过春节是你母亲最忙活的几天,用俗话说,你母亲恨不得把她的心炒着让儿子吃了。再忙再累,一天到晚都乐滋滋的,梦里边都在给你们做好吃的。你大学毕业那阵,过春节还帮着你母亲做饭、扫地,这几年也懒了,也不知道是你身子变懒了,还是感情变得淡了。你知道不知道,每年春节过后,你们一走,你母亲要躺在炕上休息好几天,即便这样,她还是希望你们年年春节回来,给你们做好吃的。

琪儿,你实在对不起你的两个姐姐。你上学时,你两

个姐姐在家劳动，出外打工。她们为你的大学之路不知道铺了多少石子，流了多少汗。尽管受了苦，但她们为有一个大学生弟弟而自豪。咱家过去穷，你大姐初中没毕业就停了学。十几岁的女孩子，不但在家里要照管你，还要干与她年龄不相符的农活。你上小学时每月要穿一双布鞋，都是你一个未成年的姐姐一针一线地纳，一针一线地缝。你二姐初中毕业后和你大姐一块出外打工，她们省吃俭用捎钱回来供你上高中，上大学。她们两个人心里都有一个坚定的信念：弟弟为全家人争了光，是一个名牌大学的高才生。你结婚不长时间，你两个姐姐高兴地到你工作的城市看你们，你媳妇虽然没有赶她们出门，那冷言冷语的面孔却拒人于千里之外，你姐姐没站住脚就走了。后来你一个人赶到火车站再三挽留，两个姐姐还有什么勇气再跨进你们的家门呢？你媳妇回到家见了所有的人都寡言少语，说她不爱说话吧，为什么和你和孩子却会嘻嘻哈哈，有说有笑，说起话来滔滔不绝呢？

　　琪儿，你可能认为这都是小事，但我认为这是大事。作为儿媳，她是家庭下一代的掌门人，在家庭的地位举足轻重，她将来在家里的位置和你母亲现在在家的位置是一样的。一个和家里人在感情上两层皮的儿媳，我如何放心把这个家交给她呢？你们将来也会有儿媳妇，你们的儿媳妇如果对待你们也是这样，你们会怎样想？人常说，血浓于水，为什么才几天，这种父子间、母子间、姐弟间浓浓的血缘亲情却被城市和乡村的差异冲得淡淡如水呢？

　　你的两个姐姐回家了，你母亲的干女儿也回家了。儿大离父，女大离娘，这是人之常情，过年过节回家看望父母也是人之常情。你母亲望着空荡荡的家又念叨着你，不知你想她没有。我想你们一家三口可能正漫步在华灯初上的上海外滩，你们为那眼前的繁华景象所迷醉。你想到过往年家里正月初三的情景没有？想到过你的两个姐姐没有？想到过你的外甥没有？假使想到了，你的心里有何感想？尽管相隔千里，我似乎看见了你们。我和你母亲落泪了。从古至今，父母和儿女十指连心，心心相印啊！

祝儿常祺！

父　正月初三

琪儿：

今天是正月初五，家乡把初五也叫"破五"。天不明你母亲就起来扫"穷土"，一个房子一个房子扫，把"穷土"扫到院子里，然后从院子里又往大门外扫。不知道扫"穷土"的风俗始于何年何月，从我记事起，我奶奶年年正月初五早晨扫"穷土"，我母亲年年初五扫"穷土"，你母亲20世纪50年代末进了咱家门，接过你奶奶手里的扫帚，又是年年初五扫"穷土"，扫了快五十年了。那时候农村是家家穷土满屋，满屋穷土，穷土越扫越多，穷土越扫越厚，越扫越穷。要不是国家的改革开放，农村政策的改变，如今农村家家的穷土用推土机恐怕都推不动了。

我上高中二年级的时候，你爷爷修水利以身殉职，为水利事业贡献出了年轻的生命，我只得停了学。一年后我和你母亲在水利工地上举行了婚礼，没穿新衣服，没摆婚宴，一把新镬、一把新锨是新郎新娘互赠的礼物。鞭炮一响，我们六对新郎新娘拉着六辆装满土的架子车飞也似的冲向坝面。五个钟头的打擂台，看谁拉的次数多，评选出第一，命名为模范夫妻，营部发一面奖旗给予表扬鼓励。我们当时的豪言壮语是："结婚不休假，任务翻一番，大战三个月，河水要上塬。"到了晚上，每对新婚夫妇的洞房是工地上的一面小土窑，没有床，没有新被褥，潮湿的地上铺着麦草，窑洞口横放着一辆架子车挡着算是窑门，这土窑就是我们革命化的新婚之夜的花烛洞房了。营部门口墙壁上贴着六对新郎新娘的誓言。我和你母亲的豪言壮语是："月亮为被地为毡，两颗红心战难关，中华儿女多奇志，环境越苦心越坚。"

琪儿，不要怪我用了这么多笔墨回忆我和你母亲的婚礼，我想让你知道，你们的父辈是从怎样的环境中走过来的。没吃过苦的人不知道什么是甜，只有吃过苦的人才知道苦后的甜。你母亲怀了你大姐后仍然在水利工地上干活。到了第七个月，实在干不动了，才从工地上回到家。你大姐生下来只有四斤重，医生说是母亲劳累过度，营养不良，影响了胎儿的发育。你母亲坐月子期间，总共吃了六个鸡蛋，喝了半斤红糖，那时的红糖凭票供应。坐月子的女人本来是要吃砂子馍的，咱家哪来的麦面给你母亲做砂子馍呀！农村每人每月只供应十五斤原粮，有的生产队只有九斤原粮，供应的粮全部是秋杂粮，不是谷子就是糜子。你奶奶把分到的谷子磨成面烙成谷面饼子让你母亲吃，那就是对你母亲的特殊照顾了。我们吃的是油渣、榆树皮、苜蓿，野菜都被人抢光了，你大姐常常因没奶吃半夜啼哭。不到三个月，你母亲放下你大姐又到水利工地做工了。你母亲生你二姐那阵子，正赶上"农业学大寨"，农村到处是热热火火、轰轰烈烈。你母亲给生产队拾棉花，觉着肚子疼，向生产队长请假，生产队长不但不准假，还骂你母亲不要脸，拿生孩子哄队长，想偷懒。你母亲实在扛不住了，跑到地头的埝低下，幸亏干活的妇女队长和几个妇女用架子车把你母亲拉回家。进了家门，你二姐出生了。生下你二姐的时候，你奶奶已经卧病在床几年了。你大姐还小，我已当了民办教师，天天领着学生到地里支援三秋，家里无人侍候你母亲。生下你二姐不到三天，你母亲就下炕自己做饭，还要侍候你奶奶，至今落下腰疼腿疼的毛病。农村那阵子，粮食虽然不够吃，却不像"低标准"时期那样短缺，但钱还是没有花的，家里经常缺盐少醋没辣子。民办教师的补贴工资每月三元钱，就这三元钱到年底也领不到手，队上一些人还嫉妒眼红。我当时想，不能怪他们呀，生产队一个劳动日价值才五分钱、一角钱呀！你母亲生你二姐不到两个月就和生产队的男劳力拉着水桶浇麦子冬灌抗旱。寒冷的冬天，天不明要起来干活，冻得人直发抖。到了中午，脱了棉袄也出汗，没死没活干上十几个小时，到晚上回家，不是用菜沫糊充饥，就是用红薯填肚子。吃完饭，还要开会，学《毛选》武装思想，你母亲的身体已经累得不成样子了。我和你母亲商量，过年正月初三，送你母亲和你二姐到你外婆家休息几天，我利用寒假招呼家里和侍候你奶奶。谁知除夕那天，公社召开了誓师动员大会，要过革命化春节，从初一到初五开门红。誓师会场门口挂着两幅大标语，一边是："农业学大寨，革命群众乐开怀，彻底埋葬帝、修、反，正月初一干起来"；一边是："男女老少齐动员，各行各业齐参战，苦干实干加巧干，敢教日月换新天"。我和你母亲的计划落空了，正月初一我和你母亲拉着架子车往地里送粪。

　　琪儿，回想起过去的生活实在让人寒心！你们也许认为这是"天方夜谭"。我有时想，你们这代人为什么身在福中不知福呢？你们春节年年旅游，我们过去连旅游这个词都没听说过。记得那年春节，市场的大肉凭票供应，每斤大肉四角九分钱。可农村哪来的肉票呀！黑市大肉每斤五元钱也买不到。咱家等到大年三十还没买到肉，我说买不到算了。你母亲说有你奶奶，不管想什么办法，买一点

肉也算我们过年吧。最后我在县城汽车站用三元钱买了三片煮熟了的肉，回到家用咸菜黄豆拌着做成八宝辣子肉，从初一吃到正月十六。

　　琪儿，你上大学了，你两个姐姐出外打工了，我也从民办教师转成了公办，地里打的粮食够吃了，按道理咱家的日子应该好过了。可是大学的学费一年比一年多，我每月的工资往往领不到手，为了你上学你母亲省吃俭用，家里一个月的零花钱不到五元。我和你母亲十年没添过一件衣服，县城赶集我和你母亲没吃过一碗页面，总是吃饱了进城，饿着肚子回家。一年三百六十五天，风里来，雨里去，没歇过一天。记得春节你和你媳妇领着你儿子回家，晚上住在县城宾馆，第二天赶吃早饭回家，吃完早饭又去了县城。你母亲看着你们的背影，默默地流着泪，回到家对我说："什么时候能吃到儿媳妇亲手为咱们做的饭，我死了也心满意足了！"有时候你母亲又说："我对不起他们，我想起我下地时他们被捆在摇床上，冬天他们的手和脸冻成烂伤，夏天他们的脸晒得起了皮，我的心都在流血。想到放了学我顾不上做饭，孩子拿着凉红薯填肚子的事，我心头的肉都在颤，我欠儿女的太多了！"琪儿，你现在也是近四十岁的人了，不知你想过没想过，我们并不想在物质上向你索取，但你在感情上欠你母亲的太多太多了！

　　祝儿常祺！

　　　　　　　　　　　　　　　　　　　父　正月初五

琪儿：

　　今天是正月初六，我想今天的日子你一定不会忘记。正月初六既是你的生日，也是你儿子的生日，老天爷安排得真神。有一句俗话说:"父子同日同时辰,家里进金又进银。"我并不想家里天天进银,也不想家里天天进金,我只想家里平平安安。你母亲正月初六在水土保持工地上生下你,而且是早产,所以给你取名叫"土生",我不同意,后来改名叫"安琪"。生你三十年后的今天,同日同时,你儿子出生在一座大城市的一家最大的医院里。一个是荒草野岭,一个是豪华产房;一个是天寒地冻,冷风飕飕,一个是棉褥厚被,暖意融融。仅仅三十年,两代人命运之悬殊,不能不让人惊叹。惊叹中国之变化,感谢政策之优越!

你母亲昨晚给我再三叮咛,让我到县城里买个大红公鸡灯笼和一个龙灯笼。今早太阳一竿子高,我去城里买灯笼。你母亲将买回来的灯笼挂在炕墙上,又催着我给你们打电话,祝你们生日快乐。从电话中知道你们今日从杭州坐火车将要返回了,你母亲抢过话筒不但要和儿子说话,还要和孙子说话。电话中一声"妈"、一声"奶奶",叫得你母亲高兴得前仰后合。当听到孙子说"奶奶我想你"时,你母亲激动得恨不得马上赶到杭州抱着孙子啃一口。琪儿,我记得你母亲每次在电话中说完话总要说一声"问你媳妇好",或者对孙子说"问你妈妈好",但从来没听过你媳妇问你母亲好,尽管这是小事,但从这些小事上,可以看出两代人的两种境界。

你属鸡,你生下来的第一个生日,你母亲亲手糊了一个红公鸡灯笼挂在炕墙上。儿子是母亲心中的一盏灯,你母亲年年糊灯笼,从未间断过。这几年你母亲老了,眼花了,脚手有点不灵便,逢到你和你儿子的生日,便让我买一个鸡灯笼和一个龙灯笼,将两只灯笼同时挂在炕墙上。

你母亲给你打完电话,高兴地说:"儿子孙子今天要回来了。"我嘲笑地对你母亲说:"回到城里的家了,不

会回到乡下这个家。"

琪儿，我想起我们上学时，学生中流行一句话："一年土，二年洋，三年不认爹和娘！"咱东邻家你王叔的女儿去年考到西安医科大学，你王叔拿着拉砖、出砖挣的八千元钱送女儿到学校。到了学校门口，女儿看到父亲土里土气、其貌不扬的样子，要了钱，不让你王大叔进学校大门。女儿寒假回到家问母亲说："妈，你当初咋看上了我爸那样的人？"她母亲听了这话以后，难过得在炕上睡了三天。前年你媳妇出差，你母亲在城里给你管孩子，你母亲送你儿子上学，到了学校门口，你儿子挡住你母亲不让进学校。你母亲问孙子："为啥不让奶奶进学校？"你儿子说："人家爷爷奶奶都是城里人，你是乡下人，不会说普通话！"小孩子一句话说得你母亲半晌回不上话来，回家的路上眼泪铺脸盖面往下淌。琪儿，究其根源，这能怪孩子吗？这种城乡差别、城乡分歧，竟然在一个家都是如此分明，不能融合，这到底是为什么？

你儿子今年八岁了，只回过一次家，这里是你儿子的老家，是你儿子的根呀！记得那一年，你和你儿子在城里过生日，一顿生日宴花了将近两千元。你母亲生你们兄妹三个坐月子吃鸡蛋也没花到两元钱。你五岁时患了肺炎，五角钱的药费借了半个巷子才凑够。你知道不知道，咱家种的二亩麦子，除过成本，一亩利润不到一百元呀！一顿生日宴是农民种二十亩麦子的利润呀！

有一年中秋节，我到城里看望你们，带去你母亲亲手蒸的枣馍。见了孙子，我高兴地取出一个枣馍说："这是你奶奶专门给你蒸的枣馍，好吃得很！"谁知你儿子看也不看一眼便说："乡下蒸的馍有什么好吃的，哪有城里的汉堡包好吃！"孩子左一个乡下右一个乡下，说得我这个乡下爷爷眼泪都快流下来了。

琪儿,小孩子为什么会有城里和乡下之分呢?我想这与你们平时的教育有关系。你看到我不高兴的样子,不但没有批评孩子,反而说:"爸,以后来不要带我妈蒸的馍了,没人爱吃,最后还不是扔了!"我当时真想上前揍你一顿,但还是忍住了。儿大不由父呀,子不教也是父的过呀!一袋馍,一袋粮,在你们心目中是那么一文不值吗?你知不知道,你扔掉的不是一袋馍,而是你父母的心,是生你养你的故土情,是一个人起码的良心呀!小时候我听我奶奶讲过我爷爷的事:民国十八年关中大旱,饿死人大半,易子相食、分食人肉是常有的事。我爷爷饿死了,我父亲已经几天没吃饭了,我奶奶用我姑姑换了富人家两个馍,才救活了我父亲。"低标准"时期生产队公共食堂里,人们为了一个馍的大小、舀饭时的多和少,往往社员和炊事员打得头破血流……

琪儿,这是旧事,我又说多了,是不是会影响到你们的情绪,影响你们生日快乐的气氛?那就要看你们的心态和修养了。

祝儿常祺!

父 正月初六

琪儿:

今天是初七,想来你们已经到家了。家乡的风俗是正月初七为"人日",俗称"人齐",这一天全家人要团聚在一起。有儿女在外的家庭,大部分都很难做到"人齐",儿女们不在单位就是奔走在路途上。初七晚上,家里的院子、屋子里点满了红蜡烛,为身在他乡的儿女亲属们祈祷祝福。

初七的早饭是馄饨，家乡逢到吉庆节日或送亲人出远门都要吃馄饨，馄饨谐音囫囵，囫囵就是团圆。我和你母亲吃着"人七"的团圆馄饨，你母亲说："不管咱俩谁吃到福钱，都是儿子吃到的，咱们老了，所有捡到的福都是儿子的福。"琪儿，我不是期望儿女永远守在父母身边，认为那就是全家福，我所追求的全家福，是儿女不管近在身边还是远在天涯，都要和家里人心心相印，情情相率。

琪儿，昨天我写的信上说到"添岁灯"的事。儿女是父母心中的一盏灯，每年古历二月二龙抬头和九月九登高节，父母要把儿女的"添岁灯"挂在风筝上，或放在河流里，或放在山顶上，放飞天空，飘向远方，流向大江大海，寄托着父母对儿女们的殷切期望——好男儿志在四方。话说得有点多了，其实还有千言万语，给儿女总有说不完的话。你不要嫌弃我给你上"感恩"课，我已记不清谁说过这样两句话："感恩是最令人愉悦的美德，是最具美德的愉悦。""感恩是一种更深层次的更复杂的现象，并且它在人们的幸福感中起着举足轻重的作用，感恩的确是能够在很大程度上改变人们生活的几种事物之一。"

琪儿，明天就要收假了，好好工作，心思要放在事业上。父亲写了这么多的话，其实只有一句：心中常悬挂着家乡的月亮！

祝儿常祺！

父 正月初七

嫂子内疚地对小叔子说：我和孩子欠你的太多了，下辈子还吧

> 哥哥早早地死了，丢下二十三岁的嫂子和两个孩子，弟弟才二十岁。为了养活嫂子和两个孩子，守住哥哥的"根"，弟弟一辈子没结过婚，如牛似马地苦了半个世纪。弟弟和嫂子相互深深地爱着，但横在爱中间的一道世俗纸墙，谁也没有勇气戳破它。叔嫂俩为了一个大学生的幸福，五十年过着同心、同院、同灶、不同房，貌似夫妻、实非夫妻的生活。

国娃从水利工地回到住宿的地方，已经是星斗满天了，他厚着脸皮又去借工地领工的破旧自行车。领工的名字叫天斗，大队派到水利工地上的领工。天斗和国娃是同年，两个人是光着屁股耍大的，天斗望着国娃憋红了脸的样子说："怎么，又想你扬州嫂子了？你看你那龟样子，再不要癞蛤蟆想吃天鹅肉了。"国娃不说话，红着脸只是笑。

国娃从灶上领了两条白蒸馍装在布提包里挂到自行车头上，然后从住的地方取了一条布口袋揣在怀里，骑着自行车回家了。

国娃的村子在永定村东南，离永定村三十里路。国娃

出了永定村，下了自行车，瞅瞅周围没有人，自行车头一拐，绕到永定村村西去了。

国娃来到一大片玉米地头，车子往地头一撑，取出布袋子，弯着腰猫似的钻到玉米地里。刚走了两步又转回来，提着自行车钻进了玉米地。不到十几分钟，国娃一手提着自行车，一手提着装满了玉米棒子的口袋，从玉米地里钻出来，把口袋往自行车后衣架上一捆，骑上自行车匆匆地走了。过了永定村有一里路的样子，国娃咚咚跳的心才平静下来，出气声也才均匀了。

从国娃做工住的地方到水利工地的路上有一大片玉米地，今年后季雨水多，玉米长势好，玉米棒子有一尺长。过往的人眼馋地看着玉米棒，谁不想掰上几个回家煮着吃。可惜看田的老头像猎狗一样守护着，谁也沾不上边。国娃上工下工路过玉米地时，总想瞅个空弄几个玉米棒子送回家，让嫂子和侄儿侄女开个荤，尝个鲜。国娃几次借口大解或小解钻进玉米地里，想顺手牵羊弄几个玉米棒子，谁知那老头精明得很，总是跟进去迎客，跟出来送客，不要说玉米棒子，国娃连几绺玉米缨缨都没捞着。好几天，国娃收工后到灶房领了馍，边走边吃来到离玉米地不远的黑豆地里，趴到地里监视着老头的行动。终于发现老头每天晚上天刚黑就要回家吃晚饭，国娃终于想出了偷玉米棒子的计划。

国娃骑着自行车，心里乐滋滋的。永定村到国娃家的高义村全是下坡路，国娃回家心切，狠劲地蹬着自行车，摆着身子摇着头，有时候一只手捉着自行车头，另一只手不停地把裤管往上拉。两个自行车轮子飞速转动着，国娃用他那瓮声瓮气的低音哼着天斗教的秦腔乱弹：

为了你我日夜茶饭少进,
为了你我日夜昏昏沉沉,
为了你世上苦难我受尽,
为了你做牛做马也甘心,
实想说昼同餐来夜同枕,
谁料想孤灯相伴五年春。

　　三十里路国娃不到一个小时就骑到家,嫂子在油灯下做针线活,六岁的侄儿社民和四岁的侄女秀珍都睡了。嫂子赵芝兰见国娃自行车后带着一布袋玉米棒说:"要小心,不要让人家看见,多丢人。"国娃说:"有啥丢人的,现在这年头吃死胆大的,饿死胆小的。"国娃边说边从提包里取出自己领的两条馍说:"这是我下了工领的,够你和娃明天早晨的早饭了。"芝兰把馍放到厨房,顺手端了一盆水,提着暖水瓶说:"到你房子里。"没等国娃开口,芝兰走进国娃的房子。芝兰很快点亮了灯,一边扫炕一边说:"经常不住人,被子有点潮,要是明天不去工地,把被子拿出去晒晒。"国娃说:"明天天不明我就要走,这几天工地上大会战赶任务。"国娃还想说什么,没有说出来。芝兰扫完炕,给国娃拉开被子,顺便说了句:"洗了脚早些睡。"头也没敢回走出去了。

　　芝兰给国娃铺被子的时候,国娃在她身后拿着毛巾擦脸,毛巾捂住嘴和鼻子动也不动,露出的双眼紧紧地盯着芝兰目不转睛。国娃听芝兰说要走,慌乱地用毛巾盖住脸,当从脸上取开毛巾时,芝兰已经走出了房门。国娃一手提着毛巾,一手无聊地揉着鼻子,站着朝房门愣愣看着,听到芝兰砰的关门声,愣站着的国娃才清醒过来。

　　国娃洗完脚,上了炕,心里只管说,早些睡吧,明早

还要赶到工地哩。谁知越是想睡越睡不着,最后干脆把灯吹灭,坐起来靠在枕头上。

　　国娃爷爷在世时家里日子还差不多,到了父亲手里就败落了。母亲守寡抓国娃弟兄两个,哥哥叫国栋,比国娃大四岁。一个娘养出来的,兄弟两个的性格却大不相同。国栋性情文雅,白皮嫩肉,初中毕业后,因家贫停学了,在邻村当了教书先生。国娃性情鲁莽,脸黑得像锅底,说话做事有股憨劲,小学没毕业就不上了,一直在农业社跟着牛屁股转。人常说绳儿从细处断,苹果从心里烂。国娃母亲去世不到两年,国娃哥哥国栋也暴病身亡。国栋死时,妻子芝兰才二十三岁,儿子社民还不满两岁,女儿秀珍只有半岁。这个家就剩下嫂子芝兰、弟弟国娃和两个孩子四口人。

　　哥哥死时,国娃刚刚二十岁,血气方刚,屋里地里的重活都是国娃干。国娃很尊重嫂子,嫂子也是个识字晓理的人,多读了些书,也就多懂了些道理。尽管国娃认为自己是这个家庭唯一的男人,但生产队里登记的户主从来都是芝兰而不是国娃,国娃凡事也都得请示嫂子。嫂子长得好,凤眼柳叶眉,樱桃小口瓜子脸,那些走过江湖的人都说嫂子是扬州过来的人,以后大家干脆给嫂子取了个"扬州女人"的绰号。国娃和嫂子住的厦房门窗相对,一个年轻寡妇和一个气壮如牛的小伙子,同进一个门,同住一个院,同吃一锅饭,难免引起村里人的闲言碎语,何况叔嫂同亲也是世上常有的事儿。巷里有些多事的人背后议论着,猜测着,当面观察着,旁敲侧击着。后来有些胆大的人干脆把话在国娃面前挑开了,说明了。国娃第一次听到这样的话感到吃惊,有点害怕,回到家里见了嫂子不敢正视一眼,说话脸红,像母鸡下蛋似的。再后来听巷里人说这话时国娃心里还有点高兴，回到家眼睛火辣辣地瞅着嫂子，闹得芝兰见国娃回来就迈过脸去，和他说话时也不敢抬起头正视他一眼。再后来和伙伴们在一起时，要是没人提他和嫂子的事，国娃便觉得好像缺了什么似的，自己反倒逗引别人说他和嫂子的事。有一天晚上，国娃回到家故意问嫂子："你近来听别人说咱家什么了？"嫂子不是说什么也没听说，就是把话岔开，国娃几次都想对嫂子把话说明，看到嫂子冷冰冰的脸时又噎住了话头。

国娃靠在枕头上，又哼起了天斗教的那几句乱弹："为了你我日夜茶饭少进……"哼了哼，心慌得像麻雀弹。后来国娃干脆扒住窗台透过窗窟窿窥看对面纸窗上灯光映照着的嫂子的身影。国娃窗棂上的小窟窿是他故意戳破的，头一次故意戳破窗纸往外偷看是前三年的事了。三年前国娃到水利工地做工，做工的那帮人啥人都有，啥话都说，啥故事都讲，酸故事讲得让你尿出的尿都带有酸味。国娃性憨，大家常逗他玩。有时他被逗得连夜跑回家，看见嫂子冷冰冰的面容啥话也不敢说，上到自己的炕上靠着枕头空相思。想着想着就将窗纸戳了个小窟窿，从小窟窿里望着对面窗户上灯光映照着的嫂子的身影。国娃自以为这个小秘密没人知道，可第二次回家却发现自己戳的窗窟窿被嫂子糊住了。国娃不管嫂子为什么要糊，她糊了他再戳，几次三番，嫂子也不管了，国娃就在这个窗窟窿里望了两三年。

国娃从窗窟窿里望着嫂子，看见嫂子一会儿低头做针线，一会儿呆坐着想什么，他想，是不是嫂子也在想我哩？可他总不敢贸然闯进嫂子房里去。

芝兰丈夫去世五年了，芝兰不知关住门流了多少泪。一个二十三岁的年轻女人带着两个孩子该怎样过活呢？嫁

吧，两个孩子咋办？守吧，才二十三岁。幸亏家里有个弟弟国娃，人老实憨厚，做活踏实。人常说，家里没有女人就像家里没有灶火，冷冰冰的；家里没有男人就像门前没有门楼，抬不起头。国娃虽然不是自己的丈夫，总算是家里的男人。芝兰于是下了决心，为了两个孩子守着过吧。一个家里，叔嫂各守空房，这也不是一回事，村上的人闲里闲话的，不过也没有人敢在芝兰面前明说。平时国娃的眼神，国娃的说话，国娃的举止，国娃的心，芝兰看在眼里，听在耳里，明在心里。谁没有七情六欲，何况一个二十多岁的女人情火正旺，国娃几次眼神挑逗让芝兰激动得浑身都湿透了，她极力压抑着自己的冲动。芝兰知道，叔嫂结亲的事并不稀奇，但芝兰把国娃和国栋一比，一个白面书生，一个黑得像敬德；一个聪明，一个憨厚，心里便有点不愿意，何况毕竟是叔嫂呀，还是先这样慢慢过吧，到什么时候再说什么话。有时芝兰也想，总不能这样过一辈子吧？自己有了孩子，可以和孩子相依为命，现在守寡也罢，过去总还有过夫妻恩恩爱爱的生活；国娃总不能一辈子不结婚呀！芝兰几次想托人给国娃找个对象，想来想去还是忍住了。芝兰想，国娃一旦结了婚，有了自己的孩子，不可避免要和自己分开过，到那时候还能一心一意管我们娘仨吗？也曾有人主动上门给国娃提过亲，芝兰这时心情更复杂，希望婚事成，又担心婚事成，没说成芝兰暗暗松了一口气，可过几天又暗暗着急，真是前怕老虎后怕狼。

国娃心里有个"扬州嫂子"，介绍对象的领着女人来了，国娃故意说浑话，因此谈一个黄一个，气得介绍人骂国娃是没烧熟的砖，六月的萝卜——欠窖（教），鸡蛋打开两个黄——二蛋！媒人再不来了。国娃觉得不来倒也清静，芝兰觉得不说也安宁。

芝兰坐在灯下,一会儿穿针,一会儿引线,线穿不进针眼,针纳不进鞋底,心里七上八下,慌个不停。国娃对芝兰有情,又爱两个娃,杏熟了摘杏,豌豆角饱了摘豌豆角,枣红了打枣,变着法儿给娃娃吃。外村放电影,城里赶集,国娃总是怀里抱着秀珍,脖子上架着社民。水利工地上领到白蒸馍,自己舍不得吃,三十里路跑回来送给两个孩子吃。两个孩子也爱国娃,村上的孩子骂:"社民的爸爸死了!"社民不服气地说:"我大好好的谁说死了!"社民和秀珍受了委屈回到家对母亲说:"我大明明好好的,门前娃娃为什么说我大死了?"芝兰看着两个孩子,只好说:"再不要听门前孩子胡说。"有时芝兰想:"要是国娃真当了孩子的爸爸多好啊,他们毕竟是一个血缘呀!"

国娃是两个孩子的护身符,也是芝兰的挡风墙。芝兰是个年轻漂亮的小寡妇,村上一些不三不四的男人,哪个见了不手痒心痒眼儿馋,垂涎三尺。要是没有国娃,难保没有半夜叫门的、后院跳墙的,不知会惹出多少事来。只因为有国娃这个保镖,别的人只能是女婿哭丈母娘——干瞪眼!

夜渐渐深了,芝兰仍没有睡意,她知道国娃这阵儿还在窗窟窿里偷着看她,男人嘛,何况又是个壮得像牛样的男人,由他看去吧。

国娃好不容易挨到鸡叫,穿好衣服,隔着门向嫂子道了别,又骑着自行车往水利工地去了。其实芝兰早已起来,没点灯,坐在屋子里听着国娃房里的动静,总想叫国娃起床,又不忍心。心想昨晚上睡迟了,早上还是多睡一会儿的好。

一年一年过去了,芝兰仍然是芝兰,国娃仍然是国娃。社民长到八岁了,要上学了。开学这天,国娃因种麦没上工地,芝兰牵着社民,国娃背着秀珍到学校给社民报名。

学校是三个自然村合办的，离芝兰家有二里路。报名时老师问家长的姓名，社民抢着说："张国娃。"芝兰看了国娃一眼，国娃忙说："不，写孩子妈的名字——赵芝兰。"老师看了芝兰一眼，又看了国娃一眼，没说话，低下头，继续写别的。那个时代，孩子上学，父母都忙，尤其是农村的孩子更没有人接送。只有国娃与众不同，只要在家，他每天都跑到学校门口接社民。别的孩子羡慕地问社民："接你的人是谁？"社民自豪地说："我大。"孩子们说："你大对你真好。"社民说："我大对我可好啦，经常给我好吃的。"国娃听到这话，高兴地背起社民往家里跑，还上气不接下气地哼起了乱弹。村里人看见国娃背着侄儿高兴的样子，又逗起国娃了："扬州女人给国娃吃麻黄素了！"

"低标准"那阵儿，不要说孩子，大人看见吃的东西都眼馋。社民看见别的孩子吃绿皮核桃，回家闹着向母亲要。核桃是百里以外北山里生长的果子，芝兰没办法，只好让人给在水利工地做工的国娃捎了话，让想办法弄几个核桃回来，社民要吃。国娃听了嫂子捎的话，像接到了皇上的圣旨，马上请了个假，借了天斗的自行车，风驰电掣地进了北山。天斗望着国娃的背影，搔着头皮笑着说："爱情的烈火在燃烧，爱情的力量大无比啊！"也有人说风凉话："国娃是瞎子点灯——白费蜡！"

去年春上，家里没啥吃，国娃曾带着嫂子织的土布跟几个人到黄龙山放马沟换过玉米。放马沟的核桃皮薄得出了名，当时国家的政策是核桃树由生产队统一管理。放马沟山高沟深人烟稀少，一家离一家几里路，通信是靠嘴吼哩，交通是靠腿走哩。核桃熟了的时候，山外饿慌了的人，三五成群地夜里进山偷核桃，一个人不敢去，怕晚上遇见狼和豹子，去年有一个人进山偷玉米被豹子咬伤了，没回

到家就死了。这阵儿国娃心里高兴劲头大,一路上都在琢磨着,赶天黑回到家拿着绿皮核桃给社民吃,社民肯定会背过嫂子在他脸上狠狠亲一口,再叫一声"大"。嫂子又会端着洗脸水送到他的房子里。不!自从学校报名那时起,国娃每次从工地回来,嫂子总是把洗脸水端到她自己房子里。国娃洗完脸后,嫂子总让国娃在房子里坐一会儿。嫂子问工地上的事,说家里的事,总有说不完的话。国娃几次从椅子上站起来,装着逗社民和秀珍,移坐到炕沿上。不知为什么,当国娃眼睛盯着嫂子看时,嫂子却将头一低,总是说:"不早了,睡去吧。"

国娃又想起一件事,有一次他坐在嫂子炕沿上盯着嫂子的脸看,嫂子虽然照例低下了头,却没有说让他走的话。谁知社民这时候醒来了坐到妈旁边,看见国娃死盯着母亲的脸,眼珠似乎都红了。社民奇怪地问国娃:"大,你为什么老是看妈妈,学校的同学都说我妈妈是'扬州女人',长得特别漂亮。"嫂子紧张地理了一下头发,红着脸说:"不要胡说,赶紧睡觉,明早还要去学校。"回过头对国娃说:"你也睡去吧,不早了。"国娃只好又回到自己屋子里。

国娃想着想着,到了河西坡,离放马沟不到二十里路了。不到二十里的山路,国娃推着自行车足足走了两个多小时。路边树上的核桃早让人偷光了,国娃好不容易在一个山岔里找到几棵核桃树,放下车子,爬上树摘核桃。不一会儿,摘了一大提包,足足有十斤重。国娃推着自行车刚要走,被前来看树的一个老太婆拦住了。老太婆拉着国娃要去见放马沟生产队的队长,国娃吓坏了,忙跪在地上装着要哭的样子说:"婆婆,放了我吧,我家里有个和你老人家一样岁数的老妈哩,躺在炕上几年了,每天要用五个核桃做药引子,实在没办法……"一边说,一边哭着给老婆婆磕头。

那老婆婆听了国娃的话,见他还是个孝子,放他走了。

国娃骑着自行车心里暗自好笑,自己为了嫂子,为了侄儿、小侄女,什么谎话都能说出来!快到河西坡时,国娃只顾胡思乱想没看路,连人带车子一起跌进了金水河。人从金水河里爬起来,幸亏没有大伤,胳膊只擦破了一点皮。核桃袋子破了,核桃全泡在了河水里。国娃像泄了气的皮球,心里发愁,拿啥装核桃呀?想了一会儿没办法,只得把湿衣服脱掉,挂在河边的树上晾着,自己光着身子跳进河水里洗澡。国娃好长时间没有洗澡了,身上的尘垢能有半寸厚,工地上想洗澡,不是去村头的大涝池,就是下永定沟的河里洗。下永定沟往返十多里,干一天活累了,谁也懒得为洗个澡跑上跑下。村上涝池里白天有妇女们洗衣服,只得晚上去。将近二十天没下雨了,涝池变成了臭泥坑,里面的水牲口都不喝,人还能洗澡?国娃躺在金水河清清的水里,让河水冲刷着身上的泥垢,心里惬意极了。不知不觉太阳往西只有一竿子高了,国娃想到嫂嫂和侄儿们还等着吃核桃呢,赶紧从河水里爬起来,走到岸边穿衣服。国娃穿好短裤,刚要蹬长裤时,忽然心里冒出一个办法来:把核桃装到裤筒里不是很好吗?国娃将水里的核桃捞上来晾了晾装进两个裤筒里,将裤口扎住,捆到自行车后边的衣架上,光着两条腿蹬着自行车往家里赶去。

过了永定村,天已经完全黑了,国娃使劲蹬着自行车。离家越来越近,国娃自行车越蹬越快,国娃又高兴地唱起了乱弹:"……谁料想孤灯相伴八年春……"

到了家门口时,村里人都进入了梦乡。国娃叫开大门,提着自行车,风风火火进了院子说:"嫂子,社民睡了没有?"边说着取下装着核桃的裤子送到了嫂子房子里。社民和秀珍都睡熟了,国娃走到炕边想叫醒孩子吃核桃,芝兰连忙摆着手不让叫。芝兰瞅着国娃的腿,脸红红的,国娃这才意识到自己只穿个裤头,光着两条腿,脸也红了,慌忙将核桃倒在地上,跑进自己的房子穿长裤去了。

不一会儿,芝兰端着一老碗面条和几个玉米馍送到国娃房子里,说:"家里没有蒸馍的麦面了,玉米面也不多了,凑合着吃吧。"那个时代粮食短缺,农村里做面条的面和蒸馍的面是两样面,磨面时前两道白面做面条吃,再剩下的黑面蒸馍吃。国娃忙接住碗放到炕墙上,芝兰刚要走出房门,又转过身,对国娃说:"以后要爱惜自己的身子,别太娇惯两个娃了,咱家全靠你哩。"说罢,狠狠地瞅了国娃一眼,走出了房子。国娃听了嫂子的话,鼻子一酸,想起了哥哥。哥哥死的时候,抓住国娃的手只说了一句话:"老二,这个家全靠你了!"哥哥死了已经八年了,八年来,国娃一直想着这个家,想着侄儿侄女,想着嫂子,至今还是光棍一条。国娃也不同意嫂子另嫁人,一是舍不得嫂子,二是嫂子走了侄儿怎么办?管不好侄儿侄女怎对得起死去的哥哥?国娃曾下决心,自己一辈子不娶媳妇,也不让嫂子另嫁人。国娃从窗窟窿里看见嫂子窗上的灯灭了,便蹑手蹑脚地走出房门,坐到院台阶上,用锤子砸核桃的绿皮。天上的明月正当空,照到院子里的梧桐树上,梧桐树被风吹得哗哗响,偶尔有几片桐叶落在地上,月光从桐树枝叶间洒下来,地上的月影随着树叶摆动。国娃一边砸核桃一边说:"现在砸核桃皮,免得社民和秀珍明天弄黑了手。"一不小心小锤砸到了手指上,国娃"哎哟"了一声,舌头一吐,忙闭住嘴,担心嫂子听见。国娃正揉着手,嫂子从房子里走出来了,蹲在国娃旁边,捉住国娃的手看了看,一句话也没说,轻轻地揉起来。国娃的心怦怦直跳,浑身像触了电似的。嫂子不是揉国娃的手,而是弹拨国娃的心。国娃

浑身的毛孔都张开了，脖子上、背上、腿上，像有无数毛毛虫在蠕动。国娃抬起头看着月光下的嫂子，像个玉人儿似的，国娃猛地抓住嫂子的手，嫂子的手没有动，抬起头看着国娃，四目相撞了，天和地好像凑在一起，一点声音都没有。国娃眼里喷着火，气越喘越粗……突然嫂子房里传来社民的声音："妈，我要尿尿！"芝兰慌乱中从国娃的手中抽出了手，赶紧回到屋子里，砰的一声关了房子门。国娃的手还在伸着，感觉还沉浸在不到两分钟的电疗中，胸部还在大幅度地起伏着，只不过喘气声不似刚才那样粗了。月亮也躲进了云层里，好像在叹息，一会儿又从云层里露出来，好像在嘲笑国娃是个傻蛋。第二天鸡叫时分国娃又要上工地去，想在嫂子窗前道个别，几次想说都没张开口。

　　国娃到了工地，心里老想着家里没有麦面馍吃，吃玉米面馍。大人就不说了，小孩子怎么办？国娃找到天斗商量，天斗骂国娃："你真是个龟娃子！"不过后来还是给国娃想了个办法。水利工地上要砌明渠用石头，土方任务紧，备料一时抽不出人，指挥部决定民工加班往沟上背石头，背二百斤石头奖一条蒸馍，不计工分，每晚一人只能背一次。天斗说："我给领导说一下，国娃每晚可以加班背两次，背上五个晚上，就能领十条蒸馍的奖。"国娃高兴地对天斗说："领下奖后给你一条。"天斗笑着说："快给你嫂子送回去吧，'扬州女人'等着吃呢！"

　　国娃从第二天晚上开始到永定沟往上背石头，上下一次坡有十里路，力气大的人一次背二百来斤，力气小的背一百多斤。国娃力气大，每回背二百多斤，两回背下来，浑身汗水湿透了衣衫，人坐在石场上累得腿都不想抬。不过青年人睡上半夜觉，第二天精神又来了，照样到工地上班。国娃背了两个晚上,第三天晚上背上石头,脚步比前两晚上迈得慢了,白天到了工地,干活也蔫了。天斗劝国娃晚上再不要加班背石头了,国娃不服软,第四天晚上还是坚持下沟去了。第一次石头好不容易背上来,国娃坐到石场上一点力气都没有了,胸口闷闷的,喉咙呛得直咳嗽。当想到两个侄儿在等着白馍吃,他硬撑着站起来,摇摇晃晃往沟下走。第二次背着二百多斤重的大石头上沟坡,国娃腰弯得头几乎挨住了地,两只手伸到身后护着大石头,两条腿艰难地往上挪动着,一不小心,脚就往下滑。国娃一只手护住石头,另一只手拄住地,一阵急咳,手一松,石头从背上滑了下来。幸亏石头重,没有滚下坡去。国娃靠着沟坡边的土崖,又是一阵急咳,手往嘴上一抹,觉得黏糊糊的,定睛一看,手上全是血。国娃累得吐血了,他把手上的血抹到石头上,靠着沟坡,休息了大约半个小时,又挣扎着站起来,弯下腰,旁边的人抬着石头放到国娃的背上,国娃一步一步地爬着上沟坡。

第二天早上,国娃实在爬不起来,给天斗请了假。天斗到工地安排好了活路,反身来到国娃住的地方,看见国娃枕头上的血,骂了一句:"龟娃子,你不要命了!"他安排灶房给国娃做了一碗拌汤。国娃感激地喝着拌汤,眼里流出了泪水。看着国娃蜡黄的脸,天斗心里一阵难过,想着这个和自己一起耍大长大的国娃为什么这么傻呀,天斗劝国娃说:

"国娃,你再不要'龟'了!你今年都二十八岁了。"

国娃说:"是的,二十八岁也不小了。"

天斗说:"你总不能为你死去的哥哥打一辈子光棍呀!"

国娃叹了一口气说:"我要是结婚了,谁管嫂子和两

个孩子呢？"

天斗说："扬州女人有的是办法。"

国娃说："一个女人带着两个孩子有什么办法呀？"

天斗说："看你的事咋办哩，管那么多的事干啥？"

国娃摇了摇头说："我不能只顾我，死后没办法给我哥交代。"

天斗无可奈何地说："活人都管不了，还管什么死人呢！"

天斗说完话抽了一根烟，心想这扬州女人施的什么法，迷惑得国娃不知道自己的鼻子长在脸前，还是长在后脑勺。天斗往前挪了挪身子，压低声音问国娃：

"今天你给我说实话，你到底和扬州女人睡过没有？"

国娃红着脸吞吞吐吐地说："我不骗你，真的没有。"

天斗问："碰过身子没有？"

国娃说："有一次两人的手放到一块了，却让侄儿社民给惊散了。"

天斗说："那你为什么不把话给你嫂子挑明呢？"

国娃说："我张不开口。"

天斗说："你们家深宅大院的，八年了，就你和扬州女人两个大人，你为什么不下手呢？"

国娃说："人家不同意咋办呢？"

天斗说："尿，女人是棉花，哪有棉花见火不燃的道理！"

国娃丧气地说："我不敢呀，那是我嫂子。"

天斗说："嫂子咋啦？三十岁的女人，正是如狼似虎的年龄，况且扬州女人八年没见过男人了。"

国娃还是摇了摇头说："让孩子知道了，我以后咋有脸见孩子呢！"

天斗无奈地说:"你这也怕,那也怕,那你就打一辈子光棍吧。"

其实,天斗说的是实话,扬州女人八年没见过男人了,身边又有个比狼更狼、比虎更虎的男人陪着自己,早已是春心难耐了。只要国娃敞开臂膀,芝兰就会疯狂地投进他的怀抱,享受人世间的男女之欢。国娃呀国娃,你的胆子太小了,你咋不是个真正的男人呢?世上哪有女人寻男人呢?芝兰忍耐着,艰难地忍耐着,痛苦地熬煎着。天斗说完话,上工地去了。国娃想来想去,竟然趴在枕头上放声哭了,八年了,这是国娃第一次放声大哭。

国娃背石头领了八条馍,自己有病省了两条馍,共十条白蒸馍,让顺人给侄儿们捎回去了。国娃一再叮嘱捎馍的人,给家人说自己任务紧,不能回家,千万不要说自己背石头吐血的事。

年复一年,年年如此,四五个年头又过去了。国娃从水利工地上回来,不到两年又到白家河修铁路。修铁路比修水利好多了,不但伙食好,每月还有五元钱的补贴。国娃不抽烟,不喝酒,发的补贴全部交给嫂子。他知道家用是算不清的账,社民上了初中,秀珍上了小学四年级,课本费、作业本费、班费,还有想不来的钱。幸好嫂子过日子仔细,把家里的事理得井井有条。巷里人都说国娃是个耙耙,芝兰是个匣匣,一对叔嫂搭档起来的家庭日子过得比真正夫妻俩的家庭还好。芝兰还是老主意,不管别人怎样说闲话,只要没说到自己当面就行了。

收麦时,国娃请假从铁路工地回来,收自留地的麦子。四口人的地种了一亩六分麦子,国娃天没明拿着镰刀趁着月色割麦子。芝兰天明后到地里一看,国娃已割倒了大半,芝兰望着国娃胡子拉碴的脸,不由得心酸了。

芝兰十八岁嫁给国娃的哥哥,那时国娃还是十四五岁的毛孩子。国娃总是盯着看芝兰,有时看得芝兰不好意思。芝兰比国娃大不了几岁,都还是孩子,谁也没在意。现在国娃是三十几的人了,人有几个三十呀!这几年国娃只要和芝兰在一起,眼神从不离开芝兰的身子,开始芝兰对国娃眼神里喷出的那种火有点害怕,现在已经见怪不怪习以为常了。芝兰的心在矛盾着,有时想引火烧身,有时又害怕引火烧身。

一亩六分麦子,中午12时就割完了。国娃给芝兰说:"嫂子,你先回去,我把麦堆抱成大堆子,下午好装车。"芝兰回到家给国娃做他最爱吃的凉皮、绿豆汤,还给国娃灌了两个蜂蜜黄瓜。

别人家男人多,拉车时一个男人拉车,一个男人在架子车上边装车。芝兰家只有国娃一个大男人,芝兰在下边抱,社民和秀珍也帮着母亲抱。国娃装一层麦子,然后跳下车将麦车往前挪一段,再爬上车,装一车麦子要上下四五次。芝兰看着国娃劳累的样子,给两个孩子说:"咱这个家多亏你大,记住,长大以后要好好孝敬你大!"这时天斗从地头路过,听到芝兰给孩子说的话,又看到国娃累的那样子,不由得骂了国娃一句:"龟娃子,非累死你不可,扬州女人太不够意思了,又给国娃灌洋米汤。"谁知这话让芝兰听到了。

十多年来,风吹日晒,国娃房子的窗纸糊过四五次了。按农村的习惯,每年过春节都得糊新窗纸,迎新除旧,一是美观干净,二是图个吉祥。家里有个新媳妇或巧手姑娘的,还会剪些漂亮的窗花贴到窗纸上。女人们串门,往往以品评窗花来赞扬主人的心灵手巧。国娃的窗纸上当然是一穷二白了,每次要换窗纸国娃都反对,还是嫂子不管国娃愿不愿意,不由分说坚持给换了。不过中午换上新的窗纸,晚上又出现了一个新窟窿。有次社民问国娃:"大,你那窗纸上怎么老要戳一个小窟窿?"国娃支吾了半天说:"大为了看月亮。"社民说:"为什么要看月亮?"国娃说:"月亮好看。"社民说:"那你为什么不到院里去看?"国娃想了想说:"偷着看月亮更好看。"

芝兰窗上的窗纸每年都要更换一次新的。几年前春节糊窗时,大窗格子上贴了一对鸳鸯。那对鸳鸯不是并肩戏水,而是东西各一方,中间一条绿纸带连着,有些人叫这对鸳鸯为"秋水望穿"。自贴上这幅窗花后,芝兰的窗纸改成两年换一次,每次都贴上同样的窗花。

国娃问嫂子:"你窗上贴的那是啥,我怎么看不懂?"芝兰说:"是两个鸟隔河对歌哩。"国娃说:"咋不见河哩?"芝兰说:"那绿纸带就是河。"国娃不说话了,心里想,对什么歌,又不是刘三姐!天斗听说窗花的事,鼓励国娃说:"扬州女人给你暗送秋波哩,你为什么不主动找她呀?"国娃听了天斗的话,兴奋了几天,晚上都没睡好觉,结果还是有贼心没贼胆,几次半夜走到芝兰房门口,抬起手又放下了。

国娃拉完麦子,喝完汤。渭北的农村,平时吃两顿饭,农忙时,吃三顿饭,把吃晚饭叫喝汤。国娃洗过脚,裸露着上身坐在院子里乘凉。芝兰也搬了个小凳子坐在国娃对面,社民和秀珍两个孩子到巷里玩耍去了。芝兰穿了一件白小格子短袖衫,洗了的头发在肩上披着,身上散发出缕缕幽香。芝兰已是三十多岁的人了,胸前隆起的乳峰照样诱得男人心痒。芝兰想起了国娃前几天给她买雪花膏的事。平时芝兰擦脸用的是一角五分钱一袋的雪花膏,一袋雪花膏也得抹上几个月。收麦前县城粮站出了告示,用麦子换

绿豆。芝兰自留地去年收了几十斤绿豆舍不得吃,让国娃拿绿豆到粮站换麦子去了,一斤换一斤,给国娃找了十几元钱的差价。国娃拿着钱先给社民买了一支钢笔,社民的钢笔坏了不好使,明年要上高中了,几次向芝兰要钢笔,芝兰舍不得买。国娃还给秀珍买了两个作业本。国娃转身走到商店另一边,看见柜台上摆的雪花膏,想起嫂子说要买雪花膏的事。国娃马上给一个年龄大的男售货员说:"买一袋最好的雪花膏。"售货员取出一元二角钱的珍珠霜说:"一元二角钱你买得起吗?"国娃说:"一元二就一元二,不要小看人!"说着取出一张两元钱让售货员找钱。售货员看着土里土气的国娃说:"是不是给情人买,这么大方?"国娃笑着说:"不要胡说,给我嫂子买的。"售货员凑到国娃的耳边低声说:"哪有弟弟给嫂子买这么贵的雪花膏,肯定和你嫂子好上了!"国娃瞪了售货员一眼,拿着雪花膏走了。

国娃出了商店门肚子觉得饿了,来到页面店门口转了几圈,最后鼓足勇气进去要了一碗面汤,从怀里掏出两个蒸馍泡在碗里吃,吃饱喝足嘴一抹走了。卖页面的气得骂了一句:"哪里来的这个龟娃子?"回到家里,芝兰见了国娃买的雪花膏,心疼钱,埋怨了国娃好几天。国娃说:"雪花膏贵了肯定好,抹到脸上一定更好看。"芝兰又想起了下午天斗在地头说的话,心上好像压着一块石头。是呀,我娘仨实在亏了国娃了。芝兰瞅了瞅国娃,终于开口了:

"我这些日子想来想去,还是给你找个对象好。"

国娃没说话,吃惊地望着嫂子,心想,嫂子今晚为什么要提这件事呢?

芝兰见国娃没说话,停了一会儿又说:"你总不能一辈子打光棍呀!"

国娃望着嫂子,想了好一会儿说:"嫂子,我已经过了三十岁了,说实话,心里也不想了。"

芝兰说:"三十岁也不算大呀,找不到姑娘找个带娃的也行。"

国娃看了嫂子一眼没说话。心里却说:"眼前这个带娃的女人我等了十几年了,都没弄到手,哪还有心思要别的女人。"

芝兰见国娃不说话,以为国娃的心动了,接着说:"前巷王家那个媳妇死了丈夫不到半年,只有一个娃,和你年龄差不多,我看挺合适的。"

"不不不!"国娃连忙站起来说,"我结了婚你和孩子将来的日子咋过呀,社民明年要上高中了,秀珍也要上初中了……"

芝兰叹了一口气说:"不能为了两个孩子耽误了你一辈子,你死去的哥哥在地下心也不安!再说两个孩子初中念出来就行了,我不想让他们上高中了。"

"什么?"国娃的声音有点高了,"你可要对得起我死去的哥,我国娃宁可自己一辈子不结婚,也不能让两个侄儿停学!"

芝兰从来没见过国娃在她面前这么大的声音说话,想了想只好说:"你不同意就算了,何必在我面前发这么大的火。"

国娃也觉得有点过火了,坐在院台阶上说:"嫂子,你和我哥都是读书人,怎能不让孩子念书呢?你看人家念书的人到底不一样,哪像我,两手画不出一个八字,白长了一身浑肉!"

芝兰没说话,看着月亮照着国娃那浑身泛起肉疙瘩的身体,心想,和国娃相处十几年了,从来没有发现国娃的

身体是这样健壮、俊美。国娃今年三十二了,力气还正圆着呢。国娃在水利工地上和人打赌,曾半个小时吃了八条馍,人一点事都没有。国娃的脸虽然没有他哥哥白,可身上的黑肉却是一疙瘩一疙瘩的,走到女人面前让人感到心慌,甚至憋得让人喘不过气来。平时生产队的女人们出圈也好,拉车也好,都爱和国娃搭伙,图的是国娃力气大又厚道,让人有一种亲近感。上次在沟里背石头吐血后,国娃身体大不如以前了,不过好在年轻人恢复得快,如今国娃在女人眼里仍然像刚熟了的红沙瓤西瓜,谁见了都想咬几口。芝兰审视着国娃的浑肉,不放过每一个部位,芝兰下意识地将两个胳膊交叉到自己胸前,脸一红,站起身进了房子。不到十分钟,芝兰从房子里走出来,刚才穿的短袖衫已经被脱掉了,换上了紧身的桃红高领背心,头发没有辫,往后扎着,看得出来,芝兰刚才到房里着意打扮了一番。芝兰坐在原来的凳子上,狠狠地盯了国娃一眼。国娃看着眼前的嫂子,眼睛忽然亮了许多。国娃瞧着嫂子一头乌黑的乱发下盖着的鸭蛋形脸蛋,让男人见了总想啃上几口的细嫩脸庞在月光下更是白得让人咂嘴,眉毛下闪动着的黑眼睛,不时飘出一股柔情蜜意,红背心里蠕动的两个乳头像两个拨浪鼓不停地颤抖着。国娃的心也随着那两个拨浪鼓在跳,似乎要蹦出胸膛了。国娃瞪着火辣辣的双眼,向芝兰靠过来。芝兰望着国娃那血红的双眼,心在颤抖,全身在颤抖,她慢慢抬起双眼接住国娃喷过来的两股火焰,然后闭住眼睛等待着,等待着……国娃向芝兰张开了双臂,就在胸脯触着了那温热的双乳时,大门吱的响了一下,社民和秀珍闯进了院子。还没等社民叫"妈",芝兰慌乱地踢倒凳子跑回屋子去了。

国娃吃了一惊,连忙缩回自己的双手,尴尬地返回到台阶旁坐下来。社民疑惑地看了看妈的背影，又看了看国娃问："大，我妈怎么了？"国娃回不上话来，慌不择言说："问……问你妈去。"芝兰又从屋里走出来，身上套上了白格子短袖衫，接住儿子的话平静地说："问啥？我咋也不咋，还不睡你们的觉去！"

国娃回到自己的房子里，身上一点力气都没有，躺在炕上，斜靠着枕头，心想，这是不是天意呀，我们俩不该到一块……国娃又想起天斗今天下午说的话，是不是嫂子给我灌洋米汤啊？嫂子不像那样的女人。这么多年嫂子从没有好过另外的男人，难道嫂子不想男人吗？嫂子那样年轻怎么会呢？天斗不是说女人是四十如狼，三十如虎嘛。嫂子的眼神，嫂子对国娃的态度，足以证明嫂子是有情有义的。虽然没有一夜夫妻一夜恩，但也是十年锅里搅稀稠，没有爱情也有感情呀！唉！往往在紧板处出岔岔，我们刚才都……咳！要是社民不回来……国娃"要是要是"了一大堆，心里空得像是谁把肚子里的心肝肺全部掏走了。国娃想了又想，最后自己安慰自己说："只要和嫂子一辈子吃一锅饭，只要把两个孩子供养大，我国娃就心满意足了。"国娃不由得又哼起了：为了你孤灯相伴十年春……国娃哼着哼着，身子挪到窗台前，一只眼睛从窗纸窟窿里瞄着对面窗纸上的人影子。国娃正看得入迷，社民从门外跳了进来，问："大，你在看啥？"国娃忙退到炕里边支吾了一会儿说："看月亮。"社民跳到炕上，顺着窗纸窟窿一看，心里全明白了，转身对着国娃说："你是流氓，偷看我妈的身子！"国娃咚的一声倒在了炕上，脑子里一片空白……

不知什么时候了，国娃昏昏沉沉爬起来，第一眼看到的是窗纸窟窿被糊住了，这次糊窗纸的人不是芝兰而是社

民，国娃的心被刺伤了，再也没脸在窗纸上戳窟窿了。

没几天，国娃去了铁路工地，一连三个月没有回家。天气渐渐凉起来，人们都换上了夹衣，芝兰天天都想着国娃。芝兰埋怨自己好面子，做事爱思前想后。又埋怨国娃胆子不大，世上哪有女人找男人的？后来又想，自己总不能亏国娃一辈子，豁出去了，你说你们没到一起，谁信呢，反正巷里人已经说你们同枕一个枕头同盖一床被。可是转念又想，做了这事，孩子长大了咋给孩子交代呀？

社民那天晚上发现国娃从窗窟窿里偷看母亲的事，跑进了芝兰的房间气愤地说："妈，我大是流氓，你以后要注意！"这种事芝兰怎样给孩子解释呀？芝兰只能说国娃对咱娘仨如何如何地好，关心你兄妹两个，爱你兄妹两个。社民不但不听，还说国娃是居心不良。从此社民见了国娃没那么热情了，有时说话都是冒搭。芝兰和国娃在两个孩子面前说的话也少了，相互盯看的眼神也不那么肆无忌惮了，国娃也轻易不进芝兰的房子了。

芝兰决定坐上生产队给铁路工地送面的手扶车给国娃送衣服。到了工地，国娃正在工地上拉土垫路基。天斗看见芝兰找国娃，马上可着嗓门大喊起来："龟娃子！你扬州嫂子看你来了！"惹得工地上的人都看芝兰。有些人还打趣国娃说："国娃子，几个月不回家，扬州女人耐不住了，亲自送上门来了。"天斗又给国娃说："我的土窑里只能住两个人，今晚我给你俩腾出来，不过你明天要请我喝几杯。"芝兰站在土埝上，任凭人们乱嚷嚷，微笑着目不转睛地看着国娃。

国娃看见了芝兰，从工地上不是跑着而是飞过来的。国娃听到天斗的喊声，以为是开玩笑，当回头看见了高岭上站着的芝兰时，吓了一跳，想着家里是不是出什么事了，

让嫂子亲自来了。国娃走到嫂子面前,看见嫂子那喷红的鸭蛋脸和那双饱含深情的大眼睛时,国娃的心放下了。

国娃说:"嫂子,你干啥来了?"

芝兰没有正面回答国娃的话,掏出手绢给国娃说:"脸上全是土。几个月不回家,难道你不想……"芝兰真想说出"我"字,"我"在喉咙口转了几转,改成了"你不想家吗?"

国娃擦了擦脸说:"咋不想,只是工地忙。"

芝兰说:"再忙也得回家呀!"

国娃摸了一下头憨笑说:"两个孩子都好吗?"

国娃这是第一次给嫂子撒谎。芝兰看着国娃说:"做活要惜身,人都瘦了,脸本来像包公,现在越发晒成锅底了!"

国娃感到了嫂子的关爱,心里热烘烘的。脸上的汗珠雨点似的往下落,两只手不知该往哪里放,芝兰给的手绢掉在地上也不知道。芝兰顺手拾起手绢塞到国娃手里说:"我回去了,过几天抽空回来一趟,社民和秀珍想你哩。"说完又深情地看了国娃一眼,转身走了。

国娃拿着嫂子给的手绢翻来覆去看着,好像看不懂似的。天斗从国娃背后抢了手绢,往鼻子上一闻说:"好香!扬州女人勾你的魂来了!"说完,大声唱起了给国娃教的乱弹来:为了你我日夜茶饭少进,为了你我日夜昏昏沉沉……

没几天,国娃请假回家了。国娃是天不明起身,大清早到家门口,却见大门上着锁,邻居说嫂子到地里挖玉米秆去了。国娃赶紧跑到地里,芝兰一个人正吃力地挖玉米秆。国娃说:"你咋不给我捎个话,一个人挖。"芝兰说:"队里催着腾地,这两天没有顺人去工地,我昨儿挖了一天,今早晨起来头有点晕,可能是感冒了。"国娃让芝兰坐在地头休息一会儿,芝兰不肯,挣扎着又挖,挖了一会儿,实

在撑不住了说:"国娃,你送我回家吧,我身上一点力气都没有。"说着身子就往下倒。国娃赶紧扶住嫂子,将嫂子拦腰抱起,放到地头的架子车上。芝兰在国娃抱着她的时候,两手紧扣着国娃的脖子,身子紧贴着国娃的胸脯。十几年了,两个人第一次用身体测量着对方的体温,芝兰激动得流泪了。

国娃将嫂子拉到大门口,也顾不上门口有人,把嫂子抱到炕上,准备请医生给嫂子看病,芝兰不让去,示意国娃坐到炕沿上。国娃搬过椅子靠着炕沿坐下,芝兰突然呜呜地哭了起来,国娃见嫂子哭得如此伤心,一时不知如何是好,慌了手脚,只顾大声叫着:"嫂子,嫂子,你怎么了?"说着说着也哭了。芝兰哭了好一阵子才说:"国娃,嫂子对不起你呀,你再不能这样下去了,还是找个女人吧。"国娃急忙摇头说:"不要那样说,一家子人有什么对得起对不起的,还是那句老话,我结了婚你们咋办?我一定要把两个娃养大供成!"芝兰听了国娃的话又大声哭起来,国娃也放声大哭了。男女间的事就是这样,几千年谁也说不清,两个人没到一块时想都想疯了,有时觉得哪怕摸一下对方的脸,甚至摸一下手,都会激动几天。有时两个人的身体碰到一起,却什么感觉、什么心思都没有了。国娃今天两次抱着嫂子,两个人穿的衣服又是那样单薄,可能是国娃心里只想着嫂子的病,其余什么都没有想。

国娃拉完玉米秆到学校给社民送馍去了。社民学校离国娃家有十里路,国娃从工地上回来时路过梨园还给两个娃买了几个大酥梨。国娃在去学校的路上,心想,不知社民记得不记得上次的事,在孩子面前丢了人,多不好意思!

到了学校,社民还没上晚自习,社民见了国娃还是冷冰冰的,说:"大,你几时回来的?"再不说话了。国娃

又掏出两元钱给了社民,社民接过钱转身走了。国娃听见一个同学问社民:"送馍的是你爸爸?"社民说:"不是,是我叔叔。"国娃呆呆地望着社民的背影,掉了两滴泪,推着自行车走出了校门。回家的路上,国娃连骑自行车的力气都没有了,脑子空得像空壳子,高一脚低一脚往家走去。十里路国娃足足走了将近两个小时。

　　到了家,天已经黑了。国娃喝了一口水,推着自行车连夜又要到工地去。芝兰拦了好几次都没有拦住。

　　国娃出了村,没有向工地走去,而是拐到哥哥的坟墓前,撑起了自行车一屁股蹲在地上。夜黑沉沉的,东北风刮得路旁的钻天杨沙沙作响。这儿是村上的公墓地,上百个墓冢分散在上下十几个坪里,这个村子的几代人死后大都静静地躺在这里,生前是同巷邻居,死后仍然相互为伴。国娃的哥哥睡在这儿已经十几年了,国娃坐在哥哥的坟前,望着坟头摆动着的蒿草,想起了早死的哥哥,想起了哥哥给自己丢下的家庭,丢下的嫂子,丢下的孩子……不由得泪如雨下。国娃又想到了自己,三十几岁的人了,现在还是这样,以后的事咋办呢?想着想着,禁不住大声痛哭起来。国娃哭着哭着迷糊过去了。国娃隐约看见哥哥站在面前,和先前一样,只是更瘦了。哥哥对国娃说:"国娃,好弟弟,你一定要照顾好你的嫂子,照顾好你的侄儿侄女,我给你磕头了。"说着跪在地上,国娃慌忙走上前去搀扶哥哥,谁知栽了个脸啃泥,醒了才知是梦。一只野狗站在国娃身边,见国娃站起了身,吓得夹着尾巴向埝下跑去。

　　天上的月牙已经上了树梢,时间已经过了午夜,国娃打了打身上的土,骑着自行车向工地走去。在路上国娃暗暗下了决心,一定要照顾好嫂子,一定要管好侄儿侄女,一定要对得起哥哥。

社民高中毕业了,国家还没有恢复高考,只得回家务农。天斗当了生产大队的队长,国娃提着五角钱一斤的点心来到天斗家里,央求大队长给社民安排个不晒太阳的差事。大队长看着国娃的可怜相,骂道:"你看你那熊样,怪不得扬州女人不让你上炕。"国娃摇了摇头说:"那条心已经死了,现在最操心的是社民,社民不到好地方,我怎对得起死去的哥哥?"大队长想了想说:"村上学校缺个教师,不然让社民到学校先当个代理教师吧。"国娃千谢万谢地走了。芝兰知道了高兴得几天合不上嘴,叮咛社民到学校好好干,争取将来转个正。可是社民的态度是不冷不热,不急不慢,根本没有当回事。

社民大了,有自己的心思和想法。社民性格内向,不爱说话,肚子里却没少想事。父亲生前是什么样子,记不清了,听母亲说,父亲长得和叔叔完全不一样。父亲斯文,是个读书人,可怜父亲死时连一张照片也没留下。母亲说父亲从小失去了父亲,家里穷,上大学的愿望没能实现,决心要供社民上大学,谁知儿子也和父亲一样,两岁就失去了父亲。

社民从小学习用功,一直是班里的三好学生。在风行"读书无用论"的年代里,社民仍然坚持勤奋学习,被班里的同学评为"小白专"。社民高中毕业后,想当一个工农兵学员走进大学门,当时当工农兵学员要有后门才行,自己能有什么后门关系呢?母亲是个女人家,国娃是个大老粗。

社民从小爱叔叔国娃,曾以为叔叔就是自己的爸爸。社民曾经问过母亲,为什么咱这里人管爸叫伯,管叔叔叫大。母亲说上辈传下来的,我们只能这样叫。社民从心底里感谢叔叔,叔叔几乎长年在外做工,四季不停地劳动。养活母亲,养活自己和妹妹,撑起了这个家,要是没有叔叔,这个家不知道会成为什么样子。社民有时也想叔叔都四十岁的人了,为什么还不结婚呢?是别人嫌叔叔没文化,脸黑,没人给叔叔做媳妇吗?可村上不少男人同样没文化,脸黑,有的比叔叔还丑还黑,为什么都有家有室,儿女成群呢?社民百思不得其解,这到底是什么原因呢?社民又想起了上次骂叔叔的事。社民对自己当时的行为也很后悔,不管怎么说总是自己的叔叔,而且叔叔待自己那么好。自从发生了那件事以后,社民心里总觉得和叔叔有点隔阂。社民记得在上小学的时候,一个同学骂母亲偷小叔子,为此社民还和那个同学打了一架。社民回忆起叔叔接送他上学时,村里人总用异样的眼光看着他们,是不是母亲真的和叔叔……社民实在不愿往下想,真是那么回事,多让人难堪呀!转念又想,不可能,叔叔那么黑,那么丑,母亲那么漂亮,根本不般配呀。随着年龄的渐渐增长,社民对母亲和叔叔的事想得更多了。

　　社民任代理老师不到半个月,国娃又到夏阳上了抽黄工地。抽黄是地区的工程,几个县的民工聚集在黄河边,要把黄河水从东雷村抽上旱塬去,灌溉几个县的农田,简称"东雷抽黄"。抽黄工程全民参战,惊天动地,村上的青年劳力几乎全都上了工地。到了工程紧要关头,中学生停了课也到工地上挖土方,打垫方。工地上能写字的地方都刷上了雄壮的标语口号:"大战三年,黄水上塬""水不上塬不结婚""奋战六十天,任务翻一番"。为了赶任务,国娃所在的营部决定春节不放假,正月初一开门红。国娃初一的任务是跟着手扶车司机去王家河拉石头。大年三十晚上,司机找到国娃,两人商量,去王家河拉石头离家不远,起早一点,明天正月初一早晨抽空到家里转转。主意一定,国娃心里琢磨着正月初一早晨回家给家里买点啥。最后想

到社民爱吃白菜，东菜园村的卷心白菜又大又瓷实，好吃没丝，便跑了五里路到东菜园村买了两棵大白菜，高兴地回工棚睡觉去了。

大年三十晚上，整个二十里夏阳川听不到鞭炮声。夏阳公社总共不满七千人，现在容纳着几万人。不管当地社员也好，还是抽黄工地的民工也好，人人移风易俗，过革命化的春节。夜深了，夏阳川到处都是灯火照耀，人欢马叫。夏阳川每一条大路小路上人力车、手扶车、自行车，上工的、下工的，人来人往，川流不息。平时，国娃躺到工地床铺上不到五分钟就呼呼睡着了，今晚上不知啥原因，翻来覆去睡不着。他数着指头算了算，再过一天，自己就年满四十岁了，一想到四十岁，心里涌出了一股凄凉感、紧迫感，一股酸酸的味道从胃底泛起直冲鼻孔，一连打了几个喷嚏。

国娃到工地已经两个多月了，没有回过一次家，工地任务紧是一个原因，主要是国娃自己不愿意回去。本来这次上黄河工地没轮到国娃，国娃的脚挖红薯时让铁镢撞伤了，天斗照顾国娃，让国娃第二批再来。国娃不愿在家里待，缠着天斗硬来了。天斗骂国娃："龟娃子，还装积极！"谁知道国娃要上工地的真正原因呢？

有一天早晨，全家人正在一起吃早饭。社民忽然放下筷子，一本正经地给母亲和叔叔说："妈，我们校长有个甘肃的亲戚投亲来了，是个三十六七岁的女人，死了丈夫，带着孩子想在咱这儿找个人家过日子。我和校长合计了一下，觉得叔大合适，要是能成的话，近来就把事办了。"芝兰和国娃没想到社民会说出这个话，不知该怎样回答才好。国娃看着芝兰，芝兰看着国娃。

社民看看母亲又看看国娃说："我想叔叔已经四十多

岁的人了，总不能为我们牺牲自己的一生。我们心里都不安，妈妈你说是吗？"芝兰更想不到儿子首先征求她的意见，脸有点微微发红，张开的嘴动了动又合上了。这天秀珍也在家吃饭，她对哥哥说："你管得太宽了，小辈子竟给叔叔当媒人！"社民瞪了秀珍一眼说："你懂得啥！"秀珍不服气说："这样过不是好好的嘛，你多管闲事！"

国娃本来话少，和社民在一起话更少，嘴巴一个字也吐不出来，端着碗只顾吃饭，头也不抬，头上的汗水顺着脸的两边直往下流。一时谁都不说话。过了一会儿芝兰的脸色恢复了常态，看着国娃说："社民说得对，他们大了，也应该管点事，再不能耽误了你。"社民望着母亲点了点头。国娃一直等着嫂子圆场，解救他的困境，谁知嫂子竟然向着社民说话，国娃嘴里吞着饭，眼睛向上翻了嫂子一眼，分明是失望和埋怨。国娃翻嫂子的这一眼，让社民看见了，社民对着国娃说："大，你说话呀。你不说话就是同意了。"国娃好不容易三嘴两口吞完了碗里的饭，碗一放，站起来说："我嫌有两个孩子，养活不起！"说罢，吃了个半饱走了。走到大门口又转身大声说："你的媳妇还没娶，秀珍还没嫁，我的任务没完成！"国娃从来说话没有像这次说话干脆，斩钉截铁。芝兰赞许地望着国娃的背影，秀珍感激地看着走出大门的国娃，社民现出吃惊和捉摸不透的眼光。

国娃出了门，找天斗去了，下午没回家，晚上也回来得很迟。国娃在院子里透过窗户看到对面窗上嫂子焦急不安的影子，国娃没说话，脚故意重重地跺了一下地，关了门，灯也没拉睡觉了。第二天天明起来，给谁也没打招呼，又上黄河工地去了，后来甘肃女人等不到国娃的回话，另嫁他人了。

大年初一早晨，国娃和手扶拖拉机司机还有一个民工，开着飞车回家了。国娃进门一眼看到自己和嫂子的窗纸都糊成了新的，和往年不同的是两个窗下边一格都装上了玻璃。不过自己的窗玻璃里边糊了一层纸，从外边看不到里边，从里边也看不到外边。嫂子窗玻璃上也有纸，却向上卷着，一眼就能看到里边。窗上的一对隔河对望的鸳鸯不见了。

嫂子和秀珍在厨房里下饺子，芝兰见国娃回来了说："去抽黄工地也不打个招呼，又回到大年初一，你还有这个家没有？"国娃只是笑，不说话。芝兰又说："难道你不想社民秀珍两个孩子吗？"国娃说："咋不想，我回来给社民还买了他最爱吃的大白菜。"

芝兰让秀珍到自己房子里给国娃取新棉衣新棉裤，顺便瞅了国娃一眼说："换上新衣服准备敬祖先。"社民正在上房里给祖先摆放祭品，看见国娃回来了，走出房子有礼貌地问了国娃几句，又到房子里去了。国娃回到自己房子里，上到炕上摸了摸贴在玻璃上的窗纸，严严实实的，一点也看不到外边。国娃没说话，坐到炕上发愣。等到秀珍在院子里叫："大，吃饺子了！"国娃才慌忙换好衣服，来到上房。

上房桌子上摆了四碟供果和八碗菜，国娃看着用黄纸写着的哥哥的牌位，走上前去，摸了摸哥哥的神牌位，心里说哥哥，社民该说媳妇了。

当地人的风俗，正月初一拜祖先是三拜五叩首。上香奠酒，一切仪式进行完后，社民和秀珍给母亲和国娃先后鞠了两个躬，算是小辈给长辈拜年了。国娃对嫂子说："嫂子，你为咱家辛苦了几十年，把两个孩子拉扯大，不容易呀，我替我哥哥给你磕个头。"说着跪在地上就要磕头，芝兰忙扶起国娃说："我和孩子感谢你都来不及，你还给我磕什么头呀？"芝兰说话时将国娃的胳膊越抓越紧，芝兰和国娃眼睛里同时流出了泪水。

饭没吃完,手扶车司机叫国娃来了。司机看见国娃穿了一身新衣服,说:"咱们是拉石头,不是走亲戚,你穿这么新给谁看?是不是要入殓了?"社民瞪了司机一眼,芝兰显得不高兴地说:"大年初一早晨说晦气话,你不害怕扎了你的舌头。"司机笑了笑忙赔不是,和国娃一起走了。

为了赶时间,把回家耽误的时间挤出来,司机来回路上都开着飞车。到了渤海村下坡转弯的地方,车速太快,弯转不过来,手扶车带石头和人一起翻到了路边。司机被石头砸死了,国娃的左腿砸骨折了,另一个民工两只胳膊被砸断了。国娃被送到了县医院,当天晚上社民和芝兰都赶到了医院。芝兰见国娃没有生命危险,心里一块石头才算落了地。芝兰让社民回家去,自己一个人在病房守护着。国娃是因公光荣受伤,医院很重视,立即进行处理,打上了石膏。芝兰坐在病床边用热毛巾擦着国娃脸上的土,笑着说:"本来就丑,现在越黑越丑了。"国娃说:"我才不怕丑,反正我今辈子不想说媳妇了。"芝兰故意说:"那你有了病谁侍候你呀?"国娃说:"有嫂子就行了。"芝兰的脸红了,十分不好意思。国娃忙说:"还有社民和秀珍呢!"芝兰听国娃提起社民,脸上掠过一丝不易觉察的阴影。国娃要吃药了,芝兰细心地给国娃喂药。国娃挣扎着要下床,芝兰估计国娃要小解了,马上取来便盆让国娃在床上小便。国娃不肯,芝兰说:"你不要装好汉,这是医院的病房,你在住院,还有什么不好意思的。"芝兰强迫国娃解开裤子,把便盆塞到国娃的屁股下,国娃乌黑的脸红得越黑了。

夜深了,国娃靠在病床上,芝兰坐在床边,一对叔嫂各有各的心思,谁也没说话。最后还是国娃先开口:"嫂子,

该给社民说媳妇了，秀珍也大了。"芝兰说："我想社民的心不在媳妇身上操。"芝兰知道自己儿子的心思，一心想上大学，根本不想当教书匠，只不过是等待机会。社民好胜心强，又爱面子。秀珍已上了高一，学习一般，性格开朗，人较随和。将来社民要是上了大学，秀珍结了婚，家里就剩下芝兰和国娃了，芝兰想到那时两人的生活该怎样安排呢？芝兰想来想去实在想不出办法来。不一会儿，芝兰趴在病床上睡着了。

大腿钻心的疼痛使国娃醒了过来，国娃看着熟睡的嫂子，脱下棉衣给嫂子盖在身上。国娃想，嫂子太可怜了，守寡二十多年，清清白白，还被巷里男人说了许多闲话。这些闲话都是因为自己引起的，自己对不住嫂子啊！自己曾下过决心非嫂子不娶，看起来没有实现的可能了，今辈子和嫂子无缘，下一辈子吧。国娃几次想在病床上把自己的心思给嫂子说明，心想嫂子该不会怪他吧？几次想叫醒嫂子又忍住了。国娃几次想抓住嫂子的手，一想到社民的眼神手又缩回去了。国娃想着想着又睡着了，再醒来时，发现盖到嫂子身上的棉衣又盖到自己身上了。

第二天早饭时，社民赶来了，社民让母亲到外面透透气去。芝兰出去后，同室的病人说国娃："你的妻命真好，老婆那么漂亮，侍候得又那么周到！"社民转过头瞪了那人一眼，一句话没说。国娃一时心跳脸红，不敢正视社民一眼。芝兰回到病房后，社民平静地对母亲说："初二家里要来亲戚，你立即回去，我在这儿侍候。"芝兰走时，社民一再叮咛母亲："这儿有我，你最好不要来了，也不方便。"

国娃住了半个月院，社民按时给国娃吃药，按时给国娃买饭。每天晚上8时催着国娃睡觉，自己睡在床边的一个背椅上。只是国娃坚持自己上卫生间,来回让社民扶着。社民侍候得很周到,尽着一个做儿子的责任。国娃看到社民孝顺的样子,心里说,我的苦没白下。半月时间芝兰来过四次医院,社民不让母亲长时间待,更不让母亲晚上侍候国娃。正月十五一过,社民学校要收假,国娃正月十六也出院了。

　　按平常人说,损骨至少要百天调养,国娃在家只待了两个月就吵着轻伤不下火线,又返回工地了。天斗见国娃这么早就上工地了,骂着说:"你这个熊国娃,在家有扬州女人侍候,病肯定好得快。患难见真情,说不定这回还真勾搭上了。"另一个老者说:"那不敢,骨头没长牢干那事准会落个跛子!"国娃听了不说啥只摇头。天斗又唱起乱弹了:"……为了你孤灯相伴二十春……"

　　国娃想跟着哼两句,哼不出来了,不是忘了词儿,就是跑调。

　　时间就这样快快地慢慢地,平平常常过了半年,芝兰家四口人在四个地方各干各的事。芝兰除过在地里干些零活以外,家里还养了鸡和猪,家务活忙得她一天到晚脚手不闲。到了晚上,坐在灯下缝缝补补,尽管煤油灯换成了电灯,芝兰穿针时还总感到吃力,穿一回针总得四五次。芝兰伤感地对着镜子,流下了泪,四十多岁了!女人最怕的是四十。为了两个孩子,为了这个家,自己孤灯相伴几十年不说,还搭上了个国娃。巷里人的风言风语已经听惯了,芝兰一点都不在乎。芝兰最担心的是儿子社民,社民几次看她和国娃的那种眼神让她心惊肉跳,无地自容。做母亲的总不能在儿子面前出丑,总不能在儿子面前落下话柄,二十多年都过来了,再忍耐二十年吧。

社民除了上课外，其余的课余时间都用在复习功课上。国家恢复了高考制度，社民激动了好一阵子。上大学一直是社民的梦，看到过去的同学通过各种关系跨进了大学校门，社民痛苦、怨恨，怨恨自己生不逢时，怨恨自己出身卑微、家长无能。但这一切现在都不存在了，只要学习成绩好，就可以名正言顺地走进大学门，无须向任何人低三下四地去乞求。社民为了复习功课，有时耽误了上课，几次和校长几乎吵起来。校长找了天斗好几次，要求辞退社民。天斗碍于国娃的面子，还是留下了社民，社民不但不领国娃的情，有时还盼着国娃死了好。社民考虑自己上了大学，妹妹结了婚，家里只剩下叔叔和母亲，巷里人说闲话不说，万一叔叔和母亲真走到一起怎么办？社民想到难受时，真恨不得国娃马上死！

秀珍上了高中，开始学习属于中游，不知为什么，这一学期退步了，越退步越不想学。秀珍觉得妈妈守寡抓养他们兄妹两人不容易，国娃大更可怜，一年累死累活都是为了他们一家。秀珍曾经问过母亲，国娃大为什么不结婚，母亲的回答总是支支吾吾。秀珍也感到哥哥对国娃大有点冷漠，不近人情，甚至觉得哥哥的态度有点古怪。秀珍心里猜测哥哥那样子可能有他的理由，自己是个女孩子，在家里又最小，少管些大人的事好。过几年年龄大了，嫁出去就成了客人，这些事就与自己无关了。

国娃在抽黄工地上还是劳动，不过现在不能拉架子车了。上次提前出了院，又过早地上工地干活，国娃左腿落下了残疾，走起路一瘸一瘸的。国娃毕竟是"龟娃"，有时"龟"得让人喜欢。大伙干活累了，左一个扬州女人右一个扬州女人拿国娃寻开心，国娃从来不和任何人计较，天斗又给龟娃编了一段新秦腔乱弹。

为了你把我的腿摔断,
为了你把我的血汗熬干,
虽然说咱两人同住一院,
二十年隔水鸳鸯河两边,
山再高水再深国娃心不变,
到阴曹咱俩再同枕共眠……

这段乱弹虽然唱得好,却有点冤了国娃。国娃最近的心几乎全操在社民身上,社民二十几了还没媳妇,父忧子妻,子忧父葬,这是世上永远不变的事。哥哥死了,弟弟就是侄儿的父亲,不管侄儿承认不承认。国娃说这父亲没当成也罢,父亲的责任一定要尽到,死了后到阴曹地府见了哥哥也能说过去。

工地上有个邻村的姑娘叫秋文,高中毕业,人样儿俊,做活麻利,只是脸有点黑。上工下工和国娃抬头不见低头见,时间长了和国娃也熟了,国娃就动了念头。秋文姑娘和社民不是天生的一对吗?女子脸黑那是太阳晒的,房子里待上一月半月不照样白了吗?国娃央求天斗当媒人。天斗骂国娃说:"这个熊龟娃,自己多半辈子打光棍,扬州女人睡到身边也勾搭不上,还有能耐给侄儿说媒?"国娃不管天斗怎样骂,缠住不放,天斗没办法,只得答应了。

芝兰见国娃和天斗领着秋文姑娘回到家,心里知道国娃是自找麻烦。碍于天斗和姑娘在当面,不好明说,只好到学校叫社民去了。社民听说叔叔给自己领回一个媳妇,一肚子的火,在学校不好发作,又是天斗做的媒,经母亲再三劝说,只好回到家里。社民板着面孔和秋文三言两语结束了初次见面的谈话,和谁也不打招呼径自回学校去了。

天斗骂国娃:"你是狗咬耗子多管闲事!"说完领着秋文姑娘走了。国娃一屁股坐在台阶上,低着头不说话,芝兰再问也不吭声。吃晚饭时社民回来了,国娃、芝兰、社民三个人吃着饭,谁也不说一句话。国娃胡乱吃完一碗饭,放下碗要走,社民忽然开口说:

"大,我的事你以后不要管。"

国娃说:"你的婚事没办,我的任务没完成,我不管能成吗?"

社民下午就窝着一肚子火,听国娃说"任务没完成"更火了:"我结婚没结婚与你有什么关系?你简直是狗咬耗子多管闲事!"

一句"狗咬耗子"喷得国娃一头雾水,芝兰实在看不过眼,斥责社民说:"你咋能在你大面前这样说话,你大还不是为你好!"

社民不示弱,冲着母亲几乎是吼叫:"为我好,还不知道是为谁好,他是目的不纯,企图不良!"

社民说完话转身就要走,芝兰不知哪来的一股劲,也在吼叫:"社民,你给我站住!"

社民吃惊地看着愤怒的母亲,有点胆怯。芝兰见儿子有点慌乱,心又软了,到了口边的话又咽到肚子里,向社民挥了挥手,社民转身走出大门,将门咚地一摔。国娃像寒冬腊月被谁在身上泼了一桶冷水,全身湿漉漉的、冷冰冰的,全身内外冰透了。国娃回到自己的房子,一头扑到炕上,叫驴般地吼叫起来。芝兰听到国娃撕心裂肺的哭叫声,也趴在自己炕上大声哭起来。乡村的初夜,静悄悄的,一个男人撕天的哭叫声和一个女人裂地的哭叫声,冲出芝兰和国娃的屋子,冲进了芝兰家的院子,落在村院里,落在邻院人的耳朵里。人们摸不着头脑猜测着国娃、芝兰叔嫂之间的事，谈论着两个人之间的事。

　　社民在恢复高考的第二年参加了高考。第一年没考上，复读了一年，终于考到了省上一所重点大学。社民自从发生了顶撞母亲和国娃大的事情以后，心里很内疚，社民向母亲赔礼道歉，母亲还要让社民给国娃赔情道歉，社民同意了，就是张不开口。有一次社民鼓起勇气向国娃说："大，我错了，请你原谅我。"国娃受宠若惊地说："不，也怪我，你们年轻人有志向，想干大事，大不怪你。"

　　国娃自那件事后哭了几阵子，伤心了几天，到工地又挨了天斗一顿骂，就啥事都没有了。工地每月发的补贴钱照样交给嫂子。给自己留个一元两元，还是舍不得花，不是给家里买了萝卜就是买了白菜，有顺人全部捎回家。社民考了两年大学，国娃还买过两盒蜂王浆给社民补身子。社民考上了大学，国娃寻思着，侄儿要出远门了，一年半载才能回家一次，自己得早些回家，看嫂子有什么安排。国娃向天斗借了二十元钱，让嫂子给社民添上。几天来国娃不是操心社民的被子就是操心社民的衣服，早饭时安排早饭，午饭时安排午饭，花样变个不停。芝兰说："还不算老，怎么变得啰唆起来了。"国娃高兴地说："咱家有希望了，嫂子将来有指望了，苦没有白下。"芝兰说："要说功劳，你比我的功劳大，一家老小全是靠你，你也会跟着社民享福。"国娃摇了摇头说："我一辈子是下苦命，只要你和孩子们好就行了。"

　　社民走的先一天晚上，芝兰、国娃、秀珍、社民围坐在院子里，说了一阵子离别前嘱咐的话。社民忽然一本正经地说："大，我四年大学毕业以后肯定不回家了，我母亲肯定要跟着我，那时秀珍也结婚了，你总不能一个人这样下去，有个病谁照顾你，还是娶个人吧。"芝兰也说："社民说得对，你也该成个家了。"国娃谁也没看，沉思了一会儿说："我没那个心思了，你们去了以后，我守着哥哥的牌位给你们看好这个家。"

社民走了没多久，抽黄工程结束了，国娃只得回到家。回到家第二天，国娃找天斗要当生产队的饲养员。天斗骂国娃："你个龟娃子，社民走了，你现在不过河几时过河？"国娃说："不了，还是给嫂子留个清白吧。"没几天，国娃搬进了生产队的饲养室。

第二年春天，秀珍要结婚了，女婿家相隔芝兰家五十多里。结婚的前一晚上，秀珍陪妈妈坐在堆满嫁妆的炕上说话。

秀珍到世上才几个月爸爸就去世了，母女俩相依为命二十多年。人常说母亲最了解女儿，女儿也最知道母亲的心，秀珍看着妈妈额头上的几根白发无限伤感地说：

"妈妈，你老了。"

芝兰说："我女儿都要出嫁了，妈妈怎能不老。"

秀珍说："你和我大的日子以后怎样过呢？"

芝兰说："这样过不是很好吗？"

秀珍几次张开口话又咽了回去，最后还是鼓足了勇气说："妈，不要骗我们了，你和我大的心思我早都看出来了。"

芝兰脸有些红，故作镇静地说："啥心思，孩子怎懂得大人的心思？"

秀珍忽然大哭起来："你们再不要折磨自己了，你和我大干脆过在一起吧！"

芝兰抱着女儿也哭了。芝兰说："我们都忍了二十多年了，为了你和你哥，我们就忍到死吧！"

秀珍哭着劝母亲，又讲了电视上、小说里好多叔嫂通婚的故事，芝兰只是摇着头。

第二天秀珍出门时，给死了的父亲磕了头，给国娃磕了头，给母亲磕了头，秀珍站起来抱着国娃说："大，你照顾好我妈，我会经常回来看你们的。"国娃一边擦泪一边点头。

社民来信了，需要二十元钱。芝兰盘算着，这一段时间村上流行鸡瘟，全村的鸡都死光了。芝兰平日靠卖鸡蛋攒点钱，鸡一死，没鸡蛋卖了，养的猪还小，当下也不能出槽，加之芝兰半年来常感冒，吃药打针又花了不少钱。过去国娃在黄河工地上，每月还能补贴几元钱，现在进了饲养室，只挣工分没有补贴，家里这几天一分钱都没有。儿债急如火，一点也不能延误。芝兰想来想去想不出个办法，只得拿着信到饲养室找国娃。国娃搔着头想想说："天气冷了，想找个挣钱的活干干也找不到，明天我把牲口安排好，干脆到西沟里挖些远志和柴胡，想办法凑够给孩子寄去。"

国娃跛着腿跑遍了西沟的垴垴坎坎、沟沟岔岔，脸被西北风吹成了老榆树皮，手上裂满了血口子，谁见了谁都寒心。挖了七八天，终于凑够了二十元钱给社民寄去了。芝兰在给社民的信中说了国娃为二十元钱挖药的事。社民回信只感谢母亲，连国娃一个字也没提。

没几年生产队分田到户，芝兰家分到十亩地，牲口也分到个人了，国娃从饲养室搬回了家。国娃快五十岁了，芝兰年龄已经过了五十。那个年代，五十岁的农村人已到了老年，芝兰和国娃的心被残酷的岁月折磨腐蚀成冬天的柿子树皮，在男女这事上早已麻木了。两个人在一起也不似从前那样紧张了，晚上各人睡在各人的屋子里，什么也不想就睡到了天明。

芝兰身体不好，不常下地，国娃拖着一条瘸腿，一天到晚在地里干活。饭时回来吃饭，和嫂子说着地里的农活，说着社民的学业，再不提一个当娶、一个当嫁的事了。社民上大学了，秀珍嫁了，村上人都猜测说，这叔嫂俩大大方方睡在一起了。说了一阵子人们也不说了，都觉得这是陈年八辈子的老话题，没个啥意思了。只有天斗还偶尔骂国娃几句，哼几句乱弹，为国娃感到不平。

芝兰和国娃也有难过的时候，特别是遇到冬日夜长或春天下雨的晚上，两个人听着风声雨声，倍感凄凉，往往长吁短叹，一夜难眠。这时候，国娃看着糊着窗纸的玻璃，曾想过借社民秀珍不在家，揭开窗纸，可是一忽儿又改变了主意，揭那张纸有什么用处呢？两个人房子的门每天晚上都开着，孩子们走后都不关门了。芝兰常到国娃房里陪国娃说话，半夜来半夜去，谁都没有孤男寡女相处在一起那种紧张的感觉了。国娃知道，他这一生离不开嫂子了，有时回家不见嫂子，他便心里一沉，好像没了依靠似的。芝兰心里想得比国娃想得更多，芝兰心里清楚，现在地分了，家里更离不开国娃了，坐在一起说说话也是个伴，村上不少像芝兰和国娃这样年龄的夫妻不是早已分开居住了吗？芝兰心里又想，社民一直说毕业后要接自己到大城市去，要是自己走了，把国娃一个人丢在家了，一年老似一年，孤苦伶仃没人照顾，咋生活呀？村上的人非要把我娘儿俩骂几辈子。想来想去也想不出个什么法儿来，只能算走算看吧。现在只能对国娃身体生活上多关心点，多照顾点，补偿补偿我娘母们对国娃的亏欠吧！

社民大学毕业了，分配到了兰州，情况没有预期的那么好，自己找对象，结婚还得向家里要钱，房子更是没着落，哪有心情接母亲来住啊！国娃和芝兰在家里平平静静地过着日出而作、日落而息的田园生活，社民在城市里拼搏着。

　　农村的改革开放，给农民带来了发家致富的机会，芝兰村上的人有不少种了几年烤烟都发了点小财。农民手里有了钱，粗布衣服换成了料子布，"羊群"烟变成了"宝成"烟，破自行车换成了新自行车，少数人还买了摩托。订婚、结婚也讲起了排场，旧房子也慢慢换新了。有些人进了趟城，逢人就炫耀进了馆子，吃了几碗羊肉泡，吃了几碗页面，听的人嘴巴直发馋。国娃也种了几亩烤烟，国娃一不翻修房子，二不抽烟下馆子，只花了一百多元买了个半新自行车来回骑着，卖烤烟的钱一五一十全交给了芝兰。国娃有一天卖烟回来，给芝兰数着交钱，社民回来了，全家人高兴了好一阵子。社民给母亲说，他要结婚了，接母亲和秀珍到兰州参加婚礼，还想在家里拿几千元。

　　芝兰听说儿子要结婚了，高兴得晚上等不到天明，当即取出四千元存折和一千元现金交给了社民说："这是卖烤烟攒的五千元，全部给你，平时我和你大一分钱也舍不得花。"社民感激地望着国娃说："大，感谢你了，你辛苦了！"国娃笑了笑说："感谢个啥哩，我挣钱不是为你们花为谁花？现在你结婚了，我也了却了一桩心事，高兴得很！"

　　社民在家住了三个晚上，第四天早晨，芝兰、社民和秀珍到火车站，坐火车去了兰州。国娃送到村外，直看着他们的身影消失在拐弯处才回到家，家里冷冰冰、空荡荡的，国娃像掉了魂似的。

　　国娃好不容易独自在家挨了半个月，半月来饥一顿饱一顿，有时两顿并作一顿吃，晚上不是半夜才脱衣服睡觉，就是穿着衣服睡到太阳冒花花才起来。这么大的院子，国娃是第一次独自一个人这么长时间守着，国娃感到特别孤

独寂寞时,恍惚看见嫂子的影子站在自己面前,赶也赶不走。有一天晚上,国娃梦见社民领着一个女人回来了,说是给他介绍的对象。国娃不同意,社民指着国娃的鼻子大骂,把国娃从家里赶出来了。国娃没办法,只得求嫂子想个办法。嫂子说:"咱们离开家乡吧。"国娃说:"这样私奔对得住哥哥吗?"嫂子说:"你把他的两个孩子养大了还对不住他?"国娃高兴地拉着嫂子的手,跑呀跑呀,不知跑到了什么地方,也没村庄也没有人,遍地的油菜花香,让人浑身发酥。蓦地,远处走过来一伙人抬着一顶花轿过来了。国娃穿着结婚礼服,插花背镜迎着花轿走去,轿子里边坐着一个如花似玉的女人,国娃揭开红盖头一看,哈!是嫂子!嫂子漂亮得像天上的七仙女。国娃刚要扶嫂子下轿,社民突然来了,手里拿根棍子,凶神一般向国娃伸出的手打下来,国娃一声尖叫,惊醒了,才知道是一场梦。国娃拍了拍自己的头,自言自语地说:"这么大年龄了,还想这个,不嫌丢人!"第二天国娃不由自主地把晚上做的梦给天斗说了,天斗说:"这就叫棒打鸳鸯!"

芝兰走的时候给国娃说快则十天,慢则半个月就回来了。国娃从嫂子走后的第二天下午就到村头张望了。国娃心里明知道是白跑白等,两条腿却不由自主地走到村外,有一次还认错了人。天斗见国娃这种失魂落魄的样子,笑着骂国娃:"你龟娃子,扬州女人在的时候不敢下手,人家走了你却想得死去活来,顶个屁用?你是瞎子看月亮,瞎望一场,半个月白等了。"

从第十天起,国娃每天下午3时准时去火车站接嫂子,第十一天,第十二天……第十六天下午4时34分,火车准时到站,国娃终于看到嫂子和秀珍回来了。芝兰看见国娃头发乱蓬蓬,穿着一身脏兮兮的衣服,人似乎也瘦了许多,心疼地埋怨说,我才走了几天,你就变成这个样子。国娃不说话,只知憨笑。三个人一起回到家,芝兰和秀珍放下东西,忙到厨房做饭。一会儿,香喷喷的一桌饭做好了。国娃不知是饿了,还是其他原因,一连吃了三大碗嫂子做的软面。嫂子拿出社民给国娃买的兰州白兰瓜、糖和蚕豆。国娃看着社民买了这么多好吃的,高兴地说:"社民真懂事,没有忘记这个叔老子!"芝兰说:"社民是个读过大学的孩子,咋能把你忘了,他将来要是对你不好,我都不答应!"国娃今晚见了嫂子有说不完的话,问东问西,问南问北,高兴地说:"明年我们准能抱孙子了。"芝兰说:"孙子满月时咱们一起去兰州。"国娃听说让自己去兰州,心里更开心了,说:"那好呀,大半辈子还没出过远门,西安都没去过!"

半夜了,国娃还没有睡意,芝兰故意说:"今晚你是酒喝多了。"国娃一本正经地说:"再谁不知道你还不知道我不会喝酒?"芝兰说:"今晚的话为什么这么多?半夜了,赶紧睡觉去。"芝兰三番五次地催国娃,国娃才回到自己房子。国娃睡下又做了一个梦,梦见和嫂子一起去了兰州。

过了三五天,芝兰家又恢复了平静,秀珍回婆家了。芝兰身体不好,早已不喂猪了,除过做饭就是灯下做一点针线活,另外家里还养了一只小狗。国娃三晌下地,一晌不缺。地里种棉花呀,玉米呀,豆子呀,各种青菜呀,栽烤烟呀……卖的钱国娃一五一十全部交给了芝兰。芝兰和国娃一年四季仍然过着同院、同心、同灶、不同房的貌似夫妻实非夫妻的叔嫂生活。

社民结婚第三年立冬那天,芝兰的孙子呱呱落地了。社民来信请母亲给儿子起个名,芝兰给孙子起了个名字叫

"冬生"。社民觉得有点俗气，说干脆叫冬冬吧！社民来信给孩子起名是次要的事，主要是让母亲安排好家里的事，到兰州带孩子，时间估计两年，或者更长。这下芝兰犯难了，去吧，上次去了半个月，家里几乎失散完了，国娃弄得人不人鬼不鬼的；不去吧，儿子的事是天大的事，人到世上就是为了儿女呀！芝兰叫来国娃，只说到兰州带一段时间孩子，没说两年。国娃问：

"得多长时间？"

芝兰说："我也说不清楚，到兰州再说。"

国娃还想问什么，没张开口。芝兰看到国娃欲言又止的样子，知道国娃想问些什么。芝兰说："我先到兰州，安排好了再来接你。"其实芝兰这次想领上国娃到兰州住上几天，只是社民没开口，芝兰也没办法，只能这样说。国娃毕竟是"龟娃"，想了想对芝兰说："你把咱卖烤烟的钱全给社民拿上，孩子有了娃，费钱哪！"

芝兰忙活了好几天，除收拾自己要带的东西外，给国娃淘麦磨面，蒸了一大锅馍，从穿的到盖的全部给国娃拆洗了一遍。去兰州的先一天晚上，芝兰给国娃一会儿安排地里的活，一会儿安排家里的事，一直叮咛到凌晨1时。芝兰知道，她的小叔子干地里活是一把好手，却不会料理家务，也不会照顾自己的生活。第二天国娃送芝兰到火车站，芝兰在车内，国娃在车外，摇着手，含着泪，火车长笛一鸣，叔嫂分离了。车站看见的人说："这老两口的感情比年轻人还要深。"

国娃一个人生活了一月又一月，白天下地干活，晌晌不停，地里没活找活干。晚上除过靠着枕头静坐以外就是躺下做梦，嫂子、社民、社民的娃还有死去的哥哥，几个人的影子轮着出现在梦中。有时哭，有时笑，有时好，有时闹,梦中的喜怒哀乐,既实实在在,又离奇古怪。秀珍路远,一个月只能来一次,一次只能住一天,照母亲的嘱咐给国娃大洗衣服扫房子蒸馍,变花样做上几顿饭,让国娃高高兴兴。快过春节了,嫂子还没回来,国娃琢磨着嫂子走时说的"一段时间"这句话,大概"一段时间"没个长短吧,看起来今年过年家里只有自己一个人了。腊月二十三国娃收到社民寄来的包裹,有一双芝兰做的新棉鞋,一双新袜子,还有社民穿退下来的一件夹克、一条裤子。棉鞋里塞着一张纸,纸上写了一段话:

叔叔大人:你好!

我母亲原计划过年回家,因火车上人挤,就不回来了。想接你来兰州过年,考虑到你来兰州家里没人看门,今年算了,以后再说。母亲让我叮咛你,去年栽的苹果树,要用谷草包住树身,以防冻坏。你要珍重身体,注意饮食。

祝你春节快乐!

社民
×月×日

国娃端详了一会,大部分字认不下来,只得请教天斗。天斗因不适应改革开放的新形势,生产大队长的职务被撤换了。一段时间感到很失落,心情不好,经常发些牢骚,常常拿个酒瓶,醉得东倒西歪。天斗拿着信,一字一板念给国娃听。念完信,把信往地下一扔,骂国娃道:

"国娃呀国娃,你真是个龟娃子!人家母子俩合起来,给你这老叫驴戴按眼哩!"

国娃说:"管他戴啥,世上就是这哄哄世事!"

天斗说:"你下那么大的苦顶个啥?干脆把苹果树挖

了,老鼠给猫攒食哩!"国娃说:"不管怎么说,社民总是我家的根,我老了还指望社民管我哩!"天斗冷笑了一声说:"告诉你,龟娃子,你嫂子死在你后边你还有口饭吃,你嫂子死在你前边,你龟娃子死在西沟都没人管!"国娃说:"没人管就没人管,眼一闭,脚一蹬,什么都不知道了!"天斗望着死不悔改的国娃摇头说:"龟娃子,不说了,来,喝两口酒!"说着把酒瓶子递给国娃。国娃接过酒瓶说:"我不会喝酒。"天斗说:"学着喝,酒能解闷。"国娃举起酒瓶艰难地喝了一口,再喝了一口,又喝了一口……这年春节,国娃天明盼着天黑,天黑盼着天明,苦苦熬度着时光。另外跟着天斗学会了一件本事,那就是喝酒,有时喝得老泪长流,有时喝得烂醉如泥。

两年时间对国娃来说是半个世纪。国娃像变了个人,不但学会了喝酒,还学会了抽烟。一条腿拖着,腰佝偻着,个儿一下子矮了一截,花白的胡子从老榆树皮似的下巴上长出了一撮又一撮子。喝醉了酒时话多得让人烦,不喝酒时话少得又像个哑巴。唯有一样国娃好像一辈子也变不了,那就是爱到地里干活。到了地里,一句话不说,再热的天,不戴草帽,再冷的天不戴棉帽子,一门心思干活,不想别的,有时干活故意用尽力气地干,好像还要借着别人的力气往外使。似乎只有这样,才能得到某种释放和轻松。

国娃正在地里修剪苹果树枝,芝兰和社民回来了。国娃尽管克制着自己的情绪,还是按捺不住心里的高兴跑回了家。芝兰两年不见国娃,国娃似乎苍老了二十岁,手里还拿着烟抽。芝兰先是一怔,然后说:"几时学会抽烟了?"要是前两年国娃马上会熄灭烟头,诚惶诚恐。今天却没有一点恐慌的意思,望着芝兰说:"我还学会了喝酒。"芝兰看着国娃,再没说一句话,心里隐隐发疼。

社民因为工作忙,第二天返回兰州去了。晚饭时,芝兰望着国娃语气沉重地说:

"两年我没在家,苦了你啦!"

国娃说:"苦了几十年了,这两年算啥?"

芝兰沉默了一会儿,流着眼泪说:"都是我不好……"

国娃摇了摇头说:"不,嫂子,我知道你的心,你是好人。"

当天晚上,国娃早些回到自己房子,坐在炕上,靠着枕头一夜没合眼。后半夜,芝兰的房子里不停地传来咳嗽声,国娃的心也在隐隐发疼。

在芝兰的再三央求和劝说下,国娃戒烟了,酒也喝得少了,国娃的衣服穿得干净了,头发也按时理了,芝兰的院子里沉闷了两年又有生气了,国娃的腿也拖得快了,腰似乎也挺直了。人常说,没有女人的家不像个家,好像一年没有下雨的土地,干得四分五裂。国娃家里又有女人了,除过女人的身子不属于自己外,其他什么都属于国娃的。

20世纪90年代中期,渭北一些产苹果的县碰到了开天辟地以来没有卖过的好价钱。果农欣喜若狂,有的人疯了,盖楼房的,买四轮农用车的,买摩托。村村过春节闹社火大都要出摩托队,小的村子几十辆,大的村子上百辆。有的一家几辈人每个房子装一台电视机,根据年龄选择自己喜爱的节目,免得爷爷与孙子争着看。没有盖房子的,没有买摩托的,不用问,家里肯定供着大学生或高中生。芝兰家没有盖新房,社民来信也不准家里盖房子。国娃腿不好,开不了农用车也骑不了摩托车,苹果卖的钱除了买了一台彩电和一台洗衣机外,其余的钱全部交给嫂子芝兰存到银行去了。芝兰和国娃说过多少次了,社民在兰州要买房子。

果不出预料,没过多长时间社民回来了。社民这次回来,给国娃买了一身新衣服和一双棉布鞋,带了好多食品糕点,国娃又高兴了一阵子。晚上三个人坐在一起,社民说要买房,要用好多钱,家里这几年苹果卖得不错,让家里也拿出个数来,母亲和国娃年龄大了,将来好到兰州养老。国娃激动得眼泪虽没流下来,眼圈却红了。芝兰好像什么都知道似的说:"钱肯定要给你,给多少,让我和你大合计一下。"

社民休息去了,芝兰问国娃:"你说给多少?"

国娃说:"家里能有多少?"

芝兰说:"不足四万。"

国娃说:"全部给社民。"

芝兰望着国娃说:"多不多?"

国娃说:"秀珍嫁了,是人家的人了,咱们只有社民一个孩子,有什么多不多的。"

第二天芝兰把存折全部交给了社民,社民到银行办了手续,下午坐火车走了。

国娃听社民说,房子买好了还要装修,装修还要花好多钱。从此国娃下地时间更早了,收工更晚了,干活更卖力了,一个心思用在苹果树上。

不到一年社民来信又要钱装修房子。社民工作忙,不能回来,国娃和芝兰一起到银行给社民汇款,银行工作人员羡慕地说:"你们老两口真好,儿子不给父母钱,你们这么大年纪了反而还给儿子寄这么多的钱。"银行工作人员埋怨自己没有这样好的父母。国娃和芝兰对汇款员说的话,从内心和表情上没有一丝反应。

再过了一年,社民回家要接母亲去兰州,说是母亲身体不好,他照顾方便。还有孩子上学了,接送吃饭要有人管,一句也没提接国娃到兰州的事。芝兰心里明白,自己已经是六十多岁的人了，国娃再能靠住，毕竟是小叔子，寡母只能靠儿子了。芝兰觉得再没有一丝一毫勇气向国娃说什么，说什么也没有用，只能一句不吭地忙活自己的活。给国娃准备好该准备的东西，还特意给国娃准备了一根红裤带，因为国娃今年六十一岁了，是本命年。国娃心里一时明白，一时糊涂。糊涂的是还等着社民接他去兰州，明白的是他也知道嫂子这次去兰州是"别时容易见时难"。国娃什么话也不说，什么表情都没有，只是嫂子做什么，国娃帮着做什么，哪怕不会做的活也要站在旁边掺和着做。嫂子走的前一天晚上国娃只说了一句话："把该带的钱都给社民带上。"

芝兰走后秀珍仍然按照母亲的嘱咐，一月来一次，一次住一天，帮着国娃大洗衣服，扫房子，变着花样做饭。不同的是秀珍每次来国娃都要给秀珍十元、二十元的，这在以前是没有的事。一年后，秀珍出外打工去了，只能春节回来正月初三给国娃拜个年。国娃又抽烟了，酒喝得更多了，时而喝得疯疯癫癫，时而喝得烂醉如泥。苹果这几年收入也不行了，国娃一天三晌要到地里干活雷打不动的习惯也动了，三天打鱼两天晒网。有时从天黑睡到天明，天明又睡到天黑，天黑了喝酒喝到半夜，半夜抽烟抽到天明，国娃彻底变成另外一个人了。天斗又编了几句秦腔乱弹：

　　　　老光棍龟娃子暗自心伤，
　　　　怨天地不睁眼好人遭殃。
　　　　梦里边叔嫂相亲相爱把福享，
　　　　鸡一叫被窝冰冷枕上难成双，
　　　　再不想一天三晌把活干，
　　　　喝杯酒暖暖身子浇愁肠。

芝兰到兰州三年了，天天牵心着国娃，牵心着家，几次想回家看看，社民都因工作忙，不放心母亲独自一个人回家，阻挡了母亲。天气热了，芝兰给国娃寄回了单衣；天气冷了，芝兰给国娃寄回了棉衣。社民要给国娃大买皮鞋，芝兰说："几十年了，你大爱穿我做的布鞋，夏天穿单鞋，冬天穿棉鞋，三年了，不知捎回了多少双鞋。"芝兰知道，国娃费鞋。三年后，衣服照样捎，鞋不捎了。每年收麦和春节，社民给国娃捎两次钱，每次三百元。社民来信说，母亲病了，不能做鞋了，让国娃用寄来的钱买布鞋穿。国娃听说嫂子病了，有点动心，想去兰州看嫂子。后来想，自己老了，谁陪着自己去呢？去兰州的心又退了。

国娃地里除了种麦子和玉米外，别的什么都不种了，一半地荒了，最后让给别人种了。国娃除过喝酒就是晒太阳，成天醉醺醺、懒洋洋的，有时拿把镢头，提着一个蛇皮袋子摇摇晃晃到西沟挖一点远志和柴胡，到底挖多挖少，卖多卖少，谁也没在意。

再过了两年，社民用专车送母亲回到家，芝兰患肺癌快两年了，生命垂危，落叶要归根，社民不得不送母亲回家。回到家第三天，芝兰已经是有出的气没有进的气了。国娃守在芝兰跟前，芝兰有气无力地抓住国娃的手，断断续续地说："娃他大，欠你的太多了……下辈子还你。"说完话，两滴浊泪从两个眼角流下。国娃用榆树皮般的大手替嫂子拭着眼泪，两行浊泪也随之流下，落在芝兰的脸上，又慢慢流进芝兰的嘴唇，芝兰微微张开嘴，咽着国娃又苦又涩的泪水。

晚上芝兰咽气了，这天正好是冬至。芝兰享年六十九岁。

埋人那天，社民兰州单位上的人也赶来了，秀珍从外地打工也赶回来了。追悼会上，兰州来的人讲了话，歌颂芝兰守寡四十多年贞洁如玉，为扶养两个孩子费尽心血，受尽世间辛苦，可谓人间慈母节妇！赞扬社民在母亲卧床两年期间，不辞劳累，精心侍候，孝感天地，誉满乡里！按照当地风俗，国娃代表长辈和亲朋给孝子社民披了红。整个埋人过程中，国娃给嫂子戴着孝布，没有哭也没有眼泪，拖着腿，随着送葬的人跌跌撞撞。芝兰和国娃的哥哥没有合葬，是"隔山葬"，这是按芝兰生前的嘱咐办的。

头七出来了，秀珍打工去了，社民回兰州单位去了，只有国娃坐在嫂子坟前哭了好几次，哭声哀哀凄凄，随着西风飘扬。天斗又编了一段秦腔：

　　有国娃跪尘埃泪珠不断，
　　哭一声老嫂子一命归天。
　　四十年同院同住同吃一锅饭，
　　却未曾两手相牵同床眠。
　　如今你驾鹤瑶池去赴宴，
　　丢下我孤孤单单实可怜。

社民回到兰州再不给国娃寄衣服了。过去给国娃寄的衣服，国娃大部分没穿，在炕上堆着，衣服上落满了厚尘。收麦和春节前照样寄两次钱，一次五百元。

时间长了，国娃也不去嫂子坟上哭去了，整天和天斗在一起喝着酒，一月有半个月在半醉不醉的状态里度过。酒醒的时候，爱拿个镢头，提个破筐到西沟挖远志和柴胡。

两年后的一天，村上的人忽然觉得有好几天没见国娃人影了，去国娃家看时，大门锁着，人不见了，左邻右舍

四处找不见国娃。过了五天，放羊娃在西沟的天井窟窿里发现了国娃的尸体，人死了已经好几天了。村上人打电话把社民叫了回来，秀珍在外打工路远，社民说不通知了。写讣告时，管事的人想把社民写成"不孝子"，社民不同意，坚持写成"侄子"。客随主便，按社民的意思，写成"侄子社民泣拜"。出丧时，社民抱着国娃的遗像，默默地流着泪，没有哭出声。到坟地像儿子一样摔了纸盆。

　　孝子行列只有社民一个。芝兰在世时给社民叮咛过，国娃死后埋到她的坟墓另一边。社民没有照母亲的吩咐办，把国娃遗体埋到了父亲坟墓的一边。国娃享年六十八岁。

　　没等头七出来，社民忙着要走，清点国娃遗物时，发现了十几张存折，存折上的钱共计一万三千五百八十六元五角。存户的名字有的写着芝兰，有的写着社民，没有一个存折户名写国娃的名字。存款的继承人当然是社民。

　　国娃家的大门上了锁，只有坟地里一字排开的三座坟墓向过往的行人诉说着一段令人心酸的往事。

　　天斗又编了一段秦腔乱弹：

　　　　三座坟一排排叫人悲哀，
　　　　诉说着叔和嫂一段情怀。
　　　　本来说叔嫂通婚是常理，
　　　　谁料想棒打鸳鸯两分开。
　　　　到头来血汗流干骨头碎，
　　　　到头来孤魂凄凄黄土埋。
　　　　骂一声龟娃是个大傻蛋，
　　　　一辈子没儿没女你活该……

是我把女儿逼死的

> 东风呼号,雪花漫天飞舞,一座土坟孤零零地躺在龙穴凤巢的荒沟坡上,土坟里埋葬着一个毕业不到一年的女大学生。母亲在坟前一边烧着纸钱一边哭泣着。女儿在地下向母亲倾诉着:"妈妈,你们为什么都要逼我上大学,假使不上大学,我是不会死的呀!"

今天是冬至,昨晚吼了一夜东北风,天明下起了小雪,本来约好的采访只能推迟。到了早晨10时,雪越下越大,看来老天没有停的意思。为了不失信,我还是冒着雪到北塬坡上的龙寨村找彩云。到了彩云家,大门上着锁,邻家人告诉我,彩云到女儿坟地去了,我问好路线,驱车到坟地里接彩云。

坟地在村东北徐水沟的南坡上,车行在不宽也不窄的土路上,路两边的干蓬蒿划得车身嚓嚓作响。车往前走了一段,路越窄了,司机说路不好,天又下雪,车不能再往沟下开了。我无奈地看了看前边的沟壑,走下车独自一人往沟下走去。整个沟坡上,几乎穴位不同、方向不同地布满了墓冢。有旧墓冢,有新墓冢;有的墓前竖着石碑,有

的墓前没有碑，只用几块砖叠成一个小供桌，还有的墓前用青砖建成一个精致的碑楼，碑楼里竖着刻着碑文的石碑。前多年龙寨村死了的人都葬在这片坡地上，大概六七年前，有一位省城来的易经大师，听说汉武帝刘彻和汉光武帝刘秀都在这儿驻跸过，数百里迢迢来到这里看风水，这下可惊动了县城乃至省城里一些望子成龙的有钱人，其中还有不少吃公务员饭的国家干部，个个不惜破大财请来了易经大师给死了的父母亲点穴买地建坟，还有些人把死了的父母挖出来重新埋葬在这里。这些做爸爸妈妈的，不惜自己的血汗钱，供儿女到城里上大学追寻成龙成凤的梦，又不惜花大价钱在山沟野洼里买来龙凤穴，让父母躺在阴间保佑后代成凤成龙。为了儿女们的锦绣前程，城乡协力，阴阳同心。不知何朝何代造出了"龙"和"凤"两个字，也不知何朝何代"龙"和"凤"开始象征着人间的吉祥和富贵。世世代代不知道有多少人为"龙"和"凤"奋斗着，拼搏着。

　　按照当地风俗，冬至前要给死了的人烧纸钱献饺子，时间最好选在冬至前一天半夜。现在的人好像有点懒，大多数人都等到冬至当天才烧纸。天亮了墓地才零零星星有些人，有的人烧纸钱，有的人哭泣，有的人诉说。纸钱灰随着东风飞来飞去，和雪花混在一起，落得满沟坡都是。我转了几个弯，下了几个小坡，好不容易找到了彩云。彩云蹲在一新一旧两个墓冢前，手里拿着一根干树枝正在拨弄燃烧着的纸钱，断断续续抽泣着，嘴里还不停地念叨着。我没打扰彩云，站在彩云身后听彩云喃喃地说："丁香，妈对不住你，你是妈逼死的！"彩云又说："中文，都怪我，本想逼娃成龙，没料想把娃逼成了鬼！"说完，大声哭起来。凄凄惨惨的哭声随着寒风，随着纸灰，随着雪花飘落在沟坡上，飘落在沟岔里。整个徐水沟，还有那流淌的徐水河也随着彩云呜咽。我已经忘记我站了多长时间，身上落满了一层雪花，眼睫毛闪动着，两只眼睛雾雾的，这种听不到的悲哀音乐，这种少有的悲怆气氛，令人窒息。我实在不愿意惊扰彩云，这会儿什么样的安慰、劝解都用不上了，只有和彩云一起哀叹悲哀。

彩云止住哭声，头往起一抬，发现我站在身后。忙站起来说："你来好一会儿了？"我点了点头。"看你身上的雪！"我又是点了点头。"对不起！"我没说话，还是点了点头。我和彩云一起上了车，在车上谁也不说话，一直到彩云家，那种悲怆的气氛仍然笼罩在彩云的心头，笼罩在我的心头。司机一路上也没说话，没按一声喇叭。

彩云和我是远房亲戚，用我爷爷的辈分推算起来，彩云该叫我"六舅"。我们多年一直没有来往，去年彩云的女儿丁香在西安住院，不知从谁那儿听到我在西安医院里有熟人，找上门来求我帮忙。助人为乐是个常理，何况别人有难，更应该帮助了。从那以后，互相往来比较频繁起来了，再则彩云供两个女儿上大学的事，正好是我写书所需要的素材，时不时地，我还专程采访过彩云几次。

彩云的丈夫姓常叫中文，和彩云是高中同学，毕业后被招到一个煤矿工作。当时煤矿工人工资较高，彩云有文化，在生产队还担任过干部，又会料理家务。丈夫在外工作，妻子在家务农，这种结合的家庭当时社会上称为"一头沉"。在贫困的农村，彩云家还算是个富裕家庭，尤其对当时一天只能挣几分钱的生产队社员来说，更是羡慕得不得了。彩云在同年龄女同胞面前感到骄傲，感到有说不完的幸福。谁知天有不测风云，人有旦夕祸福，这种好日子没过多久，丈夫常中文在一次煤矿瓦斯爆炸中不幸殉职了。房子的大梁断了，楼房的地基陷了，彩云家的光景急转直下。常中文享受着烈士般的待遇被葬埋后"死者长已矣",却不知彩云领着三个一个比一个高一肩头的孩子却陷入了"生者悲戚戚"!

彩云的大孩子是男孩,叫丁林,中文死时上初中。丁林身体好,学习好,平常考试在班上排名总是三四名。"文化大革命"中过来的彩云,总想让孩子先端个公家的饭碗。彩云多次找煤矿领导,一会儿讲理,一会儿哭闹,终于让还不够年龄的丁林到煤矿接了父亲的班。是彩云的命运不济,还是社会变化快得让人摸不着东西南北,没几年工夫,丁林矿上的效益不好,不少工人下岗了,丁林也毫无例外没有了工作。丁林回到家摔碟子拌碗埋怨彩云不该让他去接班。过去和丁林一块上学的同学,有的考上了大学,有的参了军、提了干,只有丁林当了几年煤黑子还失了业。一气之下,丁林到广东打工去了,好多年不回家一次,偶尔打个电话算尽孝了,如今三十二三了还没有媳妇。彩云后悔地给人说,她毁了丁林的前程!

彩云上高中时是学校的校花,上课时同学戳脊背的、踢脚后跟的多得是,上自习时外班的同学经常站到窗外扔字条的也不少,追求彩云的同学每个班上都有好几个,甚至还有校外的社会青年。求爱信彩云有时候一天能收到十几封,追求彩云队列中的队员写信最多的最痴情的要数同班同学高扶汉。彩云对待高扶汉却是寒冬腊月吃冰棍,内外都是冰的,高扶汉写的情书彩云看也不看就撕得粉碎扔进垃圾箱。彩云却不知哪个穴位走火入了魔,看上了其貌不扬的常中文。常中文不但是个煤黑子,而且短命,害得彩云年轻轻就守了寡。

有一天,彩云去县城办事,听到身后有人叫她,转身一看,这不是高中同学高扶汉吗?自己曾撕过他多少求爱信呀!高扶汉穿着藏青色西服,结着红色领带,眉宇之间显示出身份非凡和富有,鼻梁上架着的金丝眼镜更使他显得斯文而且令人肃然起敬。说话时不亢不卑,不高不低,不快不慢,给人的感觉是有渊博的学识和极高的修养。彩云还没有反应过来,高扶汉说话了:"你不是当年的老同学彩云吗?十几年不见,仍然保持着昔日的风采。"彩云知道高扶汉的话里含着嘲笑,彩云的打扮和举止,早已变成了一个半老的农妇,徐娘半老都谈不上了,哪谈得上什么"风采"呀!彩云问高扶汉:"听说你以后上了大学?"高扶汉说:"先教了几年书,后来自修上了大学。大学毕业后,被分配到另外一所大学任教,现在已经是大学副教授了,我们的大学是全国一流大学。"高扶汉一连说了六个"大学",说得彩云感到全身发热,脚心发凉,赶忙说了句"祝贺你"便转身走了,高扶汉叫也没叫住。

彩云在回家的路上,头上不知哪来的那么多汗水直往外冒,头昏沉沉的,低一脚高一脚地走着,险些碰到一辆手扶车上。手扶车司机骂了一句:"老婆子,你不要命啦?"彩云一句话没说,回家捂着被子就睡。第二天彩云照常起来,恢复了往日的平静,她暗暗下了决心,一定要供丁香、丁云两个女儿上大学,出人头地。

一个单身农民女人供两个女儿上大学谈何容易!丁香上到高中三年级,丁云上到初中二年级时,彩云已累得失魂落魄,遍体鳞伤了。丁香从小身体不好,上初中时患了严重的贫血病,学习成绩从班里的前十名退到了二十几名。彩云慌了,为了不让孩子耽误学习,和医生商量化验了自己的血型,自己给丁香输血。输血时正赶上夏收,医生劝彩云过一段时间再输。彩云看着丁香蜡黄的脸说:"孩子学习要紧,妈妈的一切都是儿女的,儿女要肉给肉,要血

给血，要骨头给骨头！"彩云共给丁香输了三次血，女儿的脸慢慢红起来了，彩云却病倒了。丁香和丁云围在妈妈身旁直哭。彩云摸着两个女儿的头说："你们姐妹俩一定要考上大学，妈死了也心甘。"丁香学年考试成绩是班上第二十五名，她拿着通知书闷闷不乐回到家。彩云看了看通知书，虽然没有说什么，心里却压上了一块石头。这一夜彩云失眠了，高扶汉嘲讽的笑脸时时浮现在彩云的眼前，高扶汉那语言、那神态像一根根钢针刺痛着彩云的心。恨吧，恨不起来；骂吧，骂不出口；只怪自己当初没有理想，没有决心，才落到如此地步。现在一切都晚了，婚姻上的不幸，尤其是十几年的农村生活，使她明白了一个道理：要摆脱贫困，只有走出农村；要出人头地，只能上大学。自己一念之差，耽误了儿子的一生，两个女儿再不能有什么闪失了！为了丁香的学习，彩云放下家里的营生，锁上大门，在城里专门租了一间房子陪着孩子，同时把丁云也转到城关小学上学。彩云三顿饭按时给孩子做，她想，孩子吃好才能学习好，将两个孩子的遗属补助费，尽铁打镰，变着法儿让孩子们全部吃完。彩云有时对两个孩子说："你爸去世多年了，其实你爸还在养活着你们，你爸在世的时候给我说过，一定要让你们有出息。"丁香说："有出息也不是都要上大学。"彩云说："农村的孩子不上大学怎么办？只有这一条路了。"晚上彩云很快做完家务，陪着两个孩子做作业。丁云上小学作业少，睡得早，丁香常常是晚上12时都不能睡觉，有时人困得实在不行了，趴在桌子上休息一会儿，马上被彩云喊醒继续做作业。

彩云陪读了一年，丁香拼搏了一年，终于考上了高中，但只是考进了普通班。彩云的心好像有一个鼓在不停地敲，人像热锅上的蚂蚁。彩云最后找到县立高中的副校长苗大安，要给丁香转班，苗大安和彩云是同学同乡。苗大安劝彩云不要给孩子转班，转到"火箭班"和别的同学差距太大，造成孩子心理上的压力，对孩子学习身体都不利。彩云不听，非让丁香转班不可，还怪苗大安不办事。苗大安推辞不了，设法把丁香转到了学校的重点班。丁香进了重点班后，本来和同学成绩有差距，心理上有障碍，加之天天没死没活泡在课本里，做作业、上课，上课、做作业，繁重而又枯燥的学习生活，压得头都抬不起来，丁香的心一天二十四小时都是沉甸甸的，丁香的头一天到晚昏昏沉沉，人也郁郁寡欢，像背了别人几十万元的债。我在整理阅读丁香的日记时，看到这样几篇日记：

×月×日　　　星期×　　　晴

作业重得要死，但不能不做，老师的关好过，妈妈的关难过。一个班九十多个学生，哪个老师有那么大的耐心检查每个学生的作业，何况我们已经是高中学生了。可是妈妈一直盯着我一个人，每天晚上陪着我，直到半夜，认真地看，一丝不苟地检查，一个字、一道题都不放过。我埋怨妈妈为什么是高中毕业文化程度，她要是初中毕业多好，就没有能力检查我的作业了。

我有时想，妈妈哪来这么大的精力？白天忙活一天，晚上陪我到半夜，天不明准时叫我到学校，从来不用闹钟。我记得妈妈说过的一句话："想起孩子上大学，我的劲就从四面八方来了。"我将来的大学桂冠就是妈妈终生的愿望。

×月×日　　　星期×　　　阴

期中考试成绩下来了，九十多个名次，我是全班六十六名。该死的老师为什么要公布名次呢？而且是张榜公布。这个成绩在学校不会碰到什么大的厄运，老师批评几句就是了，成绩好的同学和成绩差的同学关系处理得照样好。最担心的是我的妈妈，回去拿什么给妈妈交代呢？我不怕妈妈发火，平时我做错了事，有时希望妈妈打我两巴掌还好受些。我最怕妈妈含着眼泪说这样的话："丁香，你要对得起你爸爸，你知道不，昨天晚上我梦中见了你爸爸，我给你爸做了承诺，一定送你走进第一流大学的门！"

×月×日　　　星期×　　　雨

下雨了，妈妈拿着伞接回了妹妹又接回了我，妈妈在外婆家提了一只老母鸡给我们炖了鸡汤，我和妹妹分着吃，妈妈没尝一口。电灯下，我一边学习，一边偷看着妈妈。听几个叔叔说，妈妈过去是校花。记得我小时候，妈妈长得非常漂亮，走到村上，走到街上，常常有很多人看妈妈。妈妈现在老了，刚过四十岁，头上的白发和黑发已经平分秋色了，眼角、嘴角有了皱纹。我想起妈妈对我和妹妹说过的一句话："只要你们上了大学，妈妈变成丑老鸭心都会年轻三十岁、四十岁。"我流泪了，妈妈，我一定努力学习，考上大学，为你争气！

×月×日　　　星期×　　　阴

决心是决心，可是我尽了最大的努力，学习成绩总是赶不上去。不知什么原因，上课时头疼，做作业时眼花，有时头疼得直冒汗。妈妈取出热毛巾给我擦，拿着扇子给我扇，但从来不说让我休息一会儿。总是说，学习就要吃苦，能吃苦中苦，才能成为人上人。妈妈，假使为了学习将我累死，考大学有什么用呢？你会后悔吗？

×月×日　　　星期×　　　晴

昨晚放学回来，妈妈的晚饭已经做好了，是鸡蛋拌汤。妈妈显得很高兴，说通过老同学的关系找到了一份工作——清扫街道。工作虽然有点累，有点脏，但时间比较自由，便于给我们做饭。今天早晨，妈妈和往常一样叫醒我们，说她上班去了，早点在锅里热着，说完，拿了一个冷馍走了。我去学校的路上，看见妈妈头上包着红头巾，穿着清洁工人的工作服，在寒风中弯着腰吃力地挥动着扫帚。我知道，我的年龄渐渐大了，学费越来越高了，只靠我们的遗属生活补助费远远不够了。我的眼睛潮湿了。

×月×日　　　星期×　　　晴

妈妈领了第一个月工资回来，给我买了蜂王浆让我补身子，因为我明年要升高三了。我喝着香甜的蜂王浆，心里却觉得又涩又苦！我的月考成绩不好，能对得起妈妈的蜂王浆吗？妈妈，你不是补我的身子，你是给我身子加重负担呀！

不一会儿，妈妈问起了我的月考成绩，我支支吾吾，最后还是说了实话。妈妈没有说话，好一会儿都没有说话，房子里静得一点声音都没有，丁云吓得躲在一旁看书，时时回过头来瞅我。妈妈忽然哭了，租人家的房子，院子里人很多，妈妈不能大声哭，趴在床上，牙咬着被子狠劲地抽泣，两个肩膀不停地颤动。我正要拉妈妈，妈妈忽然坐起来，取出父亲的遗像，让我跪在父亲遗像前忏悔。我跪在父亲遗像前流着泪，心里说：爸爸，你到了阴间为什么还要逼着我上大学！

到了高中三年级，丁香的贫血病又犯了，脸色发黄，

全身一点力气都没有。再一年就要高考了，丁香的身体是这样，彩云可慌了手脚。彩云看到村上邻家的孩子、同学的孩子、亲戚的孩子，一个个考上了大学，让人羡慕死了。彩云期盼每年的高考，又害怕高考的到来。盼高考是过一个高考便离丁香的高考期更近了，害怕的是，别人的孩子考上了，自己的孩子成绩平平，心里总捏着一把汗呀！尤其是放了暑假，看到儿子过去的同学一个个戴着大学生的桂冠出现在自己的面前，彩云的心就像火烧一样焦急。彩云想，难道命运是故意和我彩云作对吗？彩云是不相信命运的，她认为自己没上大学是自己的失误，儿子没考大学是自己的失算，一切尽在人为，丁香丁云一定要上大学。

　　彩云为了丁香的病，跑遍了县城大小医院，找遍了偏方、单方。医生劝彩云不要太着急，贫血病是慢性病，可彩云怎能不着急呀，离高考只剩下十个月了！彩云为了来得快，还是决定给丁香输血。输了几次血，丁香又回到了学校的课堂上。彩云的老同学、副校长苗大安建议彩云让丁香休学一年，身体养好后再上学，彩云不听，说给孩子把饭做好，加强孩子的营养就行了。彩云照样每晚陪丁香到半夜，监视督促丁香做作业。星期天到处找老师给丁香补课，一会儿作文，一会儿数学，一会儿英语，一会儿化学，不要说丁香，就是补课老师也不知道该怎样给丁香补课才好。丁香的几篇日记是这样写的：

　　　　　　×月×日　　　星期×　　晴

　　高考分数下来后，整个县城疯了！所有参加高考的学校，拉着军乐队、锣鼓队，在全县从城里敲到乡下，从乡下吹到城里。标语写着："我校今年高考一本××名，二本××名，三本××名""×××考取市理科状元""×××

考取全县文科状元""全市理科前十名我校占了×名"等等。鞭炮响着迎来了太阳,鞭炮响着迎来了月亮。县委和县政府大门口,到处贴着"喜报",向县委、县政府和全县父老乡亲汇报高考的优异成绩。人们兴奋地议论着,赞扬着,奔走相告,共同祝福着一条条鲤鱼跃出了"龙门",真是"农门儿女龙门志,鱼跃农门不为耕"。这种疯狂不知起于何时,这种疯狂不知还能延续多久。

×月×日　　　星期×　　多云

妈妈从大街上回来,拿了几张红绿传单。社会上到处都在招生,到处都在补课,招生的学校都打着名牌大学的招牌。广告上写着:"国立大学,师资雄厚,校舍一流,保证分配"。所谓的大学只要名一报,钱一交,就变成了"名牌大学生"。想不到大学就这么容易进!小学毕业都能上大学,何必十年寒窗九载熬油呢?

妈妈劝我到街上走一走,挑选几个补课的老师补课。我来到了街上,补课宣传车大街小巷乱跑。市管和环保局对于学生的事大概是大开绿灯,谁愿意做影响下一代的罪魁祸首呢?招生的广告五花八门,有现身说法的,有当场表演的,好像世界上所有的明星、所有有成就的人都是我县教师培养出来的,都是从我们这个地平线上升起的。尤其是那些有名望的退休老教师的标准像都上了广告牌,挂上各种学术头衔招摇过市。成群成群的家长和学生,跑来跑去,几乎从来不问补课价格,只问补课时间的长短,时间越长越好。我走了半天,没挑好一门课程和一个老师,最后还是妈妈给我定下来,不管是真还是假,妈妈交了补课费我就得补课。

×月×日　　　星期×　　　晴

　　高一高二似乎还好一点，到了高三，学校疯了。高三学生不能回家吃饭，不能回家睡觉，封闭式管理，星期天从不放假。校长心里明白，要是明年高考落伍了，校长的宝座，甚至教育局长的宝座都保不住了！开学后，学校进行了一次摸底考试，统一排名编班，我再一次被编到了普通班。妈妈又要找她的老同学副校长，我说算了，成绩不行，何必要调到尖子班，对我的压力太大了。妈妈不听，坚持要我调班。最后我威胁妈妈说，你要是找你的老同学给我调班，我就不给你上大学了！这一招果然灵验，妈妈不找人去了，并纠正我刚才说的话："咋是给我上大学，人们都说儿女上了大学父母倒霉哩！"我没有说话，心里说，你倒霉为什么还要逼我上大学？

　　×月×日　　　星期×　　　阴

　　妈妈和好多家长一样，中午和下午到学校门口给读高三的女儿送饭，担心女儿在灶上吃不好。我看着妈妈消瘦了一圈的身体和过早地变成了黄脸婆的脸，心里酸酸的。妈妈瞪着可怜兮兮的眼睛瞅着我吃饭，昏暗的眼神里透着爱怜，透着希望，我再次落泪了。这能怪妈妈吗？所有的父母都一样，哪个父母不希望自己的儿女能有个锦绣前程呢。社会"疯"了，学校"疯"了，老师"疯"了，父母也"疯"了，但这都"疯"在情理之中。我错怪妈妈了，妈妈，女儿一定好好学习，为你争气！

　　×月×日　　　星期×　　　雨

　　月考成绩下来了，我是班上第44名，全级排次928名。根据这个成绩，可以说考个三本也难。班主任批评我，代课老师训斥我,有的老师竟然骂我"朽木不可雕也!"妈妈的老同学、副校长苗大安找我谈话,他说到了母亲对我的希望,说到了我母亲望女成凤的心切,又说到了妈妈供我和妹妹上学的艰辛。最后说:"你妈妈守寡供养你们上学真不容易啊!"听到副校长说妈妈"守寡"二字,我的脸一下子红了,红到了脖根上,眼睛瞪得圆圆的,真想跟副校长吵一架,但还是忍住了。我头一甩,气呼呼走出了校长的房子门。我最不爱听别人说我妈妈是寡妇,我从小失去父亲,妈妈就是我的靠山,妈妈好胜心强,做事有毅力,胜过一般男子汉,她怎能是"寡妇"呢?我不愿意别人背后这样评说她,我认为这是对妈妈的侮辱!对我的伤害!妈妈呀妈妈,女儿要好好学习,捍卫你的尊严!

×月×日　　星期×　　晴

学校开家长会,妈妈终于知道了我的排列名次,她脸上红一阵白一阵。开完会,妈妈和我一起走到学校操场,在一块草坪上坐下来。妈妈说话的声音近乎哀求:"丁香,妈妈求你了,你的学习为什么老不进步呀,你为什么这么不懂事呀!"我看着妈妈,心里可怜母亲,心里又埋怨老师,为什么要把同学们的考试成绩在家长会上公布呢?这样做不但伤害了家长的心,也伤害了学生的心!

妈妈又给我讲了一大段上大学和不上大学的好坏对比,从远讲到近,从别人讲到自己,从社会讲到家庭,归根结底一句话,好好学习,明年必须考上大学!

丁香上高中三年级时,丁云已经上了初中二年级,彩云操的心更多了,人也更累了,日子过得更艰难了,不用说,彩云开始负债了。彩云除过坚持扫街道,还开始抽空捡垃圾。

过去的同学看到当年的校花如今扫街道、捡垃圾,有的惋惜,有的嘲笑,有的说红颜多薄命,有的说打墙的板儿上下翻,当年孤傲的凤凰如今变成了一只丑老鸭。有的人竟然在彩云当面说:"年轻时有好日子过不算好日子,人老了有好日子过那才算好日子!"彩云不管人们怎样议论都装作没听见,她心里有个雷打不动的主意,就是供两个女儿上大学。彩云有时还自言自语说:"不要看你们现在笑,谁笑到最后还不一定呢!"让彩云稍感宽慰的是小女儿丁云的学习成绩从小学到初中一直很好,没让彩云过多操心,现在只有把心思全用在丁香一个人身上。丁香身体弱,需要营养,彩云除给丁香买了许多维生素以外,还买了许多滋补药品,吃饭更是变着法儿给丁香补。丁香为了报答母亲的操劳,日夜加班加点,刻苦攻读,一天昏昏沉沉什么都不想,心思全部用在学习上。

高考分数下来了,丁香的成绩令人沮丧,刚刚过了三本分数线。彩云哭了,一个人跑到丈夫坟前大声哭了,感动得徐水沟一草一木都落泪了,徐水河也呜咽了。丁香没有哭,也没有跟着妈妈到爸爸坟地去,只是坐在家里边,一天一夜地坐,一天一夜地想。想什么谁也不知道,说不定丁香自己也不知道,丁香有几天的日记是这样写的:

×月×日　　星期×　　晴

高考分数下来了,和往年一样,鞭炮声、锣鼓声、洋鼓洋号声天不明就在大街上响成了一片,组成了一曲庆贺高考交响乐。各个学校都开着宣传车大街小巷跑,城里跑完乡下跑,散传单、贴标语、通电话、发信息,人人奔走相告,欢喜若狂……"×××夺取了全市第一名""×××考了全市状元"。状元家庭贫寒,父母放羊供儿子上学,有些靠新闻吃饭的人拿着照相机、录像机到状元家采访。状元破烂的家一下子热闹起来，状元的父母受到了人们的尊敬。报道文章第二天就上了地方的报纸，题目是"梅花香自苦寒来，清贫农家出'状元'"。

我们班上有一个同学考了全县理科第三名，他的父母在街上卖烧饼。这几天烧饼摊子红火得炸炉了，人们借着买烧饼都要看看这一对教子有方的父母。

我家住的屋子和平时一样，冷冷静静的没有一位亲戚朋友登门，只是多了妈妈的叹气声和时不时的哭泣声。想不到世间是这样冷酷无情！两天的高考历时四十多个小时，竟使一个人要么被捧上了天，要么被打入了地狱，多么残酷的现实啊！

×月×日　　　星期×　　　阴

听同学说，学校给状元奖了一万元钱，一家饭店还给状元奖了三千元，还有几家单位跑到状元家给予资助，状元家一下子发财了！妈妈呢，除过扫街道、捡垃圾挣钱以外仍然给我们做三顿饭，只是脸上没了笑容，走路头总是低着，街上碰见了熟人躲着走，担心别人问女儿的高考分数。有什么办法，我这个不争气的女儿辜负了母亲的一片心。世界上为什么总是这样，"雪里送炭君子少，锦上添花小人多"！

×月×日　　　星期×　　　晴

县上的大饭店几乎天天爆满，到处都大摆什么"谢师宴"。金榜题名的同学多荣耀，"谢师宴"上带着大红花，收着爷爷、奶奶、姑姑、姨姨发的红包，亲朋好友送来的贺礼。学子向赴宴的老师和长辈亲朋表决心，来宾们朗诵着贺词，总之风头出尽了。

班上一个和我要好的同学考到了全国重点大学,"谢师宴"上叫我参加,我没有去。我为什么要去?你考到全国重点大学,我三本的通知书还没下来,咱俩能坐到一个板凳上吗?后来听另外一个同学说,×××的"谢师宴"学校好多老师都参加了,校长也参加了,摆了五十多桌,收礼钱五万多元,四年大学的学费不够用也差不多。听到这个消息后我哭了,这是高考分数公布后我第一次哭,哭了一天一夜,哭得很伤心。同学家的钱来得那么容易,同学还能刻苦用功好好学习。我的妈妈捡一袋垃圾能卖几元钱,甚至几毛钱,就是这样几元几元地攒钱供我上学,我却没有考好,我太不争气了。

×月×日　　星期×　　晴

无聊得没办法,独自一个人回到了家乡龙寨村,碰见了比我高一级的同村同学苗英。苗英去年考上了大学,高考成绩三本都不够,最后上了民办大学。苗英说每年高中毕业全县有六七千名学生,没有一个回农村的,除过部分学生补习外,大部分学生都上了这样或那样的公办大学或民办大学。不管什么大学,反正都圆了学子的大学梦。至于你到学校怎样学习知识,毕业后能不能找到工作,谁也说不清,谁也不去管。父母背着山一样的负担,顶着烈日,冒着寒风,流着汗,流着血,一分钱一分钱地挣,我们一万元一万元地花,钱花完了,儿女从大学毕业了,血流干了,泪流完了,父母的任务也就完成了。

苗英同学给我说,有一本书叫作《沉重的母爱》,写农民家庭供养儿女上大学的苦和累。说着,苗英唱起了《沉重的母爱》的主题歌:

雾蒙蒙，雨蒙蒙，送儿一程又一程。
肩挑千斤担，心怀万般情，
灯下缝儿衣，烈日伴牛耕，
为了儿女上大学，披星戴月乐融融。
一滴滴血，一滴滴泪，
盼的是女成凤来儿成龙。
世上谁无怜儿意，尽把春意付儿程。

山重重，水重重，四海为家去打工。
脚踏万里路，心装一盏灯，
人瘦几圈圈，皮脱几层层，
为了儿女上大学，再苦再累也安宁。
一滴滴血，一滴滴泪，
盼的是女成凤来儿成龙。
世上谁无怜儿意，尽把春意付儿程。

苗英唱得哭了，我也哭了，头顶上的月亮感动得钻进云层里去了。

×月×日　　星期×　　阴

通知书下来了，学校是外省一个地级市的专科学校。说心里话，我想去，糊里糊涂上个大学也算了却妈妈一桩心事。谁知妈妈看了通知书没说话，整个晚上翻来覆去睡不着觉。第二天天不明4时就叫醒了我说："我想来想去，不去了，补习一年明年再考。"我不同意，说："我的身体不好，越学越退步。"可是妈妈说："只要有恒心，铁棒磨成绣花针！"

×月×日　　　星期×　　　阴

　　我补习了,到学校前我也下了决心,明年一定考出个张道李胡子来。谁知进了教室,头都大了,胸部压抑得隐隐发疼。

　　彩云不知什么时候也信上鬼神了,大年初一,彩云领着丁香丁云来到福山。三个人跪在文曲星塑像前,彩云虔诚地祈祷着:"求神灵保佑我的两个女儿考上大学……"祈祷完毕,母女三人恭恭敬敬地磕了三个头。回到家一切正常,丁香没黑没明地学习,彩云没死没活地干活挣钱。丁香学得眼花头晕,四肢无力。彩云累得腰疼腿酸,七窍冒烟。功夫不负有心人,第二年高考分数下来了,丁香的分数线上了二本。丁香想,去年考了个三本,今年考了二本,不管怎么样,总算给母亲有了一个交代。

　　彩云听说丁香的分数上了二本,紧张慌乱的心平静下来了。二本赶不上一本总比三本强,但愿能分个好学校。

　　不长时间,丁云中考分数也公布了,丁云考进了县中学的"火箭班"。彩云的心乐开了花,彩云明明知道两个孩子开学的学费像两座山压在双肩上,但她却像什么也不觉得,早晨起得更早了,晚上睡得更迟了,除过干活挣钱外,还要到处跑着借钱为女儿凑学费。丁香写了下面几则日记:

　　×月×日　　　星期×　　　小雨

　　我看见妈妈兴奋的样子,劳累的样子,心里说不出是什么滋味。天下做父母的为什么这么可怜,为了大学生这一个沉重的光环,不知道付出了多少。古人说,"儿孙自有儿孙福,何为儿孙做马牛",这是个真理!但父母为了儿女的幸福，却执迷不悟地为儿女比牛马更繁重地劳累着，直至最后闭上眼睛，咽了最后一口气，咽气时还会拉着儿女的手说："妈最放心不下的是你们。"什么叫大学生，我们当代人似乎找不出一个正确的答案。母亲对大学生的解释是：端国家的饭碗，从此再不要下地晒太阳了。不知道别人怎么样，我戴上了大学生的桂冠，却给母亲戴上了重重枷锁。

×月×日　　　星期×　　阴

通知书下来了，学校还不错，只是专业不好。听同学和老师说，学校好了牌子亮，专业不好将来很难找到合适的工作。我没有过多地考虑这些问题，先进了大学的门再说吧。母亲也说，进了学校好好学习，学好本领还怕没有用的地方吗？我在灯下看着妈妈，她的眼睛布满血丝，说话的声音有点沙哑，脸上的颧骨更高了，脸显得更长了。我当时只有一个想法，大学四年的时间快快地过去吧，找个工作，大把大把挣钱，给妈妈很多很多的钱。

×月×日　　　星期×　　小雨

明天就要去学校报到了，妈妈没钱也没权，也没有摆"谢师宴"，不过还是请了几位重要亲戚、妈妈的几个同学和朋友，我们学校的副校长也来了。妈妈做了两桌简单的饭菜，大家围在一起边说边吃。外婆今天也来了，外婆看了看妈妈，又看了看我，鼻子一酸，吃不下去了，坐在一边伤心地抹眼泪。外婆说："为了当个大学生，累坏了我的女儿，累坏了我的孙儿，这是何苦呀，大学生到底能值几个钱？去年我们村一个娃考大学没考上气疯了，现在东跑西晃的。"我想，如果我今年再考不上大学，气疯的

不是我，是妈妈！

×月×日　　　星期×　　晴

妈妈请了几天假送我到学校，我终于踏进了大学校门。妈妈摸着我又黄又瘦的脸说："我娃受苦了，这都是妈不好，不逼不行呀！"我看着妈妈说："妈，你的脸比我的更瘦，你吃的苦更大，这都是我和丁云把妈妈累的。"妈妈抱着我哭了，我也哭了，我哭得比妈妈更伤心！

彩云的苦没白下，丁香四年毕业了，丁云也考进了一所重点大学，在西安上学，已经上大二了。丁香毕业后在一家私营企业打工，第一个月丁香领了九百元工资，给了丁云三百元，给妈妈寄了三百元，给自己留了三百元生活费。彩云给丁香打电话说："给你妹妹三百元就行了，再不要给家里寄钱。"丁香没有听妈妈的话，第二个月照样把工资分成三份，妹妹一份，自己留一份，给家里寄一份。

丁香工作了不到六个月，彩云一天早上扫完街道回家，丁云打来电话说丁香住院了，住院费要一万元！听了电话，彩云急疯了！这么大的事，老虎吃天没处下爪！尽管这么多年彩云为供养两个孩子看尽了人们的眉眉眼眼，尝遍了世间的辛辛苦苦，但苦在自己心里，累在自己身上。现在丁香住院要动大手术，还不知道得的啥病，这可要彩云的命呀！整个晚上，彩云翻来覆去睡不着，本来瘦长的脸又瘦了一圈，头发几乎全白了。

彩云第二天到了西安，丁云在火车站接母亲，当彩云知道丁香患了乳腺癌，而且到了晚期时，吓得坐在火车站的水泥地板上扶也扶不起来。

……

经过将近一年断断续续的治疗，丁香离别了十分留恋的世界，离别了妈妈，离别了妹妹走了，丁香仅仅活了二十六岁。

我翻到丁香日记的后边，发现了这样几则日记：

×月×日　　　星期×　　晴

我身体很困，吃饭也不行，乳房有时疼得厉害。女同事警告我说，马上到医院检查，要是乳腺癌就麻烦了！我笑了笑，心想，不可能吧，便一直拖着没有去。

×月×日　　　星期×　　晴

我已经知道自己患了乳腺癌，而且到了晚期。不知道什么原因，我显得特别平静，没有一点惊讶，也没有一丝悲伤，似乎死和我没有任何关系。我望着病房里雪白的天花板，心像天花板一样白茫茫……

×月×日　　　星期×　　晴

见到妈妈已经是晚上了，我的精神崩溃了！我现在才意识到我将要永远离开妈妈，离开这个世界，告别光明，告别一切……我终于感到了死亡的恐惧，死神带着狰狞的面孔向我走来，我心里喊着："救命，妈妈，救救我！"我紧紧握住妈妈的手，妈妈拉着我的手说："孩子别怕，有妈妈在你的身边！"

我冷静下来，观察着妈妈的神态，妈妈是否知道我患了乳腺癌呢？我发现妈妈有时不敢正视我的眼睛，看来妈妈已经知道她的女儿要丢下她走了，永远走了！那妈妈为什么不哭呢？妈妈怀胎十月，生下了一个生命，为了这个

生命二十多年来不知道流了多少血汗，吃了多少苦，这个生命却要在一瞬间消失在茫茫的黑夜里。母亲为什么没有悲伤，没有眼泪？

×月×日　　　星期×　　阴

世界上最伟大的爱是母爱，这话一点不假。昨天晚上我醒来时，看到妈妈站在病房的墙角里，满脸都是泪水。她咬着嘴唇，不让自己哭出声来，为了减轻女儿的痛苦，自己忍受着极大的煎熬，把巨大的悲痛压在心里。这就是母亲，这就是母爱！我不顾一切地扑上前去抱着妈妈哭了，让妈妈放声哭吧，不要把悲痛压在心里。

×月×日　　　星期×　　小雨

外边下着小雨，淅淅沥沥。妈妈坐在床边流着眼泪，眼泪滴在我盖的棉被上，棉被已经湿了一大片。她劝我做手术好几天了，我坚决不同意。她生我养我，供我上高中上大学花了将近十万元，靠她扫街道捡垃圾挣的钱远远不够，我知道家里已经负债五六万元了。我为什么临死之前还要给她加上几万元的债务呢？横竖是个死，不要死得太沉重了！

×月×日　　　星期×　　小雨

的确，我活得太沉重了！父亲过早去世，妈妈供我养我，我二十几岁就要离妈妈而去！二十多年来，妈妈日夜为我辛苦，日夜为我操劳，当我要开始回报她的时候，我却闭上了眼睛。妈妈给了我血，给了我肉，给了我骨头，给了我一个大学生的桂冠，给了我一切，我给了妈妈什么呢？我死了，给母亲留的太沉重，太沉重了……

×月×日　　　星期×　　阴

我有时想，如果我不上大学，会不会患上这种绝症呢？初中时我的身体不好，到了高中身体更不好，假如我那时停了学，干了别的，哪怕是在农村种地，也不至于让妈妈落个人财两空。社会逼着我上大学，妈妈逼着我上大学，学校逼着我上大学，老师逼着我上大学，最后逼得我走上了不归之路……

×月×日　　　星期×　　多云

妹妹是星期五晚上来的，陪了我两天两夜。看得出来，妹妹瘦得多了，心事重重。我拉着妹妹的手说："丁云，不要为我伤心，你现在是妈妈唯一的希望了。记住，什么都是次要的，身体最重要。"妹妹咬着嘴唇点了点头，没有哭出声来。妹妹比我聪明，学习不但踏实，而且不费力，学得很轻松。从小学到高中学习一直很好，她是妈妈的骄傲，我为有这样一个妹妹高兴。我不行，我没有妹妹那样的天赋，妈妈在我身上花费的力气是妹妹的几倍。条条道路通北京，为什么都要让儿女走上大学这条路呢？有的儿女根本不是上大学的料，父母死活都要逼着儿女上大学，苦了自己，也害了儿女！

×月×日　　　星期×　　阴

这怎么能怨父母呢？哪个父母不希望儿女成龙成凤呢？尤其是当农民的父母们，自己一辈子面朝黄土背负青天做牛做马，怎能让儿女和自己一样呢？在我们落后的农村，从父母到儿女都有一个坚定的信念：只有走上大学之路，才能跳出"农门"，这条路太沉重了！

×月×日　　　星期×　　晴

我的生命没有几天了。妈妈拉着我的手，默默流着泪说："你是被我逼成了这样子。我明知道你身体不好，还逼着你做作业，逼着你考大学，逼着你上大学，早知道是这样，何必当初呢？"我说："咋能怪妈妈呢，天下的父母都是这样！"

×月×日　　　星期×　　晴

有个歌名叫《潇洒走一回》，可我短暂的一生是沉重的，除了痛苦之外无潇洒可言。一切无从说起，乌鸦知道反哺，羊羔懂得跪乳，我什么也做不到了！我死得好不甘心呀！现在的孩子活得太沉重了，这是谁造的孽呀！妈妈呀！我离不开你呀！

彩云说，丁香病了不到一年就死了，她对不起丁香，丁香是她逼死的！彩云又说，丁香死后她睡了几天几夜又爬起来了。她人不能歇，心不能歇，她仍然清扫街道捡垃圾，因为她的任务还没完成，丁云还在上大学。

彩云把丁香的日记用一块蓝色的小花格布包好交给我，说："你仔细看看，或许里边有些可以警醒世人的道理。记住我的一句话，我挣死挣活供女儿上大学，得到的回报太沉重了，丁香这孩子活得太沉重啊！"

母亲啊母亲,儿子几时才能回报你

大学校门口写着一条巨幅标语:"这儿圆你一个大学梦"。梦醒了,一切都是空的……走出大学校门四年了,他做过传销,当过泥工,当过售货员……四年他没有回过一次家,无颜江东见父老。除夕之夜他回到村头,看到衰老的母亲在寒风中倚门盼儿归。他跪在村头朝着母亲重重地磕了三个响头,他两行泪长流,流到地上的不是泪,是血……他对着苍天大喊,这到底为什么!

今年3月,渭北气候还有些寒冷。香港凤凰卫视中文台记者到渭北采访我的《沉重的母爱》一书,和我一起回访书中写到的杨春花一家。杨春花家在王庄镇李家村,离县城三十多里地,坐落在金水河上游的东塬上。到了杨春花家已经是上午10时,他们一家人在院子里围着水泥桌子吃早饭。第一眼认出我的是春花的公公德福老汉,不知是我认人不清还是记忆力不好,要么是他们的变化太大,不到五年时间,春花和德福老汉都苍老了许多。另外两个人,五年前我采访时没有见到,根据年龄和穿着打扮,我想大概是春花的婆婆和春花的丈夫民生。

我给主人介绍了来人的身份。问起春花上大学的儿子时，春花忽然号啕大哭，弄得我丈二和尚摸不着头脑，劝也劝不住。停了好一会儿，民生没好气地说："春花，有什么好哭的，自己做的事自己明白！"春花的哭声更大了，一边哭一边说："儿子不见了，我心里比你们难受得多，我还有什么明白不明白的？"民生又要说什么，德福老汉抢过了话头："有什么吵的？记者采访来了，把事情原原本本地给记者说清，或许人家能替咱们想出个好办法来。"
　　事情原来是这样。春花从前夫家带来的孩子养民大学毕业已经三年了，至今人不见，电话不见，一点音信都没有。春花的公公、婆婆和丈夫，认为春花担心家庭拖累儿子，和儿子养民商量好，故意不和家里联系，母子暗地里通电话、有来往。春花说，当年为了儿子上学，五十九岁的婆婆出外打工，丈夫民生去韩城摘椒摔断了腿，六十多岁的公公在家种了四十多亩地，全家人到处奔波为养民挣学费。养民现在大学毕业了，我和儿子怎能丧了良心做出这等事？全家人互相猜疑，互相埋怨，过去一个好好的家庭，现在天天吵架，吵得鸡犬不宁、四分五裂。
　　春花一家人你一言我一语说完事情的经过后，我越听心里越沉重。五年前这一家人齐心合力供养春花带来的儿子养民上大学的感人故事，曾让我流了不少眼泪。爷爷奶奶的豁达无私，养父民生的勤劳善良，春花的慈爱坚强，他们纯朴美好的农民形象，激荡着我们的心，呼唤着人们的良知。多好的一个家庭，现在却因为大学生的失踪蒙上了一层阴影。当年供养民上大学那一阵，全家人一条心，一股劲，挣死挣活都要把孩子供出来。孩子是全家人的骄傲，全家人的希望，全家人心里的一盏灯。现在孩子供出来了，人却不见了踪影。全家人心里的灯灭了，全家人的希望破灭了，一家人的精神崩溃了！

这件事对我的震动不小，心里苦苦思索着这到底是什么原因？似乎有一种不祥的预感。回去的路上，电视台记者老唐告诉我，估计养民没读完大学就瞒着家人停学了，每一年的学费、生活费照常向家里要，读书四年时间过去了，再没有理由向家里要钱了。养民可能找不到工作，混迹于社会，无颜面见家乡父老，只好来一个生不见人、死不见尸。为了寻找出问题的真正答案，采访春花后的第七天，我一个人找到了养民就读的××大学。这是一所民办大学，校址在A市东南的半山上。学校教导处的负责人告诉我，养民上了三年学就离校了，还欠学校六千元学费。有一位老师告诉我："你到本市电子城找一下，听说好多大学生在电子城当售货员。"我又赶到电子城，打听了半天也没找到养民，第二天只得坐长途汽车返回我住的招待所。

过了三天，招待所总台转来一个电话，说有长途电话找我。我接过电话，电话筒里传来一个陌生的年轻人的声音："你是不是党先生？""是的，你是哪位？""我是你要找的李养民。"

听说是李养民，我兴奋起来。忙问："你现在在什么地方？""我在A市电子城，请问找我有什么事？"我说："我想和你当面谈谈。"对方说："可以，不过你要答应我一个条件。"我说："什么条件，你说。""不能告诉我家里人。"我说："行！"我们两人立即约定了会面的时间和地点。

过了三天，我们准时来到了A市一家宾馆的302房间。养民个儿不高，看起来很精干，发皱的牛仔裤和蓬乱的头发，说明了目前生活的不如意。寒暄了几句话，我便开门见山问养民："毕业三年了，为什么不回家？""我能回

家吗？""你知道不知道，你爷爷奶奶和你父母为你不回家闹到什么地步了？"养民惊奇地看着我说："为什么要闹？"我一五一十地把家里的情况全部告诉了养民，有些地方我是含着泪讲述的。养民听着，脸上没有表情，眼睛没有流泪。养民神情专注地听完后，无奈地说："事情到了这个地步，我何罪有之？"在我的再三追问下，养民向我讲述了他这几年来的生活。

我终于戴上了大学生的桂冠

我读小学时，学习成绩一直是班上的第一名。父母疼爱，老师表扬，我从小就立下了远大志向，将来一定要考上北大或者清华，当一个科学家。到了小学六年级时，父亲从陕南领回来一个年轻女人，我和母亲被赶出了家门。我和母亲住在过去生产队的破饲养室里，人常说"虎毒不食子"，可是我的父亲却是心毒如蛇蝎，经常赶到饲养室打我和我母亲，从此我幼小的心灵里充满了对父亲的仇恨。后来我母亲嫁给了本村李家，就是你们曾去采访过的那个家。我继父家有一大家子人，两个孩子还有老父母。全家人在黄土地里刨食，日子过得挺艰难。我虽然是个外姓之人，但全家人对我都很好。我的异父姐姐停了学，爷爷却不让我停学。爷爷说："民生的孩子停了学，春花带来的孩子不能停学，我不能让巷里的人骂我！"我上了高中，家里更困难了，比我大几个月的姐姐和将近六十岁的奶奶到千里以外的河北石家庄打工，继父长年累月在山西打短工，还有个小弟弟上初中。爷爷六十多岁了，家里四十多亩地就靠他一个人耕种。母亲在家里料理家务，有空也到附近打短工。爷爷一天不停地唠叨着："养民要考大学了，四年大学要花五六万，从现在起全家人分头打工，给孩子攒学费，能耽误天，能耽误地，不能耽误孩子的学业啊！"

到了高中，我对学习也不那么专心了。我的生父盛娃，人脑袋瓜子灵活，用现在时髦的话说，有经济头脑。他贩苹果，倒玉米，几年工夫赚了不少钱，家里不但电器化，也水泥化了。有一次学校收五十元学习资料费，母亲当时身边没有钱，我跑到父亲家里向父亲要钱，父亲不但一分钱不给，还用棍子赶我出门。回到家里我暗暗发誓，将来一定要挣大钱，气死父亲，报今日一棍之仇。从此我心里一直想着怎样能赚大钱，学习渐渐不用心了，成绩慢慢落后了。现在想起来真后悔！要是当时听爷爷的话，专心学习，不至于落到现在这个地步。爷爷说："养民，心急吃不了热豆腐，干什么都要先把底子打好，楼再高也要一层一层往上盖。"我的学习越退步，家里人逼得越急。当时社会上刮起了"全民教育"热，尤其是农村，农民把儿女上大学作为每个父母一生的最大目标。农村到处都喊着："不盼西，不盼东，只盼儿女是个大学生""盼星星，盼月亮，只盼儿子进了大学堂"。做农民的父母为了儿女成龙成凤，为了儿女走出农村的苦海，不惜牺牲自己的一切，为儿女上学呕心沥血，做牛做马。

高考成绩下来了，我的分数是259分，专科也不够。我母亲哭了三天，说没脸见人，觉得对不起李家。继父也不高兴，一天不说一句话。有一天继父回家对母亲说："盛娃在巷里给人说，养民本来是龙种，进了驴门变成了驴种！"奶奶在千里之外打来电话，听说我没考上大学哭了，还说："养民，你想过没想过，奶奶一个快六十岁的老婆子跑到老远的地方打工是为了谁？你为什么不争气呀？"我当时羞愧得说不出话。只有爷爷没批评我。几天后，我母亲领

着我到韩城摘花椒，摘了三天花椒，我的脸被晒得起了皮，手上划的血口子数也数不清，回到家我躺在炕上起不来。第二天天不明爷爷叫醒我，一句话不说，领着我到队上的砖厂出砖。我走在爷爷身后，心里想，爷爷怎么了？也不让我休息一天！

出砖真不是人干的活，大暑天，外边太阳晒着，窑里更是热乎乎的，比窑外边的温度高出十几度。每天干十几个小时，累得我回家躺在炕上饭也不想吃。出了三天砖，第四天爷爷叫我到砖厂，我死活也不去了，睡在床上直哭。爷爷坐在炕沿上没说话，过了一会儿，爷爷摸着我的头说："你不是想挣大钱吗？你知道不，你摘了三天椒挣了十四元六角，出了三天砖挣了不到二十元。孩子，要挣大钱就得学大本事，要学大本事就要上大学！"

全家人都要我补习一年再考，我不同意，还是找个民办大学上吧，只要专业好，学到本事，哪儿都能用得上。我到县城里各个招生点跑了几天，县城大小宾馆设满了学校招生报名点。所有学校的招生简章里都宣传自己的学校是天下最好的学校，培养出来的人才是天下最优秀的人才，看得人眼花缭乱，无所适从，听得人耳充杂毛，难辨真假。我挑来挑去也挑不出一个大学来，后来，在外地开了一家个体诊所的亲戚给我介绍了一所学校，就是我后来就读的××大学。介绍人说，这个学校有十几年的办学经验，许多领导的孩子不到公办大学读书，都到这个学校上学。毕业后的学生，都分配到沿海城市的国有企业，有的还当上了公务员，在政府机关工作，学校难进得很。学费每年六千元，另外加一千元请客费用。爷爷轻信了亲戚的话，给了那人七千元。后来才知道，我的那个亲戚不但得了学校的学生介绍费，还骗去了我们家的一千元。现在的社会，认钱不认人，有些人什么事都能干出来。

名报了，钱交了，我戴上了大学生的桂冠，我在家里等着开学，全家人都乐哈哈的。奶奶和二姐在千里之外打来电话，祝贺我是我们家里第一个大学生，并在电话里说，我上了大学，她们在外边干活的劲头更大了，叮咛我不该花的钱不要花，该花的钱一定要花，尤其是要吃好。继父和母亲逢人都说："气死他盛娃！"我父亲盛娃要是看见李家的人，头一低，老远就避开了，再不像先前那样盛气凌人。人常说可怜天下父母心，我碰到的父亲为什么对我是这样呢？

这样的大学算什么大学

去学校那天，我继父和我母亲送我到县城坐车。路过村里，人们都用一种羡慕的眼光看着我这位大学生。有人还说："养民，好好学，将来考个博士！"虽然我没说话，但耳朵和脸都有点红。只有我心里明白，我这个大学生的含金量到底有多少。

学校离城市很远，在一个半山上，是一个过去的工厂留下来的房子。除过学费外，住宿费、书本资料费、军训费、校服费等五花八门，又交了两千多元。正如招生广告上说的那样，全国各地的学生都有，河南山西两省的最多。校舍简陋，设备落后，进了校门没有一点高等学府的感觉，我的心凉了半截，真想回家了之。想了想，箭已经射出去了，水已经泼到地上了，哪有收回去的道理，骑驴看唱本——走着瞧吧。

上了有一个月的课，学校组织学生出外到南方打工。学校的理由是，有些学生欠学校的学费，打工挣的钱可以偿还一部分学费，另外还能挣一部分生活费，减轻家里的负担。学校五千多名学生，百分之八十都出外打工了，剩的学生不足一千人。打工学生的学生证、身份证、银行卡全都交给学校统一管理，防止学生中途逃跑。学生打工的工资，学校抽百分之十到百分之二十，其余的扣过学生欠的学费，到了学生手里已经少得可怜。我也跟着学校庞大的打工队伍到南方一个大城市，做了两个半月的苦力，12月中旬回到学校，参加所谓的期末考试。元月上旬就放寒假了，进大学的第一学期就这样匆匆过去了。

我们的校长是一位复转军人，据说当了多年包工头赚了大钱。包工头听起来总不文雅，就萌生了办学校当校长的念头。校长买来兵工厂的旧房子，稍加修缮，从老家拉来一批退休干部，办起大学来。开始是中专，后来改成大专，随后转成大本。现在的学校在省南省北有两个校址，学生一万余人，听说近几年又成了国家重点扶贫大学。什么叫"扶贫大学"，学生们都不知道。省内外的一些大报纸上经常看到我们学校的宣传专栏，我们学校校长各种版本的标准像在报纸上赫然醒目。我们校长给学生训话时嗓门很大，开幕词闭幕词都是这样讲：我们学校是国家第一所扶贫大学，我们学校是民办学校的一颗璀璨明珠，我们学校近年来培养了成千上万的国家栋梁，走向祖国的四面八方，走向世界九十多个国家。我们学校的就业率是百分之百，我们学校是天才的摇篮，我们学校是明星的发射场。我们的老师大部分是兼职老师，好多老师都是一身兼多职。说句真话，老师讲课倒很认真，可惜我大部分听不懂。我是学国际贸易的，上了三年学，只有两学期有课本，其余四学期没有课本。我们问老师，课本几时回来，老师总是说快了快了，直到放假还是见不到课本，到底是什么原因，至今也没有弄清。不过每学期考试，学生们都要参加，学校也号召大家参加考试，考一门功课每个学生交几十元钱，考两门课要交两门课的钱，大部分学生都考两门课。

每年春节过后，一般在3月初收寒假，收假后在学校上一个月的课，学校就根据学生个人的志愿，把学生分成两大阵营走出校门，一是到外地打工，一是到外地招生，全国各地都有。我宁愿打工下苦力也不去招生，我知道招生是在骗学生，假使我把学校的真实情况告诉人家，人家是否愿意上这样的大学呢？说也奇怪，学校招的学生一年多于一年。学校还有一项规定，提前离校可以，但必须交纳四年的学费才准毕业，发给你大学"毕业证书"。有的同学讽刺说："这才叫作只认钱不认人！"

我在学校上了三年，实际上课不到一年。第四学年收假时，我在家里带上学费到了学校，没交学费就离校了。四年大学我花了家里五万多元，四年大学学校给我教了多少知识我不知道，我能学到什么知识我也不知道。让我困惑的是，为什么学校能这样公开地误人子弟，骗人钱财呢？学校做得名正言顺、心安理得，而且受到了国家的保护。欺骗人的人，头上带的光环又是那样的光彩夺目。家里人流干了血汗，哭干了眼泪，三年、四年、五年、六年，甚至十年八年，省吃俭用挣来四五万元，给我买了一个大学生的假桂冠。用我们学校校长的话说："在这个神奇的山峰下，圆了你上大学的梦，从此你登上了神圣的殿堂！"

陷入了传销的魔窟

第四学年开学了，爷爷送我到村头，再三叮咛我说："养民，再一年大学就要毕业了，听外面的人说，大学毕了业工作也难找,还要读什么'硕士生''博士生'。你不要过多考虑家里的困难,人往高处走,水往低处流,家里再困难也要扶着你往高处走。"

上大学第一年,继父和母亲送我到县城汽车站,直到我坐上车看不见了才回家,以后都是送到村头就回去了。这次继父出外打工去了,不知什么原因,母亲坚持要送我到县城,我没有阻拦,心里希望母亲多送我一段路程。我怀里揣着家里给我准备的六千元学费和一千元生活费,心里总觉得这不是钱呀,这是家里人的血和汗啊!七千元压在身上,像一座大山似的,压得我满头大汗。妈妈呀!你们何必把自己的血汗钱往沟里扔!

到了学校我没交学费,有个同学在南方一个城市打来电话说,在那儿找到了好工作,一月能挣三千到五千元,几年工夫就能发大财。接到电话,晚上我兴奋得睡不着觉,好不容易等到天亮,给学校请了长假,到南方找那位同学去了。找到那位同学,他领我到"单位"报了到。"单位"规定上班的"职工"必须交出身上所有的证件和钱物,这时我才意识到落到了传销的魔窟,但悔之晚矣。那位同学离开时告诉我:"请不要埋怨我,我也是被一位亲戚骗来的,在这儿待了半年多,我要走,必须找一个人顶替。想来想去,只有给你打电话,因为我知道你急于挣钱,急于发财。"

到了这个地步,我欲哭无泪,欲喊无声,只得暂栖虎穴,往后再伺机逃命吧。我们这个传销组织共有一百多人,天南海北的人都有,农民、下岗职工、无业人员是多数,还有些人是干部,大学生有七八个,男男女女,年龄大小不一。传销组织"纪律"非常严密,各有分工,单线联系,人与人之间感情冷漠,不能交流。只能信奉金钱,不能信奉亲情,严格限制人身自由,不能自由出入、自由活动,一般不能和外界通电话。我进去后,先是长时间的"洗脑"。我真惊讶这些人的愚昧和无知,明明知道是骗人和被人骗,却显示出无限的忠诚,甚至像对待神灵一样虔诚,相信骗人的鬼话,迷恋骗人之术,最终能够骗到的人全是自己的同学、朋友和亲戚。到了无计可施时,连自己的恋人也成了捕捉的猎物。可见传销团体的冷酷无情和寡廉鲜耻!

传销的生活非常艰苦,睡的是地铺,顿顿吃的是米饭青菜汤。南方的冬天潮湿寒冷,被子衣服都非常单薄,有时半夜被冻醒,流着泪一直坐到天亮。这时我的心已经沮丧到了极点,特别是碰到有风有雨的夜晚,外面寒风呼呼,冷雨蒙蒙,我坐在冰冷的地铺上,想到全家人为了我上大学东奔西跑,我却拿着他们的血汗钱到几千里之外,陷入传销魔掌,以后有何面目去见爷爷、奶奶、继父、母亲!有时真想一死了之!

年关到了,我的心焦急得像热锅上的蚂蚁,几次想逃跑都落空了,我被人家看管得更严了。后来我和管我的小头目达成协议,交四千元放人。我在小头目的监视下给家里通了电话。母亲听到我的声音,急得要哭了。我只能用我学来的骗术骗母亲说,我学习紧张,没空打电话,再半年就要毕业了,寒假到上海实习,学校提前收学费,给我汇款四千元。电话中我还装模作样地说,春节儿子不回家了,代问爷爷奶奶爸爸好,祝全家春节快乐。我从电话中听到妈妈哭了。

没几天,钱寄来了,小头目又翻了脸说,必须找一个人顶替才能放人。我当时肺都气炸了,真想扑上前去拼命。看到小头目身后站着几个凶神恶煞般的打手,只得忍住了。晚上躺在地铺上想,这有什么奇怪的,这个地方本身就是培养骗子的摇篮,为了骗钱,谁认谁呢?自己不是也在欺骗母亲、欺骗家里的人吗?

为了逃出这个魔窟,我脑子里开始酝酿着一个骗人的计划,骗人的目标,最后确定在和我关系比较接近的一个女同学身上。这个女同学叫马霞,家在河南,平时和我说得来话,关系处得比较好。平常遇到一些难处理的事,马霞总是求助于我。我已感觉到马霞同学信任我,对我有好感。说句真话,几次想给马霞打电话的念头冒出来了,想来想去又忍住了。想到自己也是被相好的同学骗到了这里时,我终于下了狠心,给马霞打了电话。

3月初,马霞拿着家里准备的钱找我来了。到了这里,马霞遇到了和我初来这里时同样的待遇。马霞流着眼泪对我说,在学校你是我最信任的人,我平时把你当我的哥哥对待,甚至当作恋人对待,你为什么骗得我这样惨?我当时心里非常难受,脸上却装作一副毫不在乎的样子,用学到的骗子经典语录说,只有信任才能欺骗!走时我故作油腔滑调地给马霞说:"不要哭了,从现在起给你寻个替死鬼吧,想来你的骗术将来比我学得更快更精明。"后来回忆起这件事,心好像被十条鞭子抽。去年我在电子城遇见了马霞,我当时难堪得真想钻到地底下,谁知马霞大度地说:"不要不好意思,别人骗了你,你骗了我,我又骗了别人,彼此彼此!不过我们良心上应受到谴责的是我们骗了父母,骗了家庭!"

打工的钱真难挣

三月中旬,我离开了这个让我难受的黑色城市,来到了A市。到了A市,我身上剩下的钱只能吃两碗面条了。我走投无路时又想到了家,想到了母亲,电话中,我从头到尾都给母亲说谎话。说谎话时心不跳,脸不红,更不要说流汗了。表情自然，语气有声有色，一会儿显得思念之心切，一会儿显得游子在外的孤独。谎话说完后，走到大街上，看着川流不息的人群，心里什么感觉都没有了。

　　第二天，母亲寄来了一千元。有了一千元钱，心里踏实了，眼下不会挨饿了，慢慢找工作吧。我对Ａ市是人生地不熟，偌大一个城市到哪儿找工作呢？转来转去最后在一个建筑工地上找到了供匠人的活，工资较高，算下来每天能挣六七十元钱。为了挣够学费，领到学校的毕业证书，也只有如此了。我的工作是跟着师傅用搅拌机拌混合砂浆，一会儿推沙子，一会儿搬水泥，一会儿推石子，手脚都不闲，一天要干十二个小时。一天下来，我的腰疼腿酸，身子动都不想动，为了挣钱我咬着牙硬撑着。人常说屋漏遍逢连阴雨，这一年前季的雨多，天一下雨，我们就得停工。三天打鱼两天晒网，一个多月时间，领了不到八百元。我想这样下去，累死人不说，何年何月才能挣够学费？我干脆辞职不干了。我又在Ａ市游荡了半个月，找不到一份合适的工作，无可奈何回到了学校。学校的同学大部分都出去了，打工的打工，招生的招生，在校上学的不到五分之一。我也懒得上课，找学校要我的毕业证书。学校的毕业证书有两种：一种是国家发的自考高校毕业证书，一种是学校的毕业证书。学校教育处说，要毕业证可以，但要把欠的学费交了。我说我没上课，交什么学费？学校教育处说你没上课领什么毕业证？没办法，我只好认了。

　　到了暑假，我身上的钱也快花完了。人到走投无路的时候，想到的就只有父母了。我记不得是谁说过，家庭是避风港，父母是人一生最信得过的人，是人一生最靠得住的人。一个人踌躇满志、春风得意的时候，就会雄心勃勃，展翅高飞，飞得越高越好。当你受到挫折、灰心丧气的时候，就会想到家庭这个避风港,家庭这块厚实的天地。返回来,歇住脚,脱离烦恼,脱离尘嚣,躺在母亲烧的热炕上,喝着家乡的泉中水,望着家乡的月亮。父母的怀抱里没有尔虞我诈,没有世态炎凉,没有富贵贫辱,只有比山高比海深的爱,无边无涯的爱。

回到家,奶奶和姐姐仍然在石家庄打工,算来奶奶已是六十二岁的人了。继父在山西供匠人,母亲在家里做饭,看见我毕业回来,像是迎接凯旋的将士一样,立即加了几个菜,还给炒面菜里打了几个鸡蛋。弟弟借暑假去韩城摘椒,不小心从高处掉下来,小腿摔断了,躺在床上已有十几天了。我抱着弟弟说:"学费,学费!中国不知有多少人在为学费而奔忙?不知道有多少人为学费流血、流泪!"

一年没见爷爷了,爷爷仍然很精神。爷爷高兴地问我:"毕业了?"

我说:"毕业了。"

爷爷说:"考研究生没有?"

我不假思索地说:"没有。"

爷爷说:"为啥没考?"

"我不能再花家里的钱了。"

爷爷说:"我一再叮咛你,家里的事不让你操心。"

我说:"我长大了,应该自食其力。"

爷爷摸着我的头说:"养民长大了,懂事了。"

吃饭的时候,我头也不抬,只顾吃饭,母亲不停地给我夹菜。爷爷好像发现了什么问:

"养民,工作分配了?"

我说:"分配了。"

爷爷说:"什么地方?"

我说:"成都。"

爷爷说："工作满意吗？"

我说："还好，是外资企业。"

爷爷说："那你为什么显得不高兴？"

我抬起头来，放下筷子，显出忧愁的样子说："工作联系好，我立即坐火车到成都报到，晚上到了宝鸡，不小心所有的东西被小偷偷了，我只得在略阳站下了车，回到家里。"

母亲听了我的话，差点落泪了。爷爷不说话，只顾抽他的旱烟。

谎话说了一大通，连我也不相信，自己的谎话说得那样流利，又是那样有头有尾，有根有据。我看着母亲和爷爷，母亲越着急，我越镇静。爷爷越不说话越平静，我心里越慌。母亲被我蒙骗过去了，爷爷似乎听出了什么，我的心已经提在喉咙眼上了。过了好一会儿，爷爷说："以后做事要小心呀！"我说："不碍事，我和学校说好了，一切手续可以补办，只是……"母亲见我停住了话头，说："有什么只是的？你快说呀，急死我了！"我说："补手续要补办费，再说我的路费也花完了。"母亲说："还得多少？"我说："得一千元。"母亲没说话，望着爷爷。爷爷在鞋底上磕了一下烟锅说："一千就一千，牛身子都过去了，还在乎一个牛尾巴。春花，你妈和民生的钱还没寄回来，先卖上一千五百斤麦子给娃把钱凑够，让娃赶紧到单位报到去。"

五天后，我拿着家里凑的一千元又到了Ａ市。拿着国家发的大学毕业证书，又是公办大学毕业的，找不到工作流落在街头的比比皆是，像我这个冒牌大学毕业又没拿到毕业证的人，哪会找到工作啊！眼看着一千元花完了，没办法只好到一家茶社当了服务生。这家茶社是Ａ市一家颇有名气的茶社，设备豪华，有几十个雅间，又带有各种演艺、茶艺。茶社一般是早晨 10 时上班，凌晨两三点下班。虽然上班时间较长，干活却比较轻松。只要勤快，会说话，会看眼色行事就行。说好每月薪金六百元，外加提成，每月能拿到八九百元。工资虽然少点，将就先干着，慢慢再说。和同事言谈之中，我向同事透露出我是大学生。茶社老板知道我是大学生后，对我特别器重，让我当了副领班，每月加了一百元的职务费。老板经常给顾客炫耀说："我的服务生里有个大学生。"

干了不到两个月，一切都很顺利，我心里琢磨着，干上一年，攒点钱，到学校领了毕业证再去南方淘金。

正月初一晚上，来了一群看样子不三不四的顾客，一个个醉醺醺的。我把茶水端上去，正要走出包间，一个年轻人挡住了我说："听说你是大学生，大学生到这儿当服务生，真是个脓包！"我狠狠地瞪了那年轻人一眼没说话。另一个年轻人骂道："什么大学生，肯定是个冒牌货！来，给老子把鞋脱了！"说着把脚伸到我面前。我愤怒极了，朝着那家伙腿上狠狠砸了一拳。其余的人见我打了他们的同伙，一拥而上，将我连骂带打，脸被打得青肿。老板还说我正月初一扫了茶社的兴，断了他的财神，当天晚上清了工钱，辞退了我。

我又失业了。正月初一晚上，我走在街上发誓说："一辈子也不干服务行业了，真下贱！"

东看西转又是两个月，最后在电子城一家商店当了售货员。虽然工资只有六七百元，但活儿轻松，相对稳定。在电子城当售货员的大学生也不少，有本科的，有专科的，有统招大学的，有民办大学的。大家碰到一起都是一个话题：先将就干着吧，人总要吃饭，等有了机会再说。

沉重的回报

平时工作忙了还好受点,要是闲了,特别是碰到不顺心的事,就想家,特别想我母亲。前年腊月三十,我请了假,坐上长途汽车到了县城,又坐上公共汽车,路过村头下了车。下了车太阳还有一竿子高,我没进村,我没脸进村。两年没有回家了,也没给家里通过一次电话,家里不知道为我闹成什么样子了。尤其是母亲,我经常梦见母亲站在村头,叫着我的名字哭。有一次母亲在梦里说的话我记得清清楚楚,母亲说:"养民,有事干没事干你回家呀,家里什么也不缺,就是缺你呀!"我担心碰见村里的人,躲到村后的苹果园里。天麻麻黑,我来到村头,看见家家户户门口贴着红对联,挂着红灯笼,处处洋溢着春节的喜庆气氛。我家的门口却冷冷清清,没贴对联,没挂灯笼,我隐隐约约看见门口站着一个人,再一看是母亲!我的心一下子提到喉咙眼上,我真想一步跨过去扑到母亲怀里,哭诉几年来在外边受的委屈。不知为了什么,两条腿却沉重得像灌了铅,一步也挪不动。尽管天黑了,我看见母亲还是倚靠在门框上,痴呆呆地望着村头,散乱的头发随着寒风飘动,好像不停地呼叫着:"养民,我的儿子,你回来呀,妈等着你!"我哭了,但又不敢放声哭,眼泪流到脸上,流到嘴里,慢慢地,眼泪结成了冰,贴在脸上,挂在嘴角,挂在毛茸茸的短胡子上。我没有勇气回家,我没有勇气面对母亲,我没有勇气面对亲人,我朝着母亲叩了三个头,转身往县城走去。走了一段路,隐隐约约听到母亲的哭声。我回过头,望着暮色中的村落,我放声大哭了。当天晚上我在县城的一个私人旅馆住了一宿,第二天坐班车又来到了A市。

几时才能回报父母

快三年了,几乎每个晚上我都梦见家,梦见母亲。一想到家,想到母亲,不是发呆就是失魂落魄似的。良心不停地折磨着我,道义不停地鞭打着我的心。父亲有了新欢,抛弃了我和母亲。母亲带着我来到李家,李家的爷爷奶奶和继父视我为亲生,为了供出我这个大学生,不知付出了多少。我平时走路也好,站柜台也好,吃饭也好,睡觉也好,心里一直在琢磨着我从初中到高中再到大学,能算到数的钱花了将近十万元。十万元的数字,对于一个每年每人纯收入仅有一千四百多元的农民家庭来说,是多么沉重的一座山啊!

可怜天下父母心。天下父母背负着一座座大山,扛着一个个苦难的大门,让苦难在自己身上终止,把幸福永远留给孩子。父母有一个坚定的信念,孩子上了大学就到了幸福的殿堂。父母盼儿女成龙成凤的迫切愿望,农村孩子走出农村、脱离苦难"鱼跃龙门"的梦想造成了一个全民重教育、全民办教育的浩浩荡荡的潮流,也给千千万万的人提供了一个发教育财、发学生财的特好商机。父母把我们往大学送,中学学校把我们往大学推,大学学校把我们往大学拉,社会为我们上大学呐喊助威。一年年、一批批,进进出出,出出进进。我们走进学校是这样,我们走出学样也是这样,父母们知道吗?假使知道了又该如何想呢?

我今天落到这个地步,从根本上来说,怪我自己在高中不好好学习。假使考上比较好的大学,肯定会比现在强。既然没考上大学,为什么还要上大学?在中国即使是文盲,只要你掏钱就可以上大学。不会写自己名字的人,只要肯掏钱就可以拿到本科、硕士、博士文凭。有时我想，我的几个中学同学在中考时没有考进高中，上了职业教育学校，学了专业技术，现在工作已经七八年了，他们的情况比我们上了这种大学的好得多，当初我为什么不走那一条路呢？

我今年已经二十八岁了，还没有一个安定的工作，更谈不上婚姻问题了。还有房子，还有孩子，这些切身的事情我连想都不敢想。当今社会流行着这样一句话："大学生工作十几年以后才能给父母谈回报。"五六十岁的父母，能有几个十几年呀？到那时可能就是"待到山花烂漫时，她在丛中哭！"

母亲啊！儿子几时才能回报你呢？

养民足足给我说了一大晌，我从头到尾认真地听着，不愿意打断一句话。养民说完了，我还没有回过神来。人人都要上大学，这铺天盖地的洪流让人反思的问题太多了。养民看我没说话，想了想又说："前几天我到学校交了钱，领了毕业证。学校告诉我，你找我，告诉了我你的电话号码。"我问养民："你现在打算怎么办？"养民说："人们都说南方的钱好挣，我认为那儿的大学生够多了，名牌大学毕业的大学生工作都找不到，何况我这个冒牌大学生。我准备到新疆或西藏去，那儿或许还能找到一碗饭，比较好的饭。"我又问养民："你不想回家吗？"养民说："想，三年没回家了，怎能不想？我母亲的眼睛本来不好，现在不知道哭得……"养民说不下去了。停了一会儿，养民擦了一把泪，仰起头说："现在不能回去，等以后赚了钱再回去。现在家里人权当这个不孝的儿子死了！"

停了一会儿我又问养民："你想过没想过，找不到工作回家务农呢？"养民苦笑了一下，沉思了一会儿说："这个问题我也想过,也曾和同学们谈论过这个问题。农村青年都走进了城市,将来谁接农民的班呢?人才都流失了,农村的科学种田谁搞呢?"我说:"那你为什么不回农村呢?"

养民看了我一眼说:"你是说白话,我能回农村吗?村里人会怎样看我?父母辛辛苦苦供养我的目的是什么?就是让我走出农村,脱离农村这个苦海。要是我回到农村当了农民,各大新闻媒体都会头版头条报道说大学生回乡当农民。北大毕业生在城市卖肉本来是生活中平常的事,被全国媒体炒得沸沸扬扬。到底是大学生不该这样做还是新闻媒体少见多怪呢?假使大学生回乡当农民属于正常事情,新闻媒体何必报道呢?"

我不想再问了,我和养民来到一家面馆。我又忍不住对养民说:

"现在不是有一些大学生到农村当村干部吗?"

养民说:"那是锻炼,那是镀金。"

还没等我回话,养民又说:"哪一个大学生愿意在农村待一辈子呢?"

我接住养民的话头说:"过去有些上山下乡的知识青年,不是有不少留在农村了吗?"

养民笑了笑说:"那是无奈。"

"为什么是无奈?"

"他们在农村成了家,留下了孽种。"

"是的,这些人大部分为婚姻和儿女所牵。甚至有些人斩断感情,为了个人的前途和命运,为了个人的幸福又返回城市。打开电视机,这种悲欢离合、催人泪下的电视剧抬眼皆是。"

养民看了我一眼又说:"就是留在农村里的知识青年,

也是安身不安心,安家不乐业。这是中国的现行特色,城市和农村是两股道上跑的车!"

"照你这么说,农村的地以后都没人种了?"我又问养民。

养民不假思索地说:"你不要杞人忧天了,或许以后会转回来。三十年河东,三十年河西,此一时,彼一时也!"

分手时,养民再三告诉我,不许告诉家里人他的情况,我答应了。回到家我忙了一阵子,后来想,还是告诉养民家里的好。等我和养民的父母一起到西安电子城找养民时,养民半个月前已经辞职走了。